Original Korean edition published by
Munhakdongne Publishing Co., Ltd., Korea.

Acht Leben is published under the support of
Literature Translation Institute of Korea (LTI Korea).

Lektorat: Sonja Menner
Umschlag und Satz: Jürgen Schütz
Umschlagbild: © wizdata – fotolia.com
Druck und Bindung: Druckerei Theiss GmbH
Printed in Austria

ISBN: 978–3–902711–45-8
www.septime-verlag.at
www.facebook.com/septimeverlag | www.twitter.com/septimeverlag

Kim Hoon

Acht Leben

Erzählungen

Aus dem Koreanischen von Sun Young Yun,
Michael Topp und Leonie Bätz

Gangsanmujindo

Abbildung endlos weiter Flüsse und Berge, Landschaftsgemälde von Yi Inmun (1745-1821), Spätes Joseon. Kolorierte Tuschmalerei auf Seide, 856 x 44,1 cm. Im Besitz des Koreanischen Nationalmuseums, Seoul. Landschaftspanorama mit beliebigen Blickrichtungen aus der Vogelperspektive. Scheinbar endlose Gebirgszüge und Flüsse in Abschnitten zur Überwindung von räumlichen und zeitlichen Grenzen mit ineinander übergehenden Jahreszeiten und Sittengemälde-Elementen, wie Landwirtschaft betreibende oder Schiffe beladende Menschen.
In seinen Ausmaßen das größte aufrollbare Gemälde.

Inhalt

Abschiedsgeleit

Die seit 15 Uhr andauernden Versammlungen der Arbeiter- und Bauernverbände in Sejongno und im Jongmyo-Park mit anschließenden Großkundgebungen haben alle Hauptverkehrsadern der Seouler Innenstadt lahmgelegt. Die Verkehrsstörungen werden voraussichtlich bis in den Abend andauern. Ortskundige Autofahrer werden daher gebeten, das Zentrum weiträumig zu umfahren!

Der Verkehrsnachrichtensprecher wiederholte diese Meldung mehrmals. Dann schaltete er zu einer Berichterstatterin durch, die die Verkehrslage auf den Straßen Jongno, Chungmuro, Euljiro und Twaegyero sowie vor dem Hauptbahnhof durchgab. Die länger werdenden Staus in der Innenstadt verstopften nach über zwei Stunden nun die Hauptverbindungsstraßen zu den Außenbezirken. Auf den großen Han-Brücken Seongsu, Dongjak, Geumho und Seongsan ging es weder vor noch zurück und die Autoschlangen wuchsen langsam aber stetig an. Der von der Sonnenglut aufgeweichte, heiße Asphalt setzte Teergeruch frei. Und so wie der Fluss Han im Winter vom Nordarm her einfriert, erstreckten sich die stockenden roten Rücklichterketten vom Seouler Zentrum bis zum anderen Flussufer.

Der siebenundvierzigjährige Taxifahrer Jangsu Kim trat nachmittags um vier seine Spätschicht an. In seinem Fahrzeugdepot in Yeonsinnae gab er seinen Fahrtenbuchbogen ab und tankte auf Firmenkosten fünfundzwanzig Liter LPG-Autogas. Schon an der Kreuzung vor dem Depot nahm er die ersten Fahrgäste auf, eine Frau in den Vierzigern mit einem

Gymnasiasten, der wie ihr Sohn aussah. Sie war ungeschminkt und hatte zerzaustes Haar.

»Zu den Seoul-Universitätskliniken in Wonnam. Und bitte beeilen Sie sich!«

Kim schlug die Route Gugi-Tunnel-Gyeongbok-Palast-Biwon-Seoul-Unikliniken ein. Aber kaum hatte er den Tunnel hinter sich gelassen, war vor der Hauptkreuzung Okin-dongs kein Durchkommen mehr. Es war 16.35 Uhr, und das Taxameter zeigte 5.800 Won an. Plötzlich klingelte das Handy der Passagiere.

»Ich bin jetzt in Okin-dong. Alle Straßen sind verstopft. Es ist also passiert? Die Atemwege sind zu? Und was jetzt ...«

Sie beugte sich zu Kim vor.

»Entschuldigung, der Vater dieses Kindes liegt in kritischem Zustand im Krankenhaus. Könnten Sie nicht woanders lang fahren?«

Einsatzkräfte der Polizei hatten an der Chaussee zum Blauen Haus, dem Sitz des Präsidenten, Absperrungen aufgestellt.

»Wie Sie sehen, sind alle Straßen dicht ...«

»Was meinen Sie, könnten wir nicht diese Polizisten um Verständnis bitten?«

»Das wird nicht gehen. Da kommen wir nicht durch.«

Wegen der Staus im Zentrum drängten die Autos nun in die äußeren Verkehrsringe und steckten auf den Zufahrten der südlichen Umgehungsautobahn fest, meldete sich der Verkehrsnachrichtensprecher wieder. Er ließ nacheinander von allen Berichterstattern vor Ort die Lage an den Zufahrtsstrecken durchgeben und endete mit:

Wo auch immer eine Straße über den Sender als frei bekannt gegeben worden ist, sind Autofahrer sofort aus allen Richtungen dorthin ausgewichen, wodurch es wieder zu Staus gekommen ist.

Das ist natürlich ein Ärgernis. Die Verkehrsredaktion bedauert das und bittet um Ihre Geduld.

»Meine Dame, mit der U-Bahn wären Sie schneller! Nehmen Sie doch an der Haltestelle Gyeongbok-Palast die Linie 3.«

»Aber dann müsste ich ja an der Jongno 3-ga in die Linie 1 umsteigen und dann an der Jongno 5-ga raus und zu Fuß weiter!«

»Das schon, aber was Schnelleres fällt mir auch nicht ein.«

»Ach, naja …«

Ihr Handy klingelte wieder.

»Immer noch in Okin-dong … nein, was?«

Die Frau legte das Handy in ihre Handtasche, dann schwieg sie eine Weile und schaute nur noch aus dem Fenster. Mit verängstigter Miene erforschte der Junge die Gesichtszüge seiner Mutter. Auf dem Bürgersteig liefen Bereitschaftspolizisten in Formation vorbei in Richtung Gyeongbok-Palast. Ein Rettungswagen, der von den Automassen aufgehalten wurde, ließ die Sirene erschallen. Die Mutter nahm ihren Sohn in die Arme und brach in Tränen aus.

»Der Papa …«

»Mami!«

Während die Passagierin ihre Tränen abwischte und sich wieder zurechtmachte, rollte der Wagen zwanzig Meter weiter. Das Taxameter sprang auf 6.300 Won.

»Mein Kind, im Krankenhaus sind deine Onkel, darum sollten wir jetzt zurückfahren. Wir kommen zur Vorbereitung der Beerdigung wieder. – Entschuldigung, bitte bringen Sie uns zurück nach Yeonsinnae!«

»Zurück? Aber da ist auch alles verstopft. Mit der U-Bahn geht es schneller! Sie sollten wirklich aussteigen und zur Haltestelle am Palast laufen.«

Die Dame hielt Kim einen 10.000-Won-Schein hin, auf den er ihr 3.700 Won herausgab. Sie stieg aus und machte sich weinend auf den Weg zur Haltestelle der Linie 3 am Gyeongbok-Palast, gestützt von ihrem Sohn.

Jangsu Kim saß noch bis abends um acht auf der Kreuzung in Okin-dong fest. Aus Richtung Gwanghwa-Tor erhob sich ein Tumult. Gellende Demonstrationsparolen aus einem Megafon vermischten sich mit den Lautsprecheraufrufen eines Polizeibeamten, sodass man nicht mehr verstand, was eigentlich gemeint war. Vor einer nahegelegenen Polizeidienststelle standen Autofahrer an, um auf das dortige Klo zu gehen, und auch Bereitschaftspolizisten hatten sich in die Warteschlange eingereiht. Den Autofahrerinnen waren hingegen die Toiletten in der örtlichen Stadtteilverwaltung vorbehalten. Kim ging also zum Wasserlassen in die Polizeistation, kaufte sich dann in einem 24/7-Shop zwei Packungen dreieckiges gewürztes Gimbap und stieg wieder in seinen Wagen. Die trockenen Reiskörner blieben ihm im Hals stecken, weil von der gekochten Fischpaste darin ein strenger Geruch ausging.

Als es dunkel war, war eine Hundertschaft in seiner Nähe im Begriff, auf der Straße ihre Abendessensration einzunehmen. Einige Einsatzkräfte bauten neben ihrem typischen vergitterten Bus Marke Hühnerkäfig auf dem Gehsteig Zelte auf, in denen sie dann warteten, um sich von ihren Untergebenen bedienen zu lassen. Andere füllten dann die Portionstabletts mit Suppe und Reis aus mitgebrachten Aluminiumtöpfen und nahmen sie in die Zelte mit. Dort aßen sie gemeinsam in Gruppen zu zehn Leuten, sich auf ihren Helmen in zwei Reihen gegenübersitzend. Das leer gegessene Geschirr stapelten sie dann wieder vor den Zelteingängen. Einer von ihnen, offensichtlich Rekrut schnallte Riemen um die Essgeschirrstapel, die er dann im Bus abstellte, und ein anderer holte währenddessen mit einem 18-Liter-Kessel Wasser aus der Polizeistation. Die Uniformierten in den Zelten gossen sich das Wasser in ihre Einwegbecher, tranken und rauchten. Dann prasselte ein Regenschauer in die leeren Suppentöpfe.

An seinem Gimbap knabbernd verfolgte Kim dieses Treiben. Da waren Polizisten, die kleine trockene Zweige von den Straßenbäumen abbrachen und als Zahnstocher benutzten. Einige Leute, die den Demonstrationszug verlassen hatten, kamen aus Richtung Okin-dong herüber, aßen in dem Kiosk Instantnudeln, ließen sich dann auf der Treppe davor nieder und genehmigten sich Schnaps. Der Nachrichtensprecher stellte zu einer Reporterin für das Gebiet Sejongno durch:

Bei dem Versuch von Demonstranten im Jongmyo-Park in Richtung Sejongno vorzudringen, ist es zu Zusammenstößen mit der Polizei gekommen. Die Demonstranten steckten Polizeibusse in Brand und griffen die Reihen der Sicherheitskräfte mit Eisenstangen an. Auf dem innerstädtischen Verkehrsgürtel ist daher weiterhin mit Behinderungen zu rechnen. Wir empfehlen allen Mitbürgern, die Untergrundbahnen zu benutzen!

Die gestärkten Polizisten formierten sich und brachen eilig durch eine Seitenstraße in Richtung Blaues Haus auf. Der regennass glänzende Chima-Felsen des Berges Inwang reflektierte die Lichter der Stadt. Die Lichtreklame einer neu eröffneten Kneipe kurz hinter der Kreuzung leuchtete auf, und zur Einweihung tanzte eine doppelt mannshohe Ballonpuppe davor auf dem Gehsteig. In ihrem Inneren stand ein elektrisches Gebläse, das die Figur aufblähte und die Gliedmaßen um die Taille verdreht zappeln ließ. Dabei fiel sie von Zeit zu Zeit nach vorn in sich zusammen, sodass auch der Kopf unten lag, nur um sich dann wieder himmelwärts zu strecken, wobei zur

Begrüßung die Arme nach außen geschleudert wurden und sich die Beine über den Knien aufrichteten.

Eingelullt von diesem Schauspiel fiel Jangsu Kim in einen kurzen Schlaf. Als er durch das Hupen der Autos hinter ihm aufwachte, war der Verkehr langsam in Bewegung gekommen. An diesem Tag lag die Bilanz seiner Einnahmen unter dem Soll. Um vier Uhr früh war er wieder zurück in seinem Depot in Yeonsinnae und rechnete die Tageseinnahmen ab. Von den nötigen 95.000 Won fehlten 6.000, und einen Benzinkostenüberschuss von 5.000 Won hatte immer der Fahrer zu tragen. In seiner Abschlussbilanz quittierte er den Fehlbetrag über 6.000 Won, der von seinem Monatsgehalt von 650.000 Won abgezogen werden würde.

Jangsu Kim nahm zwar noch einen Langstreckenzuschlag von 5.000 Won von einem Fahrgast nach Ilsan ein, aber auf dem Weg zurück nach Seoul gab es niemanden, den er mitnehmen konnte. So war er unbesetzt auf der Schnellstraße Jayuro entlang des Han-Ufers unterwegs, als sein Handy klingelte.

»Chef, ich bin's! Ich bin gestern nach Seoul gekommen. Mein Schwiegervater hatte seinen Siebzigsten.«

Kim hielt auf dem Seitenstreifen. Der sommerliche Dauerregen hatte das Wasser des Flusses anschwellen lassen, und es schwappte bis an die Oberkante der Uferböschung. Von Yunaes etwas feuchter, näselnder Stimme fühlte er sich mit einem Schlag um fünf Jahre zurückversetzt. Kim nahm das Handy herunter und schaute es ungläubig an. Er konnte es nicht fassen, wie lange das schon her war! Ihre Stimme drängte sich wie durch ein Nadelöhr wieder in sein Bewusstsein, ein Säuseln aus der Ferne.

»Geht es Ihnen nicht gut?«

Kim hielt das Handy wieder ans Ohr.

»Doch, so leicht haut mich ja nichts um. Yunae, wie geht es dir?«

»Ich habe eine Tochter, sie ist jetzt drei. Ich habe sie mitgebracht.«

»Das ist ja großartig! Wie lange bleibt ihr?«

»Eine Woche etwa. Ich würde Sie gerne sehen, Chef!«

»Schön, du kannst mich anrufen, wann du willst.«

»Vielleicht übermorgen. Haben Sie dann Zeit?«

»Abends bin ich ausgebucht. Mittags herum ginge es … He, woher weißt du eigentlich meine Telefonnummer?«

»Ich habe die alten Kollegen gefragt.«

Yunae war seine Buchhalterin aus der Zeit vor fünf Jahren, als Jangsu Kim als Subunternehmer für die Badashikpum Seafood Company gearbeitet und sie ihn damals immer nur mit *Chef* angesprochen hatte. Dieser Konzern war mit dem Sortiment von in Sojasauce eingelegten Krabben, fermentierten Flundern, pikanten Dorschkiemen, eingelegten Meeräscheneiern und dergleichen die führende nationale Marke für traditionelle Meeresfrüchtespezialitäten mit einem Anteil von über dreißig Prozent auf dem koreanischen Binnenmarkt gewesen. Er konzentrierte sich dabei hauptsächlich auf Werbung, Handel und Vertrieb und überließ die Herstellung Subunternehmen. Für den Artikel der in Sojasauce eingelegten Krabben gab es acht Subunternehmer, und ein Produktionsleiter von Badashikpum kontrollierte den Produktionsablauf. Kim hatte zwar mit Jangsu Food eine eigene Firma registriert, der Markenname blieb aber unbedeutend und konnte sich nicht auf dem Markt etablieren. So war er zu einem der Lieferanten für eingelegte Krabben geworden.

Seine Belegschaft hatte, die für die Grundreinigung zuständige Putzfrau in den besten Jahren mit eingeschlossen, insgesamt sieben Leute gezählt. Yunae war zwar Buchhalterin, hatte aber auch die Aufgaben übernommen, die sonst alle Angestellten machten, wie Sojasoße zu kochen und über die frischen, noch zuckenden und knackenden Krabben zu gießen oder die Ingwer- und Knoblauch-Lieferungen zu säubern und zu schälen.

Kim war wie in jedem Spätsommer mit seinem offenen Ein-Tonnen-Kleinlaster in entlegenen Bergdörfern in Nord-Gyeongsang auf Tour gewesen und hatte eine Ladung Ingwer, Knoblauch und Chilis eingekauft. Auf dem Rückweg durch Nord-Jeolla hatte er sich in Gimje und Gochang, die für ihre Zuchtfarmen bekannt sind, gegen Vorkasse eine große Menge an fetten Königskrabben reservieren lassen. Yunae hatte zuvor zwar ein zweijähriges Studium in Ernährungswissenschaften an einer Fachhochschule absolviert, das dort erworbene Wissen war aber für die Verarbeitung von Königskrabben ohne Nutzen. Wenn sie zusammen mit Kim im Hinterland unterwegs war, war sie ihm dafür bei den Einkäufen behilflich gewesen: Sie hielt die Vorverkaufsvertragsunterlagen in Ordnung, machte die Abrechnungen, erklärte den Bauern, wie sie mit Schecks umgehen müssen, beaufsichtigte nach dem Verhandeln das Verladen auf den Transporter, begutachtete penibel die Ingwer- und Knoblauchknollen, und wenn Kim am Steuer saß, war sie es auch, die die Straßenkarte nach Nebenstrecken abgesucht hatte.

In den Produktionsgebieten waren die Agrarprodukte ja eigentlich günstig. Nur zahlten vom Frühling an finanzstarke Großhändler den Kleinbauern im Vorhinein einen zinslosen Vorschuss für ihre Ernten. Wer dann noch an billige gute

Ware kommen wollte, musste dafür regelmäßig das von diesen Händlern nicht aufgesuchte Hinterland nach ihnen absuchen. Jangsu Kim und Yunae hatten nacheinander die Ortschaften Yeongyang, Bonghwa und Cheongsong abgeklappert und herausgefunden, dass in Yeongyang die Waren am billigsten und hochwertigsten waren, weswegen sie dorthin zurückfuhren.

Der Transporter rumpelte über eine verlassene Landstraße, mit Yunae auf dem Beifahrersitz. Sie sah aber in ihrer kurzärmeligen Bluse und den schlanken weißen Armen so reizend aus, dass sie Kim zunehmend an den Rand seiner Selbstbeherrschung brachte. Er konnte das zwar nicht sagen, aber er hoffte wirklich, dass der Sommer bald vorbei sein würde. Allein mit diesem weißarmigen, schönen Wesen unterwegs in den Bergen auf einer fremden Landstraße – das machte ihn fertig! Yunaes Brüste wippten im Takt des über die Schotterpiste holpernden Wagens. Sie war eingeschlafen, der Fahrtwind zerzauste durch das offene Seitenfenster ihr Haar. Als sie dann schaukelnd mit der Schulter zu ihm kippte, musste er sein Fenster hinunterkurbeln. Ein scharfer Luftzug blies ihm ins Gesicht.

In einem Gästezimmer in der Einöde mit vertrockneten Kaugummis an Wänden, die sie mit ausgestreckten Armen berühren konnten, gab Yunae sich ihm schließlich emotionslos hin. Am frühen Abend hatten sie sich noch separate Zimmer genommen und waren zuerst für sich geblieben. Nach ihrem Echo auf sein fragendes Räuspern von nebenan durch die dünne Wand und einer lang anhaltenden Stille war Jangsu Kim endlich zu ihr hinübergegangen. Er hatte bei dieser Affäre eigentlich nicht an Liebe gedacht. Vielleicht war es Liebe, vielleicht war es aber auch bloß unmoralische, blinde Leidenschaft und sogar nur seine eigene nackte Begierde, er war sich selbst nicht sicher. Wie dem auch sei, es hatte wohl so kommen müssen – genauso wie das Wasser fließt und es abends dunkel und morgens wieder hell wird.

»Chef, der Knoblauch aus Yeongyang sieht doch ganz gut aus«, hatte Yunae noch gesagt, während sie seinen Kopf in ihren Armen haltend streichelte.

»Wir werden hart liegen, weil die Matte zu dünn ist.«

»Wenigstens ist der Boden warm genug.«

»Licht aus?«

»Mir egal.«

»Aber wenn es hell ist, sieht man so viel.«

»Dann machen Sie es eben aus.«

Als unmittelbare Folge der Asienkrise hatte Badashikpum das Sortiment reduzieren müssen. Von den fünf Artikeln wurden die in Sojasauce eingelegten Krabben zu allererst gestrichen, weil der Stückpreis am teuersten war und sie die kürzeste Lagerungsfrist hatten. Zuerst sollte zwar bei gleichzeitiger Reduktion der Liefermenge nur der Stückpreis gesenkt werden. Aber zwei Monate nach der Bekanntgabe des IWF-Hilfsprogramms für Korea hatte der Meeresfrüchteproduzent diesen Artikel aus dem Programm genommen und die Verträge mit den Subunternehmern gekündigt. Jangsu Food war einer der betroffenen Lieferanten, aber allein konnte diese Marke auf dem Markt keinen Fuß fassen, da Kim die finanziellen Mittel für Werbung und Vertrieb nicht aufbringen konnte, und die Ladenketten und traditionellen Märkte ohnehin noch ihre Stammlieferanten hatten. Hinzu kam, dass die Kaufhäuser generell für die Auslage in einer Lebensmittelabteilung eine Absatzbeteiligung von dreißig Prozent und einen Zusatzbonus verlangten.

Jangsu Food musste dicht machen, und die Mitarbeiter zerstreuten sich in alle Winde. Kim hatte noch die übrig gebliebenen Krabben aus dem Verkauf unter ihnen aufgeteilt, bevor sie gingen. Von einem Fahrgast, der früher einer seiner Angestellten gewesen war, hatte er einmal zufälligerweise erfahren, dass Yunae geheiratet hatte und danach nach Laos gegangen war.

Eine Taxi-Spätschicht dauerte immer von vier Uhr nachmittags bis vier Uhr morgens – egal, wo man sich an diesem Tag dann gerade befand. Und hierin lag das Unerbittliche, dass man ziellos Langstrecken wie ein Weltmeister dahin rasen musste, nur die Ablösung im Blick, schneller und schneller, um endlich die vorgeschriebenen Tageseinnahmen von mindestens 95.000 Won verbuchen zu können. Die Taxifahrer erzielten ihr Einkommen während der Nachtschicht im Wesentlichen zwischen elf und ein Uhr nachts. Denn dann waren Seouls Straßen endlich durchgehend frei, und die zahlreichen angetrunkenen Nachtschwärmer im Zentrum drängten zu den Taxen, um nach Hause zu kommen.

Das Ziel der Fahrer war es, zur Ausnutzung der Sitzplatz-Kapazität möglichst Fahrgemeinschaften zu drei, vier Kunden zu Zielen in Vororten am Han-Fluss, die in der gleichen Richtung liegen, zu bilden; so konnten sie innerhalb dieser zwei Stunden mit ein oder zwei solcher Touren, auf denen sie jeweils 50.000 bis 60.000 Won einnahmen, schon um zwei Uhr morgens ihr Pensum erreichen. Zusätzliche Erträge konnten sie behalten. Ab zwei Uhr war es für sie dann schwierig, auf Kunden zu stoßen, selbst wenn sie mit über hundert Stundenkilometern über die fast leeren Straßen preschen konnten. Hinzu kam, dass die Leute nach eins ja meistens einen über den Durst getrunken hatten und bei Angabe des Reiseziels nur missverständliches Zeug brabbelten und in der Regel außerhalb der Scheinwerferlichtkegel in der Dunkelheit umher wankten. Hatte ein Taxifahrer frühmorgens die Mindesteinnahmegrenze überschritten, fiel es ihm schwer, der Versuchung des Rasens zu widerstehen – und wenn er dabei erwischt wurde, waren 70.000 Won für ein Knöllchen fällig. All die Bußgelder für Geschwindigkeitsübertretungen, das Stehen im Halteverbot und das Überfahren einer roten Ampel waren seit jeher die ständige Crux aller Taxifahrer.

Um 23.30 Uhr parkte Jangsu Kim seinen Wagen auf der Jongno 3-ga vor dem Tapgol-Park und wartete auf Kunden. Da brüllte ihm ein Haufen besoffener Typen auf der Mittelspur einige Ortsnamen entgegen.

»Jamsil, doppelter Preis!«

»Bongcheon-dong, eine Million!«

Ein anderer in einem zerrissenen Hemd musste gestützt werden, als sie herüberkamen.

»Ulleungdo, zwei Millionen!«

Sie sahen so bemitleidenswert aus wie Tiere mit Heimkehrtrieb, die im Dunkeln verzweifelt auf der Suche nach ihrem Nest waren. Und am helllichten Tage würde es sie wieder umso stärker zum Stadtkern ziehen. Ein anderer der Gruppe öffnete schon bei dem Taxi vor ihm die Hintertür, schob seinen Kopf hinein, grölte noch »Hannam-dong!« und trat danach enttäuscht gegen die Stoßstange. Auch die um diese Zeit extra dafür abgestellten Verkehrspolizisten mit ihren roten Stablampen konnten diese Leute nicht davon abhalten, mitten auf die Straße zu laufen. Kim jagte mit einem riskanten Zickzack-Manöver vor der auf seinen Wagen zustürzenden, berauschten wilden Meute davon. Ein Stück weiter hielt er wieder und ließ einen anderen Besoffenen, der zur Strasse Samsongri wollte, auf der Beifahrerseite einsteigen und wartete noch auf weitere Kunden. Die Schnapsleiche, die er gerade aufgegabelt hatte, war eingeschlafen, und der Kopf nickte auf und ab. Um zwölf brach Kim zu einer weiteren Tour nach Gupabal und Bongilcheon auf. Um zehn vor eins in Bongil-cheon war das Tagessoll erreicht. Auf dem Weg von dort zurück nach Seoul hatte er keine Fahrgäste.

Von 1.30 Uhr an wartete Kim unbesetzt vor dem Koreana Hotel in der Sejongno. Um 1.40 Uhr kam eine junge Frau, die allein nach Gimpo fahren und dafür 10.000 Won extra zahlen wollte, und nahm auf der Rückbank Platz. Kim entschied sich für die Route über die Uferstraße entlang des Nordhan-Flusses, die über die Gimpo-Brücke führte. Wenn es in Gimpo keinen Fahrgast mehr gab, konnte er leer zurück in die Stadt fahren und nochmal in den Vororten ein, zwei Runden drehen. Dann konnte er auf den Wagenhof fahren und um vier seine Schicht beenden. *Wenn ich Glück habe, mache ich heute gut fünfzigtausend plus,* dachte Kim und trat aufs Gas. Von fern stachen ihm die Lichter einer näher kommenden Ampelkreuzung ins Auge.

Die Insassin erschien im Rückspiegel. Vielleicht hatte sie geweint oder ihr Gesicht abgewischt, jedenfalls waren ihre Wangen Mascara verschmiert und es klebte Lippenstift auf ihren Vorderzähnen. Im Schein der vorbeihuschenden Lampen der Uferstraße kramte sie ein Handy hervor, ihre Zunge war schon schwer.

»Ach ja, Liebe? Red' doch keinen Quatsch! Was hast du denn für Vorstellungen von Liebe? Ich finde, da gehört sehr wohl Verantwortung dazu … Ey, hör bloß auf! Es ist also unfair, dass gerade ich das sage? Komm, es ist besser, wir machen

Schluss. Findest du doch auch, oder? Ob ich getrunken habe? Hey, ich bin nüchtern!«

Straßenverkäufer, die ihr Tagewerk vollbracht hatten, zogen ihre Handkarrenstände auf dem Seitenstreifen der Jayuro-Strasse entlang, immer einer vorn und einer hinten. Sie durchquerten die Dunkelheit in Richtung der Felder und Äcker, von wo aus nur vereinzelte Lichter blinkten. Während der Platzregen nachließ, wallten dichte Nebel vom Han herauf, und an der Yanghwa-Brücke wogte das Hochwasser im gelben Neonschein. Aus dem Fond waren ein Rülpser und ein lautes Gluckern zu vernehmen. Am Nordende der Gimpo-Brücke war die Frau wieder mit ihrem Handy zugange.

»Ich bin's. Bist du gut nach Hause gekommen? Du, das eben wollte ich nicht! Ich verlange ja keine Verantwortung von dir. Ja, tut mir leid ... Ich bin fast da. Hab gerade ein bisschen was getrunken. Schlaf jetzt... Schlaf jetzt, habe ich gesagt! Fang bloß nicht wieder damit an ...«

Um 3.50 Uhr rollte Kim auf den Garagenhof in Yeonsinnae. An diesem Tag mit dem Anruf von Yunae blieb ihm abzüglich des Tagespensums und der extra Spritkosten ein Gewinn von 58.000 Won. Den hatte er sich schon nach Mitternacht mit den Kunden nach Bongil-cheon und dieser Trinkerin nach Gimpo verdient. Nachdem er sie dort abgesetzt hatte, war er leer wieder nach Seoul zurückgefahren. Auf dieser letzten Tour hatte er nochmal Blut und Wasser geschwitzt, ob er nicht doch noch 70.000 Won loswerden würde, denn er war mit über hundertzehn Sachen auf der Jayuro unterwegs gewesen und hätte bei der Seongsan-Brücke geblitzt werden können. Als er unter dem Starenkasten durchfuhr, war er zwar zuvor schon vom Gas gegangen, weil es aber auf dieser Strecke sehr viele Kameras gab, konnte er sich nie ganz sicher sein.

»Ich wollte nur mal sehen, ob es Ihnen gut geht.«

Yunaes Gesicht war braun gebrannt. Auch ihre schlanken Arme in der kurzärmeligen Bluse waren dunkel und gar nicht mehr weiß wie vor fünf Jahren, und Jangsu Kim gefiel dieser Anblick. Das Töchterchen kam in der Augenpartie und dem Kinn ganz nach der Mutter; mit den anderen abweichenden Details stellte er sich den Vater vor. Den dunklen Teint hatte es wohl von der starken Sonne in Laos.

»Ja, soweit schon. Man schlägt sich so durch. Mich kann nichts unterkriegen.«

»Hier, das ist meine Tochter. Ich habe sie in Laos bekommen, sie heißt Namhee, das bedeutet *Mädchen aus dem Süden.*«

»Und sie ist schon drei? Kann sie denn auch sprechen?«

»Weil sie nur mit einheimischen Kindern spielt, kann sie nicht so gut Koreanisch.«

»Süß ist sie, ganz die Mutter.«

»Das Gesicht hat sie von mir, die Figur von ihrem Vater.«

Tänzelnd kam die Kleine auf Kim zu. Er hob sie auf seinen Schoß. Erinnerungen an die Nächte mit Yunae in der Provinz kamen in ihm hoch, und er ließ das Kind wieder herunter.

Yunae erzählte, dass sie nach der Pleite von Jangsu Food einen nach Laos ausgewanderten Koreaner geheiratet hatte. Er bewirtschaftete an der Grenze zu Kambodscha einfache Pensionen für ausländische Touristen. Und weil die drei Häuser über vierzig Kilometer voneinander entfernt seien, würden sie diese nun zusammen mit dem Auto versorgen.

»Was haben Sie denn bis jetzt so gemacht, Chef?«

»Ich bin nur ein kleiner Unternehmer. Nicht der Rede wert…«

Jangsu Kim schaute aus dem Fenster des Hotel-Cafés im ersten Stock. Von dort hatte er einen guten Überblick auf den Taxistand des Koreana, wo er am Morgen die Frau nach Gimpo mitgenommen hatte. Yunae zog das zu ihren Füßen krabbelnde Kind zu sich hin und sagte: »Es tut einfach nur gut zu wissen, dass Sie da sind.«

»Einfach nur so …?«

Yunae sah Kim an und lächelte. Es war ein flüchtiges, vages Lächeln.

»Ja, und lebt es sich gut in Laos?«

»Alles ist schön billig. Wir haben das ganze Jahr über Gäste. Es gibt dort keinen Winter, und an die Hitze habe ich mich gewöhnt.«

»Was für ein Glück! Im Vergleich zu Seoul geradezu beneidenswert.«

»Da ist was dran. Sie sollten mal nach Laos zu Besuch kommen, Chef. Sie müssen sich um die Unterkunft keine Gedanken machen, in unseren Pensionen ist viel Platz. Wenn Sie kommen, werden wir Sie mit dem Wagen abholen.«

»Ihr habt euch ein Auto gekauft?«

»Einen japanischen Geländewagen, Toyota. Ich habe dort auch Autofahren gelernt. Wenn Sie kommen, müssen wir also unbedingt mal auf lange Fahrt gehen, und dann wechsle ich mich mit meinem Mann ab.«

»Ja, gut … Wenn ich Zeit habe, komme ich mal …«

Es war schon nach eins, wenn Kim bis vier in Yonsinnae sein wollte, musste er sich mit dem Mittagessen beeilen. Er begleitete Yunae aus dem Café und machte sich zum japanischen Restaurant im zweiten Stock auf. Sie kam mit dem schlafenden

Kind auf dem Arm hinterher. Auf der Treppe nach oben nahm Kim ihr die Kleine ab.

»Wir hätten gerne einen Tatami-Raum.«

Jangsu Kim legte das schlafende Kind auf den Mattenboden. Die Serviererin brachte noch ein Handtuch und deckte ihren Bauch damit zu. Dem Mädchen lief Speichel aus dem Mund, und Yunae wischte ihn mit einem feuchten Tuch ab. Wimmernd drehte sich das Kind um.

»Ist sie entwöhnt?«

»Na klar, in diesem Alter.«

Die Bedienung brachte zwei Suppentöpfe. In dem Fischsud mit dicken, saftigen Nudeln schwamm Eierstich. Yunae bediente sich der Stäbchen und begann schlürfend zu essen.

»Da gibt es keine richtig heißen Mahlzeiten. Und ich mag doch auch im Sommer heiße Suppen.«

»Dann lang' mal ordentlich zu!«

Immer wenn sich das Kind rührte, legte sie die Stäbchen ab und tätschelte es.

»Wann geht's zurück?«

»Morgen. Mit dem Flieger abends um acht.«

In dem Fall hätte er Zeit, sie mit einem Wagen um vier vom Depot aus in der Innenstadt abzuholen und dann zum Flughafen Incheon zu fahren.

»Hast du jemanden, der euch hinbringt?«

»Nein. Wir sind nur zu zweit, mein Kind und ich. Wir werden wohl ein Taxi nehmen.«

»Ich werde euch zum Flughafen bringen. Wo seid ihr denn untergekommen?«

Yunae zeigte auf eine kleine Seitenstraße gegenüber vom Hotel.

»In dieser Gasse in der Wellbeing-Pension.«

»Ich werde morgen bis um fünf mit dem Auto vor der Pension sein. Macht euch bis dahin fertig.«

Von der im Nordwesten vorgelagerten Insel Ganghwa her setzte die Ebbe ein und enthüllte das Watt, soweit das Auge reichte. Die Abendsonne senkte sich über die roten Strandsoden, und stelzende Vögel stocherten im schwarzen Schlick. Die zu ihren Stellnetzen und Fanggründen ausgelaufenen Fischkutter tuckerten die Fahrwasser entlang stromaufwärts. In der Dämmerung schwebten Flugzeuge auf die Insel Yeongjong herab. Bis zu den Brückenlampen hatte Yunae vom Rücksitz aus kein Wort von sich gegeben.

Kim trug seine Taxifahreruniform mit den auf der Schulter mit einer Metallklammer befestigten, aus Metallgespinst geflochtenen Achselschnüren, Ärmelwappen und Namensschild. Als er sie um fünf vor der Pension einsteigen ließ, hatte sie nur einen kurzen Blick auf das Taxi geworfen und nichts gesagt.

Während der Wagen die Yeongjong-Brücke überquerte, sank die Sonne hinter den Kamm des Berges Mani, und die Abendröte ergoss sich in das Gelbe Meer. Kim nahm den Fuß vom Gas. Er dachte, er würde sonst direkt in den Sonnenuntergang hineinfahren und fühlte sich, als trüge er jemanden zu Grabe, als würde er Yunae ans Ende der Welt bringen, aber diese Stimmung konnte auch bloß an der Dämmerung liegen. Nach der Brücke auf dem Zubringer zum Flughafen sagte Yunae: »Sie müssen unbedingt mal nach Laos kommen, Chef!«

»Ich werde kommen. Ganz bestimmt.«

Kim hielt gegenüber vom Eingang der Abflughalle. Yunae rüttelte das Kind wach. Kim holte das Gepäck aus dem Kofferraum, stellte es auf einen Gepäckwagen und schob ihn über die Straße, während Yunae mit dem Mädchen auf dem Arm hinterher kam. Andere Taxifahrer, die um Kims Wagen herumfahren mussten, fingen an zu hupen.

»Chef, Sie sollten zurückgehen. Sonst werden Sie noch wegen Falschparkens angezeigt!«

Yunae nahm ihm den Gepäckwagen ab und setzte die Kleine in den Kindersitz.«

»Nimm doch mal die Brille ab, Yunae.«

Sie setzte ihre Sonnenbrille ab.

»Meine Augen sind von der Sonne in Laos etwas entzündet.« sagte sie lächelnd. Sie war ungeschminkt, und das rosa Fleisch der Innenseite ihrer Unterlippe schimmerte feucht. Es war dasselbe Gesicht wie damals in den Bergen von Nord-Gyeongsang.

Yunae schob den Gepäckwagen in die Abfertigungshalle. Die Kleine war aufgewacht und winkte Kim nach.

Es war kurz nach 19 Uhr, und ununterbrochen landeten Flugzeuge in Incheon. Bei den Taxis standen die Fahrgäste Schlange. Mit Passagieren Richtung Dangsan-dong besetzt fuhr Jangsu Kim wieder über die Yeongjong-Brücke. Zum Ende ihrer Urlaubszeit drängten nun alle Reisenden zurück nach Seoul, und wegen einer geplatzten Hauptwasserleitung in der Euljiro sei der Verkehr schon seit zwei Stunden lahmgelegt, hieß es vom Verkehrsnachrichtensprecher. Bis zum Schichtende um vier war es noch lang.

Einäscherung

1

»Sie ist tot.«

Der zuständige Arzt bedeckte das Gesicht meiner Frau, indem er das Laken darüber zog. Ein paar Haarsträhnen lugten unter dem Laken hervor und hingen herunter. Die Anzeige des EKGs fiel auf Null herab, ein rotes Lämpchen blinkte, und ein piependes Signal setzte ein. Die Patientin hatte aufgehört zu atmen. Es blieben also keine Wiederbelebungsmaßnahmen, doch das Piepen war schrill und drängend. Der Patient im Nebenbett verzog das Gesicht und drehte sich zur anderen Seite des Bettes.

Wenn man die Schmerzen beim zweijährigen Kampf gegen die Krankheit mit den Ärgernissen verglich, die diese unseren Familien bereitet hatte, ist der Tod meiner Frau regelrecht angenehm gewesen. Ohne Anzeichen, dass ihr Atem versiegte, hatte ihr Herzschlag von alleine nachgelassen und schließlich aufgehört; ihr Gesichtsausdruck entbehrte jeglichem Schmerz. Sie hatte sich dem Tod folgsam ergeben. Im Spalt ihrer Lippen bahnte sich ein zäh aussehender Speichelfaden seinen Weg nach außen. Der Körper meiner Frau war nur noch Haut und Knochen. Über ihren Beckenknochen, über denen alles Fleisch ausgedörrt war, hing die Haut schlabbrig herab und warf auf der Matratze Falten. Beim Waschen meiner Frau durch die private Pflegerin hatte ich bemerkt, dass infolge zurückgehenden Fleisches das Schambein steil hervortrat, und die äußeren Schamlippen, deren Farbe ins Schwarze überging, ausgetrocknet waren. Unglaublich, dass meiner Frau und mir aus diesem vertrockneten Ort eine Tochter geboren war. Jedes Mal wenn die Pflegerin mit einem Lappen die Flüssigkeit aus ihrem Unterleib wischte, brachen Schamhaare ab, die aufgrund der Nebenwirkungen der Krebsmedikamente entwurzelt wurden, und fielen aus. Dann klopfte sie den Lappen immer auf dem Boden der Badewanne aus.

»Wir können die Leiche nicht im Krankenzimmer lassen. Wir werden sie gleich in einen Kühlraum bringen.«

Der Arzt rief über das Telefon einen Pfleger. Zwei Männer kamen ins Zimmer und versprühten um Bett, Mülleimer und Toilette herum Desinfektionsmittel. Sie schnallten die Leiche meiner Frau mit einem Gürtel fest, hoben das Bett an und trugen es nach draußen.

Es war sieben Uhr morgens. Durch das Fenster des Krankenzimmers im vierzehnten Stock dämmerte zwischen den Gebäuden hindurch der Tag. Frühlingsnebel lag tief unten auf der Straße. Straßenkehrer fegten die Straße, und an den Mülltonnen neben den Essensbuden tummelten sich die Tauben.

Eigentlich wollte ich unsere Tochter anrufen, doch ich beschloss dies noch eine Weile zu verschieben, damit sie noch länger schlafen konnte. Über das Sterben meiner Frau wachend konnte ich auch diese Nacht nicht pinkeln. Sicher konnte ich immer wenn der EKG-Graph einigermaßen stabil war, das Zimmer verlassen und zur Toilette gehen, doch es kam einfach kein Urin heraus. Seit über sechs Monaten setzte ich mich zum Wasserlassen wie eine Frau auf die Toilette. Auf die Männerart zu stehen und darauf zu warten, dass es kam, war anstrengend. Ich saß auf der Toilette und übte Druck auf die Blase aus, da breitete sich zwischen Hoden und Anus ein stechender Schmerz radial aus. Vom Ende meines Gliedes fielen wie von einem schmelzenden Eiszapfen ein paar Tropfen herunter. Die Tropfen waren rot. Im Inneren der Harnröhre fühlten sich die Tropfen hart wie Stein an, und als der Urin herauskam, schmerzte sie und war heiß, als brannte man sie mit Feuer aus. Alles in meinem Körper waren ein paar rote Tropfen. Unter dem Druck, nicht dem Ruf der Natur folgen zu können, war mein Körper schwer und drängend. Es war dringend, doch ich konnte es nicht herauslassen. In der vergangenen Nacht frequentierte ich die Toilette fünfmal hintereinander, aber der Urin formte sich am Ende meines Gliedes nur wie zu einem Tautropfen und fiel herab. Sogar als der Leichnam meiner gestorbenen Frau hinausgetragen wurde, konnte ich unter dem Druck des Gewichtes meiner Blase nicht hinter dem Bett hervortreten.

In der Firma werden sie mir eine Woche frei geben. Um die Beerdigung abhalten zu können, musste ich zum Urologen gehen, etwas Urin dort lassen und meinen Körper wieder instand setzen. Es waren noch zwei Stunden, bis die Urologen öffneten. Die zwei Stunden waren unerträglich. Ich hatte keine Kraft mehr vor dem Krankenzimmer zu warten, aus dem die Leiche meiner Frau herausgetragen worden war. Ich ging zu einer Sauna in der Nähe des Krankenhauses und wollte versuchen zu schlafen. Am Vordereingang der Sauna rief ich meine Tochter an.

»Heute Morgen ist deine Mutter gestorben.«

Ihr Atem stockte, und es kam erst keine Antwort.

»Gib' in deiner Firma Bescheid, mach' dich fertig und komm' zum Krankenhaus. Ruf' meine Haushälterin an, und sag' ihr, dass sie auf deine Wohnung aufpassen soll, und stell' Hundefutter hin, bevor du kommst.«

»Papa, es tut mir leid. Konntest du inzwischen auf Toilette?« Ihre Stimme schlug in Wimmern um.

»Ja, ein bisschen. Bring' ein Foto, das wir als Totenbild nehmen können, und Unterwäsche zum Wechseln für mich mit, wenn du kommst«, konnte ich den Satz gerade noch beenden, da war der Handy-Akku leer. Das Handy ging mit einem piependen Geräusch aus. Als es sich abschaltete, war es mir, als zerrissen mich der Tod meiner Frau und auch die Beerdigungsprozedur, der ich ab heute nachgehen musste. Das Geräusch des ausgehenden Handys war bedeutungslos. Als in der Nacht ihr Puls auf Null sank, und sie ihren letzten Atemzug tat, gab das EKG-Gerät auch einen solch belanglosen Ton von sich.

Am Vordereingang der Sauna war ein Schnellladegerät für Handys angebracht. Ich bat einen Angestellten mein Handy aufzuladen und betrat das Zimmer mit den Becken. Ein paar Männer, die die Nacht durchgemacht hatten, badeten ihre Körper im Wasser und hingen in den Becken ab. Jedes Mal wenn das ans Ladegerät angeschlossene Handy einen Anruf empfing, kam der Angestellte herein, sprach die Männer an und rief die Nackten, deren Hoden schlackerten, aus dem Becken.

Im heißen Wasser waberte meine mit Urin angefüllte Blase noch mehr, und mir war, als zappelte ich im Urin meines Körpers. Es fühlte sich an, als quoll der heiße Dampf, der meinen Körper durchströmte, in den Urin hinein. Ich erinnerte mich an das gemeinsame Leben mit meiner Frau: Ich finanzierte von dem Geld, das meine junge Frau als Journalistin für eine Zeitschrift verdiente, meinen Studienabschluss, wir heirateten, bekamen eine Tochter. Wir hatten zuerst nur eine Einzimmerwohnung, kauften uns dann ein Haus für hundert Millionen Won. Ich fing in einer großen Kosmetikfirma als niedriger Angestellter an und arbeitete mich zum Vorstandsmitglied hoch. Diese Zeiten zogen an mir vorüber und lösten sich wie etwas von vornherein nie da gewesenes im Dampf des Saunabeckens auf.

Meine Frau hatte einen Hirntumor. Wir erfuhren, dass er sich im Anfangsstadium als Migräne äußert. Sie hatte sich in den zwei Jahren ihrer Krankheit drei Operationen unterzogen. Jedes Mal verschlimmerten sich die Symptome. Sie klagte über krampfartige Kopfschmerzen, spuckte ihr Essen direkt wieder aus, erbrach tiefblauen Magensaft und verlor das Bewusstsein. Der Arzt, der ihre Operationen durchgeführt hatte, war ein Kommilitone von mir. Wir waren im gleichen Jahrgang, hatten aber unterschiedliche Hauptfächer, daher kannten wir uns nicht vom Studium. Während meine Frau im Krankenzimmer lag, rief er mich ins Behandlungszimmer und teilte mir den Befund des Hirntumors mit. Damals erklärte er mir:

»Der Hirntumor ist eine Art Krebs. Vom Tumor, der sich im Schädel des Menschen entwickelt, gibt es mehr als 130 verschiedene Arten. Alle Geschwulste im Organismus sind Tumore. Der Tumor kann in jedem körperlichen Organismus entstehen. Den Hintergrund und die Voraussetzungen für seine Entstehung kennen wir nicht. Er ist ein fremdes Lebewesen, das sich nur in Lebewesen bildet. Im toten Organismus kann er sich nicht entwickeln. Die Entstehung und das Wachstum des Tumors kennzeichnen ihn als Lebewesen. Innerhalb des Lebewesens bildet sich ein neues Lebewesen, das dessen Leben verneint, das Lebewesen bewohnt und sein Territorium ausbreitet. Dieses Phänomen ist ein Kennzeichen für Leben. Man kann Tumore nicht von Lebewesen unterscheiden. Deshalb ist die Behandlung schwierig. Mach' dich auf eine schwere Zeit gefasst und bereite deine Frau darauf vor.«

Damals konnte ich seine Worte nicht verstehen. Sie waren leer. Laut seiner Erklärung befiel der Tumor keine Toten, sondern nur Lebende. Seine Worte klangen so als wären sie weder dies noch jenes, da auch der Tumor ein Beweis für Leben war. Vielleicht hatte ich es auch richtig verstanden. Seine Worte waren eindeutig, sie waren zwar sinnlos, doch in diesem Moment fürchtete ich die Eindeutigkeit seiner klaren Worte. Und diese Furcht war seelenruhig. Je eindeutiger seine Worte wurden, desto hilfloser wurde ich. Nachdem meine Frau heute früh gestorben war, erkannte ich, dass ich die klaren Worte des Arztes nicht so falsch verstanden hatte, als draußen vor dem Fenster in diesem vernebelten Viertel der Morgen hereinbrach, während die Infusionskanüle aus ihrem Handgelenk gezogen wurde.

An dem Tag als mir der Arzt den Befund des Hirntumors eröffnete, teilte ich diesen meiner Frau mit. Den Teil, in dem der Arzt die *Kennzeichen auf Leben* betont hatte, ließ ich aus. Einem Patienten gegenüber will man nicht hoffnungslos reden.

»Liebling, du hast einen Hirntumor. Das MRT-Foto hat es gezeigt.«

Sie weinte ununterbrochen und lange. Als es langsam abebbte, sagte sie: »Liebling, es tut mir … Liebling, tut mir leid.«

»Es ist voll«, sagte der Angestellte, indem er mir das geladene Handy entgegenhielt, als ich aus der Sauna kam. Ich schob es auf: Es waren vier Balken auf der Akku-Anzeige. Die Urologen hatten nun geöffnet. Der Weg zu dem Urologen in der Nähe meiner Firma, den ich sonst immer aufsuchte, war zu weit. In der Gasse neben der Sauna, im zweiten Stock eines Gebäudes, das eine Kirchengemeinde und einen Metzger beherbergte, war das Schild einer urologischen Praxis angebracht. Die Arzthelferin wischte die Rezeption feucht auf und der betagte Arzt sah die Morgenzeitung durch.

»Es ist eine Prostataentzündung, der Urin ist etwas …«

»Legen Sie sich dort hin.«

Ich legte mich auf die Liege, auf die der Arzt gezeigt hatte, und öffnete meinen Gürtel. Der Arzt befühlte durch meine Kleider hindurch meinen unteren Bauch.

»Oje, warum haben Sie so lange gewartet, bis die Blase derart voll ist …?«

»Letzte Nacht konnte ich nicht einmal schlafen …«

»Wenn Sie sich sorgen, kommt es noch weniger. Wie alt sind Sie?«

»55.«

»Wenn man älter wird, kann es vorkommen, dass sich die Prostata von selbst entzündet. Das ist eine Alterserscheinung, die nichts mit einer Krankheit zu tun hat. Wie in dem alten Sprichwort: Wenn man älter wird, wird die Blase schwach. Ihre Symptome sind allerdings ziemlich heftig.«

Der Arzt gab der wischenden Helferin Anweisungen.

»Hier, Frau Choi, lassen Sie diesen Herrn urinieren. Die Menge ist groß. Es wird etwas dauern. Nehmen Sie besser zwei Urinbecher.«

Die Arzthelferin kam herein. Ihr Kopf war von einem weißen Tuch bedeckt und nur zwei Augen stachen hervor. Liegend betrachtete ich die Helferin mit dem weißen Tuch. Wären da nicht ihr dezentes Parfüm und ihre Brüste, hätte man nicht erkannt, dass sie eine Frau war. Anscheinend hatte sie aus Sorge darum ein Tuch umgebunden, dass ich sie später wiedererkennen könnte, nachdem sie meinen Penis berührt hatte.

»Heben Sie ihre Hüfte bitte etwas an.«

Ich hob meine Hüfte. Die Helferin zog meine Hose und Unterhose mit einem Ruck runter. Sie bewegte ihre mit einem Gummihandschuh überzogene Hand gleichsam wie in einer Liebkosung und hob mein Glied an. In ihrer gummibehandschuhten Hand schwoll es an. Mein Glied fühlte sich zwar fremd an, als wäre es nicht Teil meines Körpers, doch es ließ eine schreckliche Scham in mir aufsteigen. Die Arzthelferin neigte ihren Kopf meinem Glied zu und spreizte das Loch am Ende mit zwei Fingern. In dieses Loch führte sie einen langen Katheter ein. Der Katheter drang endlos weit in meinen Körper vor. Die Harnröhre schmerzte und der in der Blase eingeschlossene Urin schrie auf.

»Sie dürfen sich nicht bewegen. Es wird eine Weile dauern. Wenn die Schmerzen in der Harnröhre zu schlimm werden, drücken Sie die Klingel.«

Die Helferin verschwand. Den Katheter entlang floss der Urin wie aus einer Spritzpistole schießend stoßweise heraus. *Tropf, tropf…tripp, tripp …* hörte ich das Geräusch des Urins, wie er in die Becher unter dem Bett fiel. Während der Druck auf meine Blase allmählich abnahm, beruhigte sich mein keuchender Atem. Durch das Glasfenster der Praxis brachen die ersten Sonnenstrahlen. Ich schloss die Augen. In meine Augen schien die Sonne, durch meine Lider entfaltete sich ein rosa Meer, auf dem ein paar Flecken umhertrieben. Sie schwammen bis zur Horizontlinie und wieder zurück. Das rosa Meer in meinen Lidern sah aus wie ein fremdes Meer, das ich während meines Lebens nicht durchqueren konnte. *Tropf, tropf… tripp, tripp …* hörte ich das Tröpfeln des Urins. Es kam von weit her und war ganz deutlich. Zu einem Ende des rosa Meeres schwamm die Bahre meiner toten

Frau hinfort. In dem Moment, als der Schmerz in meiner Blase nachließ, schlief ich kurz ein.

2

Es war nach zehn Uhr, als ich wieder im Krankenhaus war. Der von der Verwaltung als Trauerzimmer ausgewiesene Raum war Zimmer 3. Die Leiche meiner Frau war in den Kühlraum gebracht worden, und dem Altar fehlten noch die Leiche und die Trauergäste. Vor dem Totenbild meiner Frau lag unsere Tochter flach ausgetreckt und weinte. Ihr in einen schwarzen Anzug gehüllter Verlobter Minsu Kim streichelte ihre Schulter. Unsere Tochter hatte vor zwei Jahren die Universität abgeschlossen und Arbeit in einem Wirtschaftsunternehmen gefunden. In zwei Monaten hatte sie vor zu heiraten und mit ihrem Mann, der zum Studieren nach Amerika gehen wollte, nach New York zu ziehen.

Gesicht und Figur meiner gestorbenen Frau und unserer Tochter glichen sich wie ein Ei dem anderen. Sie haben beide runde Augen, kleine Ohren und volle Wangen. Sogar die runde Kurve der Schulter und der kraftlos wirkende Rücken meiner bis zur Besinnungslosigkeit weinenden Tochter glichen meiner toten Frau. Ich blickte abwechselnd in das Gesicht im Porträt meiner Frau und in das Gesicht unserer Tochter. Der Gesichtsausdruck toter Menschen schimmert im Gesicht der noch nicht gestorbenen auf und lebt darin weiter.

Wenn wir drei uns abends am Esstisch gegenüber saßen, verzweifelte ich hin und wieder an ihrer beider Ähnlichkeit. Damals war das gemeinsame Essen, bei dem wir uns gegenüber saßen, schwer und auch unausweichlich, und es war schwierig, sich ihm zu entziehen. Aber es war noch schwieriger, sich dem Zustand zu entziehen, dass sich die Gesichter des Totenbildes meiner Frau und meiner Tochter glichen. Es war der überflüssige Gedanke, der aus der Erschöpfung nach der Sorge um die Patientin mit der langen und auch zermürbenden Krankheit erwuchs. In dem Moment, als der beim Tod meiner Frau diensthabende Arzt »Sie ist tot« gesagt hatte, hatte ich ein Gefühl ähnlich der Schwere, dass ich unter dem Druck der zum Platzen gefüllten Blase an Ort und Stelle zusammenbrechen wollte.

Es wird sieben Uhr abends vorbei sein, wenn die ersten Beileidsbekundenden einzeln oder zu zweit kommen, und am darauffolgenden Tag werden die Verwandten aus Busan bzw. Gwangju eintreffen. Unsere Verwandtschaft beschränkte sich auf meinen jüngeren Bruder, seine Frau und meine Neffen, und auf die jüngere Schwester meiner Frau, die wohl alleine alt werden sollte. Die Verwandten wird unsere Tochter benachrichtigen, das Sekretariat der Firma kümmerte sich im Laufe des Vormittags darum die Todesanzeige in der Zeitung aufzugeben und gab meinen Klassenkameraden aus der Oberschule Bescheid, meiner Reserveoffizier-Ausbildungskorpsgemeinschaft, meinem Freundeskreis aus der Heimat, dem Vorstand unserer Bank, dem Bezirksbüroleiter, dem Beamten der Zulassungsbehörde für Kosmetika, dem Vorstand der Unternehmen in derselben Sparte, dem Werbemanagement, der Werbeproduktionsagentur, den Werbegesichtern, dem Chef der Rohmaterialzulieferfirma, dem Chef der Behälterproduktionsfirma, den Schuldnachlasskunden, den Journalisten des Kosmetikmagazins und den Journalisten der Kosmetiksparte in der Tageszeitung. Die nötigen Dinge für die Beerdigung und die Trauerkleidung, die Speisen und Getränke für die Beileidsbekundenden stellte die Leichenhalle des Krankenhauses bereit. Die Bediensteten stellten den Todesbefund aus, gaben die Nachricht von ihrem Tod an die Ämter weiter, kontaktierten das städtische Krematorium und kümmerten sich darum, dass wir einen Termin für die Einäscherung bekamen. Auch die Reservierung eines Leichenwagens und die Beschaffung einer Begräbnisstätte für die Asche wickelten die Angestellten der Leichenhalle in ein paar Telefonaten ab. Als Ehemann musste ich zwar den Tod meiner Frau körperlich verkraften, doch ich musste mich nicht um die Beerdigung kümmern.

Das Telefon im Trauerraum klingelte. Es war ein Angestellter aus der Buchhaltung. Nachdem er Wünsche für die Seelenruhe der Verstorbenen geäußert hatte, forderte er die Zahlung der Behandlungs- und Aufenthaltskosten für die Woche, bevor meine Frau gestorben war. Die Krankenhauskosten seit ihrer Erkrankung beliefen sich auf ungefähr dreißig Millionen Won. Sie war mehrmals operiert worden, und sie hatte öfter spezielle Untersuchungen und teure Behandlungen bekommen, für die die Krankenkasse nicht zahlte. Wenn man das Geld, das meine Tochter und ich für die Krankenpflege ausgaben, zusammen nahm, kam man auf etwa vierzig Millionen Won.

Die Patientin war bereits tot, und die Forderung, die letzten Behandlungen zu ihren Lebzeiten zu bezahlen, erschien unfair. Ich zog die Kreditkarte heraus, gab sie Minsu Kim, dem Verlobten meiner Tochter, und ließ ihn in die Buchhaltung gehen und die Rechnung begleichen. Auch bei ihrem langen Weinen, als wir die letzten Dinge erledigten, glich unsere Tochter meiner Frau.

»Hatte Mama heute Nacht große Schmerzen?«, fragte sie mich.

»Nein, sie war ganz ruhig. Ich habe nicht bemerkt, dass das ihre letzten Atemzüge waren. Ich dachte, sie schläft.«

»Bis dahin hatte sie doch solche Schmerzen …«, sagte sie und brach erneut in Tränen aus.

Wenn meine Frau einen Anfall von Kopfschmerzen hatte, ging es soweit, dass sie ihre Haare ausriss und tiefblauen Magensaft erbrach. Meine wie Heu dahinwelkende Frau wünschte, sie hätte noch etwas mehr Kraft, doch sie wand und krümmte ihren bis auf die Knochen geschwundenen Körper im Kampf gegen die Krankheit so heftig, dass ich mich fragte, woher sie ihre letzten Kräfte schöpfte. Dann verlor sie das Bewusstsein. Wenn sie ohnmächtig wurde, schied sie direkt Kot aus. Ihr Schließmuskel war geöffnet, und der Kot quoll nur so heraus. Die private Krankenpflegerin umwickelte maskiert ihre Leistengegend mit einer Windel. Der Kot meiner Frau war dünnflüssiger Saft. Es trieb unverdautes Essen, wie Seetangstücke, Körner aus der Reissuppe und Eiweiß darin. Der Gestank ihrer nicht völlig verdauten Ausscheidungen war beißend, als wollte er einen erstechen. In diesen Gestank mischte sich gesondert der Geruch der fünf verschiedenen Medikamente, die meine Frau jeden Tag einnehmen musste. Die Ausscheidungen, die nicht mehr als Saft waren, sickerten, sobald sie herausgeflossen waren, in die Windel, von der Menge her nicht mehr als ein Schälchen voll. Doch der Kotgeruch und der Medizingeruch mischten sich nicht und schwirrten unbändig umher.

Es war ein undefinierbarer Geruch. Jedes Mal, wenn meine Frau Kot ausschied, ging ich aus dem Zimmer auf den Gang und rauchte eine Zigarette.

»Mama, jetzt tut dir nichts mehr weh, ja? Alles ist vorbei, nicht?«

Unsere Tochter starrte das Totenbild an und brach im Selbstgespräch flüsternd wieder in Tränen aus.

In dem Augenblick als sie aufhörte zu atmen, konnte meine Frau, obwohl in ihrem Körper immer noch der Schmerz steckte, nichts mehr spüren. Wenn sie auf Schmerz nicht mehr reagieren konnte, weiß man nicht ob ihr Ende angenehm gewesen war oder nicht.

Auch wenn sie bei einem Kopfschmerzanfall ihre Bettdecke aufdeckte und sich die Haare raufte, konnte ich ihren Schmerz nicht nachempfinden. Ich konnte lediglich meinen eigenen Schmerz beim Betrachten ihrer Schmerzen feststellen. An Tagen, vor denen ich die ganze Nacht über an ihrem Bett gewacht hatte, in dem sie sich hin und wieder gewälzt hatte, ging ich direkt vom Krankenhaus zur Arbeit. Wenn ich den Arzt, der betont hatte, dass ein Hirntumor ein *Anzeichen für Leben* ist, nach der Verbindung zwischen den Schmerzen meiner Frau und meinen Schmerzen gefragt hätte, hätte er sicherlich eine klare und schlaue Antwort vorbereitet gehabt.

»Anzeichen für Leben sind innere Phänomene eines individuellen Lebenssystems. Zwei Leben können sich nicht mischen. Es kann nicht von einem Leben in ein anderes übergehen, und dieses Nicht-Übergehen-Können ist ein Zeichen von Leben«, würde er sagen.

Minsu Kim bezahlte die Rechnung und kam zurück in das Trauerzimmer. Er überreichte mir die Kreditkarte und die Quittung.

»Alles zusammen inklusive der Nutzung des Trauerzimmers waren es eineinhalb Millionen Won. Vater, Sie haben letzte Nacht nicht geschlafen. Ruhen Sie sich doch jetzt aus.«

Seit der Verlobung nannte er mich immer *Vater*. Es machte mich verlegen, doch ich konnte ihm auch keine andere Anrede vorschlagen.

Bis sieben Uhr abends, wenn die Trauergäste sich versammeln sollten, lag noch ein ganzer unangebrochener Tag vor mir. Mit meiner Tochter und Minsu Kim auf den leeren Altar ohne Leiche oder Trauergäste aufzupassen war nur schwer zu ertragen. Auch das Gesicht meiner Tochter, das immer häufiger das Totenbild überlagerte, war kaum auszuhalten.

»Geht ihr beide mal nach Hause, packt die Sachen von deiner Mutter für die Spende zusammen und kommt gegen sieben Uhr wieder. Davor gibt's hier nichts zu tun. Wenn ihr in der Verwaltung unseres Viertels nachfragt, werden sie euch ein passendes Altersheim nennen. Schickt die Sachen in einem Ramyeon-Karton per Kurier hin.« So schickte ich meine Tochter und Minsu Kim aus dem Trauerzimmer.

In einer Ecke neben dem Altar war ein kleines Seitenzimmer. Hier konnten die Hauptleidtragenden gelegentlich dösen, wenn keine Trauergäste da waren. Ich schloss die Tür und sogleich war es stockdunkel. Zwischen vorgestern und gestern gab es außer meiner Frau keine Toten, die Leichenhalle war vollkommen still. Meine vom Urin entleerte Blase fühlte sich wie ein wildes Feld an. Meine Augen brannten und mein Mund war trocken. Im Zimmer neben dem Altar, der nur über das Porträt meiner Frau wachte, schlief ich in der Dunkelheit ein.

Das Klingeln meines Handys riss mich aus dem Schlaf. Als ich meine Augen öffnete, wusste ich nicht, wo ich war. Wie wenn ein Käfer außerhalb der Saison summt, rief mich das vage, weit entfernte Klingeln aus dem Dunkeln. Dieses vage Geräusch rief mir den Tod meiner Frau, die Beerdigungsprozedur, die ab heute Abend anfangen sollte, und die Tatsache, dass ich in der Leichenhalle meiner Frau lag, zurück ins Bewusstsein. Ich holte das Handy aus meiner Hosentasche. Es war mein Chef. Die Stimme des Alten, der an Husten litt, war ausgedörrt.

»Herr Oh, ich hab's gehört. Wo sind Sie gerade?«

»Im Trauerzimmer des Krankenhauses.«

»Sie Ärmster, in diesem Alter wird es schwer, einen solchen Verlust zu verkraften.«

»Es war eine seit langem bestimmte Sache.«

»Bisher haben Sie sich keine Mühe für Ihre Frau erspart. Daher müsste auch die Verstorbene auf nichts mehr mit Bedauern zurückblicken. Wie Sie wissen, sind Sie die Stütze der Firma.«

»Äh, da ich etwas zu tun hatte, konnte ich die Zeit irgendwie überstehen ...«

»Wenn wir schon beim Thema Arbeit sind: Das Projekt befindet sich in der Endphase. Die Werbestrategie für den Sommer machen Sie komplett fertig, Trauer ist keine Sache, die man nicht aufschieben kann. Ich schäme mich zwar, aber was soll ich machen? Können Sie Nachrichten via Telefon erhalten und Anweisungen erteilen?«

»Übermorgen kann die Werbestrategie auf der Generalversammlung besprochen werden.«

»Ja, aber hören Sie sich grob an, was bei der Versammlung auf den Tisch kommt, entscheiden Sie sich und bringen Sie's durch. So wie immer eben.«

»Das Konzept ist ja ziemlich ausgearbeitet worden. Ich werde mir die Sachen anhören und mich entscheiden.«

»Danke. Ich hab heute noch etwas vorher zu tun. Ich werd morgen Abend mal vorbeischauen.«

Mein Chef war ein Greis von 80 Jahren. Seine Arthritis im Knie war chronisch. Sein Büro war mit einer Fußbodenheizung ausgestattet, und auch im Sommer hatte er eine Decke um das betroffene Knie gewickelt. In dem 66 m^2 übersteigenden Zimmer war eine Buddha-Statue platziert und es brannten immer Räucherstäbchen. Die Angestellten nannten das Büro des Chefs *großes Heiligtum,* wie das Hauptgebäude eines Tempels. Mein Chef wurde Anfang dreißig Nordkorea abtrünnig, kam alleine nach Südkorea und baute eine Firma mit anfangs nur drei Kosmetikprodukten auf. Im Laufe der Zeit, in der sich alle Sinne der Welt auf die Sexualität ausrichteten und sich intensivierten, florierte seine Firma. Heute produzierte und vertrieb sie über zwanzig Pflegeprodukte und mehr als dreißig Schminkmittel, und hat damit ihren Marktanteil auf den Spitzenplatz vergrößert. Zu den Pflegeprodukten zählen Gesichtswaschlotion, Reinigungsschaum, Körperlotion, Milchlotion, Make-up-Foundation, Sunblock, Flüssigfoundation, Kompaktfoundation und zu den Schminkmitteln Lippenstift, Lipgloss, Lidschatten, Eyeliner, Mascara, Rouge und Maniküreprodukte. Wenn man die Schminkmittel noch nach einem Farbsystem, wie Ultramarinblau, Shocking Pink oder Indian Red und Hunter's Green, unterteilt, ist die Gesamtzahl der auf den Markt gebrachten Produkte weitaus vielfältiger. Von letztem Jahr an investierte er fünf Milliarden Won in den Forschungsetat seines Unternehmens, um nicht Kosmetikprodukte, sondern Drogerieprodukte wie Vaginalreinigungsmittel und -deodorant zu entwickeln und so sein Vorstandsteam anzutreiben. Die Vaginalreinigungsmittel, die sich gerade in der Entwicklungsphase befanden, bereiteten im Anwendungstest am menschlichen Körper einige Probleme. Der Reinigungseffekt war gut, doch die Produkte auf Gelbasis riefen mit den Ablagerungen der Menstruation Nebenwirkungen hervor und lösten Infektionen und Brennen in der Vagina aus. Es kam auch vor, dass das Gel, das tief in die

Vagina eingeführt wurde, vom Urin nicht vollständig ausgeschwemmt wurde und sich in übel riechende Ablagerungen am Gebärmuttermund umwandelte, die schließlich ausflossen. Die Forschung- und Entwicklungsabteilung führte zwar wiederholt Tests bei dutzenden Affenweibchen durch, doch die Ergebnisse wiesen viele Abweichungen zur Innentemperatur und dem Säuregrad der menschlichen Vagina auf, und sie konnte die Probleme mit den biochemischen Prozessen, die die Testprodukte im Anwendungsablauf in Gang setzten, nicht lösen. Bei der Vorstandssitzung schilderte der Leiter der Forschungs- und Entwicklungsabteilung anhand stark vergrößerter anatomischer Fotos der betroffenen Gebiete des weiblichen Genitals die Schwierigkeiten bei der Anwendung am menschlichen Körper. Nachdem er berichtet hatte, dass es schwierig sei, die Eigenheiten der unzähligen Vaginas zu überwinden, machte er den Vorschlag, den vaginalen Säuregrad in drei oder vier Gruppen zu unterteilen und die Produkte daran angepasst differenziert herzustellen.

Der Chef nahm den Vorschlag des Leiters der Forschungs- und Entwicklungsabteilung nicht an, weil die Produktionskosten auf das Doppelte ansteigen würden, weil noch mehr in die Werbung gesteckt werden müsste und weil es den Vertriebsprozess erschweren würde. Das Vaginaldeodorant war ein Spray. Bei den Tests ergaben sich keine Probleme, doch im Punkt der Herstellung hatte der Chef eine andere Vorstellung. Er meinte, dass der Vaginalduft, egal wie hervorragend er auch zusammengesetzt sei, kein unbeständiger Duft sei, der sich nach außen verflüchtigt, und dass man, da es außer einer äußerst begrenzten Zahl keine Nachfrage geben werde, die Produktion erst nach der detaillierten Entwicklung einer Werbe- und Marketingstrategie starten könnte. Bei der Sitzung konnte der

Vorstand zum Urteil des Chefs nichts anderes tun als geschlossen zu schweigen. Der Grund hierfür war nicht etwa, dass er der Chef war, sondern dass sein Urteil geschäftsstrategisch richtig war. Dann zeigte der Chef mit seinem Kugelschreiber auf den Bildschirm mit den Fotos, die die verschiedenen Gebiete innerhalb der Vagina zeigten, und murmelte: »Die sind doch alle unterschiedlich. Es ist nicht so, dass man sie nicht alle individuell passend herstellen könnte, aber der Markt ist groß, und etwas darauf zu bringen ist schwer.«

Die Organisation unserer Firma war derart gestaltet, dass ich mich als Vorstand um alle Geschäfte kümmerte und meine Zustimmung geben musste, doch für die Entwicklung neuer Produkte in der Forschungs- und Entwicklungsabteilung wurden die Dienste von Ärzten, Apothekern und Physiologie- und Pharmazieprofessoren in Anspruch genommen. Ich hörte mir den Bericht an und konnte am Forschungsprozess nicht weiter mitwirken, außer mein geschäftskundiges Urteil abzugeben.

Mein Chef rief mich an, als ich gerade das Trauerzimmer meiner Frau bewachte. Er gab mir die Anweisung, die Werbe- und Marketingstrategie für fünf Produkte, die im Sommer auf den Markt kommen sollten, innerhalb einer bestimmten Frist festzulegen und mit der Umsetzung zu beginnen. Seit der zweiten Hälfte letzten Jahres wurde die Zahlung der Verkaufssummen, die von den Filialen kommen sollten, um jeweils drei Monate verschoben. Die Abrechnungssummen, die aus den Filialen auf dem Land kamen, waren alles Schuldscheine, die ausstehende Zahlung lag bei zehn Prozent, die Schuld bei drei Prozent. Die Filialen auf dem Land hatten eine Abmachung mit uns. Sie verweigerten die Zahlung der ausstehenden Summe und forderten das Heraufsetzen ihrer Gewinnanteile. Wir gaben die Sache an das Managerteam weiter und versuchten die Filialleiter auf dem Land zu überreden, aber ohne Erfolg. Sobald die Gesamtsumme der ausstehenden Zahlungen eine Milliarde überstieg, forderten die Filialleiter auf dem Land, dass die Hauptgeschäftsstelle die Schwierigkeit des Geschäftsstandortes anerkennt, dass sie trotz des Verkaufs einen bestimmten Teil der Summe nicht bezahlt. Die Hauptgeschäftsstelle ließ die ausstehenden Zahlungen immer häufiger umschichten, doch der Betrag der umgeschichteten ausstehenden Zahlungen war nur eine Zahl und kein Profit. Seit der zweiten Hälfte des vergangenen Jahres waren die Geldmittel knapp, und im Sommer dieses Jahres gab es wegen des Einfrierens des kurzfristigen Entwicklungsetats keine neuen Produkte, die auf den Markt gebracht wurden. Der Geschäftsinhalt dieses Sommers war, nur das Label, den Behälter und die Verpackung von drei Produkten der vor zwei Jahren erschienenen Lippenstifte aus der Shocking Pink-Reihe, vier Mascara aus der Ultramarin- und Kobaltblau-Reihe sowie einen Selbstbräuner für den Sommer zu ändern, eineinhalb Milliarden Won in den Werbeetat zu investieren und sie auf den Markt zu bringen. Es hatte keine Substanz, war bloß Hülle, doch in dieser Geschäftswelt wurde zwischen Substanz und Hülle sowieso nicht unterschieden, und innerhalb der Hülle blieb der Fall, dass im Gegenteil eher tatsächlicher Gewinn heraussprang, oft ein Zufall. Die Besprechung, bei der das Reading Image und der Wortlaut für die Werbung aller acht Produkte im Lager, die im Sommer auf den Markt kommen sollten, beschlossen wurde, wurde fünfmal je nach Abteilung, je nach Position abgehalten. Der Wortlaut des Reading Image, der bei dieser Sitzung besprochen wurde, wurde auf zwei Sprüche komprimiert, *Sommer bis Herbst – die Reise in die innere Gefühlswelt der Frau* und *Im Sommer werden*

Frauen leicht, und auf der Vorstandsitzung ausgegeben. Während der einen Woche, die mein Urlaub für die Beerdigung andauern sollte, musste ich mich für eines der beiden Reading Images entscheiden, und dieser Entscheidung entsprechend schriftliche Anweisungen zur Gestaltung des Posters, zur Verhandlung mit dem Werbegesicht, dem Aufnahmetechniker und dem Designer, zum Sicherstellen des Werbemediums und zur Verkaufsstrategie in den Geschäftsstrukturen des ganzen Landes erteilen.

3

Dein Name ist Eunju Chu. Bist du wirklich die Frau, die ich mit deinem Namen anrede? Dein Name, der für dich nicht hörbar ist, Eunju Chu, ist doch dein Name.

Als ich dich mit *Sie* ansprach, bist du in deinem Namen verschwunden, und da mein Rufen deinen Namen nicht erreichen konnte, warst du letztendlich die dritte Person. Ich konnte die Entfernung zwischen Rufen und dem Namen nicht überwinden. Von dem Platz aus gesehen, an dem mein Rufen dich nicht erreichen konnte, war dein Körper vollkommen wie ein Sonnenstrahl. Als du mir in den Sinn kamst durch deinen Namen und deinen Körper, sind meine Wörter der Höflichkeitssprache, die mein Herz durchfließen, keine Sprache, sondern ein Hunger und Durst, die sich danach verzehren durch Sprache wiedergeboren zu werden. Oder du bist ein Geist, den man mit der Hand nicht greifen kann wie ein Schneesturm oder das Abendrot.

Dein Name ist Eunju Chu. Als ich vor fünf Jahren bei der Vorstellung der Neueingestellten auf dem Lebenslauf der zuletzt Angenommenen, die vom Leiter der Personalabteilung mitgebracht worden war, deinen Namen las, kam in meinem Herzen der Name eines fernen alten Landes auf, das gerade unter unserer Gesteinsschicht ausgegraben wurde. Und dein Körper, sein Schatten, bei dem dein Haar, das deine runden Schultern hinunter floss, während du an einem weit entfernten Platz auf der Computertastatur tippend die Beschlussunterlagen fertigstelltest, deine beiden Wangen umschmeichelte, war vor meinen Augen unzweifelhaft klar und vollkommen. Ach, und in dem Moment, da ich dachte, dass etwas Lebendiges so klar und vollkommen ist, nahmen in meinem Herzen Kummer und Sorge Gestalt an. Du bist in der Werbeabteilung eingestellt worden, und du bist in der Firmenhierarchie eingeordnet, in der es nicht vorkommt, dass du zu mir als Vorstandsmitglied wegen eines Berichts oder meiner Unterschrift läufst.

Bevor die Firma in das neue Geschäftsgebäude umzog, nutzten wir aufgeteilt nach den Abteilungen Großraumbüros mit Stellwänden, und jenseits meines Schreibtisches schwebten deine runden Schultern in der Luft. Immer am Ende eines Quartals, wenn alles Unerledigte auf einmal abgearbeitet werden musste, bestellten die Angestellten chinesisches Essen und schoben Überstunden. An jenem Abend hast du vielleicht den Bericht zur nachträglichen Bearbeitung der Kundenbefragung zum neu auf den Markt gekommenen Lidschatten oder den zur Analyse der Werberesultate getrennt nach Medium fertiggestellt, oder wegen des Berges an Beschwerden über die dürftige Verträglichkeit des Selbstbräuners den Bericht mit den Details zum Werbeetat und der Bewirtungskosten, der an die Verbrauchergesellschaft und die Zeitungen verteilt wurde. Es war ein Abend am Ende des Sommerquartals, an dem der

Regenzeitguss seit mehreren Tagen herunterprasselte. Du hattest eine weit ausgeschnittene Bluse mit rundem Kragen an, und deine beiden Schlüsselbeinknochen stachen hervor. Darauf wartend, dass die Beschlussunterlagen fertig waren, betrachtete ich dich jenseits meines Schreibtisches, indem ich von meinem Platz aufstand. Dort, wo deine Brust sich anzuheben begann, führte dein Schlüsselbein von deinem Brustbein zu deinem Schulterblatt. Die blaue Vene, die auf deinem Schlüsselbein hervorstach, war blass und doch deutlich. Während ich dein Schlüsselbein jenseits meines Schreibtisches betrachtete, berührte ich mit meiner Hand mein eigenes Schlüsselbein. Da stellte ich mir deinen Körper vor. Es schien mir, als sei auch das tiefste Hinterland in deinem Körperinneren zu sehen gewesen. Ich dachte an dich, die du eine Frau bist, an das Land tief in deinem Körperinneren, an dein in der Morgendämmerung dieses Landes von Körperflüssigkeit durchdrungenes rotes Fleisch. Ich dachte an die Zeit der frischen Ernte, die dieses Fleisch hat wachsen lassen, und ich konnte den Rand meiner Gedanken nicht in die Grenzen dieses Landes hineinschieben. Auf deiner weißen Bluse hast du eine Kette aus orangen Perlen getragen. Die Regenwolken rissen auf, die Abendsonne, die sich zwischen den Dachschildern auf dem Gebäude niedergelassen hatte, ließ deine Perlenkette erstrahlen und verdunkelte sich von Perle zu Perle. Während das brennende Nachglühen Perle um Perle sammelte, drohte der Sonnenuntergang, in den Perlen zu verglimmen. Da spürte ich, dass mein Leben sich ins Weiße auflöste. Damals schrumpfte ich in Kummer und Sorge, wenn ich deinen Namen nicht unverzüglich rief. Wie du in den Strahlen der Abendröte deines Fleisches, im Hinterland deines Fleisches, das ich nicht erreichen konnte, langsam verdunkeltest, lagen deine Schultern jeden Abend am Quartalsende im drohenden Abendrot des sich verdunkelnden Tages vor mir ausgebreitet. Du hattest dir mit den Kollegen aus deiner Abteilung chinesisches Essen bestellt, ich Rindersuppe, du hast an deinem Platz gegessen, ich an meinem. Während du gegessen hast, hast du immer dein Haar zurückgestrichen, wenn es nach vorne fiel, nachdem du deinen Kopf geneigt hattest. Aus deiner Handtasche hast du eine Haarnadel herausgeholt. Du hast sie mit den Schneidezähnen geöffnet, in dein Haar unter dem Ohr geklemmt und so dein widerspenstiges Haar gebändigt. Dein Hals, der von deinem Schlüsselbein nach oben schwebte, glich einem weißen Kliff. Du hast weiter gegessen. Löffel für Löffel gebratenen Reis und Suppe hast du zu deinem Mund geführt. So wie du gegessen hast, verspürte man den Appetit eines hungrigen Arbeiters der eine Mahlzeit verpasst hat. Immer wenn du Essen weitergereicht hast, habe ich von meinem Schreibtisch aus die weiße, sich bewegende Haut unter deinem Kinn betrachtet. Und ich berührte die Haut unter meinem Kinn mit meiner Hand. Das Büro war voll vom fettigen Geruch künstlicher Würze, und immer wenn du die Stäbchen zu deinem Mund führtest, schwang deine Perlenkette heftig.

Ich stellte mir den Weg vor, den die Reiskörner zurücklegten, wenn sie in deinen Körper eintraten, sich mit deinen Körpersäften vermischten, und ins Innere deines Körpers rutschten. Nein. Unter die Erdschicht dieses alten Landes konnte ich nicht hinunter spitzen. Als wären meine beiden Augen durchbohrt, war dein Anblick, wie du so wahrhaftig lebtest, wie du gegessen hast, während dein Haarschopf schaukelte, fern und undeutlich wie Ruinen oder Gerüchte, die unter Erdschichten begraben waren. Zwischen dieser Klarheit und dieser Vagheit berührte ich, so dämlich es auch war, mein Schlüsselbein und die Haut unter meinem Hals. Und zwischen dieser Klarheit und dieser Vagheit hast du den Jahreszeiten folgend die Garderobe gewechselt, jeden Abend mit Überstunden gebratenen Reis bestellt und gegessen, nur sechs Monate nach deiner Einstellung gingen Hochzeitseinladungen herum und du hast geheiratet, bis deine Kollegen deinem voluminösen Bauch gefährlich nahe kamen, bist du in einen Trägerrock gehüllt zur Arbeit erschienen. Du hast eine Tochter geboren, dir ein Ebenbild, und bist, nachdem der Mutterschaftsurlaub geendet hatte, wieder an deinen Platz zurückgekehrt. Wenn wir uns zufällig im Flur oder im Aufzug über den Weg liefen, ging von deinem Körper der Milchduft einer jungen Mutter aus. Es war ein leichter und doch modriger Duft. Es war ein Duft, bei dem nicht unterschieden werden konnte, ob er ein naher oder ein ferner Duft war. Es war ein deutlicher und doch vager Duft. Der Duft deines Körpers drang in mein Körperinneres, und ich musste, ohne mich dagegen wehren zu können, an deinen Körper denken. Am Abend, als du deinen gebratenen Reis gegessen und Überstunden eingelegt hast, dachte ich an meinem Platz sitzend an deinen schlafenden Körper, der sich durch alle Bewusstseinsebenen und Erinnerungen drängelt und bloß atmet. Als du schliefst, drang dein Ausatmen in das Einatmen deines an deiner Brust schlafenden Kindes ein, und ich dachte an den Geruch deines Körpers, der in deinem Zimmer reifte, bis der Morgen kam. Ich dachte an den Schlaf, der inmitten all deiner biologischen Gegebenheiten ein Nest baute, und an deine Lunge, dein Herz und deine Organe, die in deinem Körper arbeiteten, während du schliefst. Und ich dachte daran, wie warm dein Blut ist, das in deinen Kapillaren fließt, und wie sich dein von deinen Körperflüssigkeiten getränktes Fleisch wohl anfühlte. Es war wie ein Geruch in meinem Herzen, wobei ich dein Fleisch nicht mit der Hand berühren konnte. Mein Körper, der auch an diesem Abend am Quartalsende keinen Urin absonderte, war schwer, es mangelte mir an Erklärungen dafür. Auch als du vor ein paar Jahren als neu Eingestellte lachend zu mir, einem Vorstandsmitglied, an den Schreibtisch kamst, mir lächelnd die Hochzeitseinladung überreichtest und um Hochzeitsurlaub gebeten hattest, war mein Körper derart schwer, er war ein Brocken Fehlfunktion. Damals konnte ich wegen der Schwere meiner Blase nicht einmal von meinem Platz aufstehen, und vielleicht hätte ich ein paar Worte murmeln sollen, wie »Herzlichen Glückwunsch!«, »Im Namen unseres Chefs werde ich einen Blumenkranz an die Hochzeitskapelle schicken«, oder fragen sollen, ob du auch wenn du nach der Hochzeit Kinder bekommst, weiter arbeiten willst, oder sagen sollen, dass ich am Tag der Hochzeit zu einer Dienstreise aufs Land muss, dass du nicht enttäuscht sein sollst, obwohl ich nicht kommen kann. Ich steckte zwei Schecks in einen Umschlag, schrieb Hochzeitsglückwünsche darauf, und überreichte ihn dir. Du nahmst den Umschlag mit beiden Händen entgegen. Als du dich mit tief gesenktem Kopf verneigtest, wendete ich den Blick von deinem Haarschopf ab, der über deine Wangen fiel. Du hast dich umgedreht und bist zu deinem Platz zurückgegangen. Damals trugst du die formelle Kleidung einer Braut vor der Hochzeit. Dein Körper, der sich umgedreht hatte, war vollkommen in der Bluse und dem Rock, und auf den unterhalb der Ärmel der Bluse, die bis zu den Ellbogen reichten, entblößten Armen kamen blaue Venen zum Vorschein. Deine Venen sahen aus wie Straßen, die in ein fernes Land führten. In diesen Venen floss deine Zeit vorbei, die ich nicht überprüfen konnte, und deine blauen Venen, die mit mir nicht einmal das kleinste bisschen zu tun hatten, stachen in meine Augen und machten mir den Sommer schwer, der an der Luft dieser Welt vorbeiflirrte. Ich hoffte, dass du trotz des Sommers eine Bluse mit langen Ärmeln angezogen hättest, und doch hattest du jeden Sommer Blusen mit kurzen Ärmeln an.

Wir beide wollen vor unseren Eltern, Verwandten und engen Freunden unser Gelöbnis ablegen, dass wir zusammen alt werden, und hoffen auf Ihre Segnung – so stand es auf der Einladungskarte geschrieben, die du hingelegt hattest. An dem Tag, an dem du geheiratet hast, brach ich zu meiner Dienstreise in die Nord-Cheolla-Gegend auf. Die Dienstreise war schon lange beschlossen. Ich war erleichtert ob des Verlaufsplanes, der vorsah, dass ich nicht zur Hochzeit einer Mitarbeiterin konnte. Damals waren Regungen erkennbar, dass der Verbraucherbund in Nord-Cheolla sich wegen der relativen Unverträglichkeit der neu auf den Markt gekommenen Gesichtsbleichcreme beschweren würde. Das Ziel meiner Reise war, die Geschädigten mit Geld ruhig zu stellen, die Repräsentanten der Verbraucherverbände zu beschwatzen, damit sie den Beschwerden ein Ende setzen und mit den Filialleitern, die die Heraufsetzung ihres Gewinnanteils bei Lidschatten und Lipgloss forderten, einen Kompromiss zu finden. Ungefähr zur gleichen Zeit, als deine Hochzeitszeremonie anfing, fuhr ich durch die Provinzen Gunsan und Iksan, traf mich mit den Geschädigten, holte Geld hervor und bekam den Vermerk »Wir werden keinen zivilrechtlichen Prozess anstrengen«. Als du für deine Flitterwochen auf der Insel Jeju ankamst, traf ich in Gimje die Frauen mittleren Alters, die die Repräsentanten der Verbraucherschutzzentrale waren, und verteilte mit den lobenden Worten »Ihre Mühen, unsere Produkte zu verfolgen, haben unser Unternehmen ganz schön in Anspannung versetzt« Tüten mit Geld. Am Abend lud ich die Filialleiter in einen teuren Nachtclub, und wir tranken Alkohol. Sie teilten mir mit, dass nach der Öffnung des Marktes für Landwirtschaftsprodukte die Wirtschaft in den Bauerndörfern aus dem letzten Loch pfiff, und die jungen Frauen, die unsere Hauptkundschaft ausmachten, alle verschwanden, und dass, wenn wir den Gewinnanteil nicht erhöhten, die Filialleiter damit drohen würden ihre Geschäftsrechte zurückzugeben, und sie forderten, dass die Hauptgeschäftsstelle die gesamte Summe der ausstehenden Zahlungen übernimmt. Ich erklärte, dass die Gewinnanteile und die ausstehenden Zahlungen separate Buchhaltungen sind, die man nicht vermischen konnte, und dass die Schwierigkeiten der Hauptgeschäftsstelle, die wegen der chronischen Kapitalknappheit, immer wenn es auf die Gehaltszahlungen zuging, Kurzzeitkredite aufnehmen musste. Wenn ich fragte: »Wenn Sie das genau wissen, wieso verhalten Sie sich dann so?«, antworteten die Filialleiter mit genau der gleichen Tour. Auch ohne jeglichen Erfolg waren wir alle betrunken. Die Animierdamen legten einige Kleider ab, und die angetrunkenen Filialleiter legten ihre Hände in die Leistengegend der Frauen. »Wenn ich dir so ins Gesicht sehe, bist du im Loch ja Indian Red! Und dir steht auch Shocking Pink.« Der Filialleiter von Jeonju erhob die Hand, mit der er die Leistengegend der Frau berührt hatte, zu seiner Nase und schnüffelte daran.

»Geh' dich mal etwas waschen, du schmutziges Mädchen.«

»Das ist der Duft von Muscheln.«

»Das soll jetzt der Duft von Muscheln sein? Das riecht eher nach verrotteter Fischsauce.«

Ich zahlte den Alkohol und das Trinkgeld mit der Firmenkreditkarte. In einem Küstendorf an der Mündung des Flusses Mangyeongjang, wo die Felder von Gimje endeten, hatte der Filialleiter von Jeonju eine Unterkunft für mich reserviert. Ich rief einen Fahrer an, der mich in meinem Auto zu meiner Unterkunft fuhr. So endete mein Tagesgeschäft am Tag deiner Hochzeit. Vor dem Fenster meiner Unterkunft lag das Watt in der Ebbe weit ausgebreitet. Das weiße Mondlicht auf dem Watt war feucht und diffus. Das Meer sah nicht so aus, als wäre es aus dem Watt verdrängt worden. Dort war absolut gar nichts. In dem von fahlem Mondlicht gefluteten Raum, so fahl wie der im Jenseits aufgegangene Mond, stieß ein Vogel einen hohen Schrei und flog auf das dunkle Meer hinaus. Ich wusste nicht mehr wo ich war. Dass ich in dieser Unterkunft an deinen Körper dachte, war erbärmlich. Eine Erscheinung, wie im Innern deines Körpers ein Fluss fließt, sich die Abendröte senkt, der Wind weht, der Nebel sich sammelt, der frühe Morgen graut, und ein Vogelschwarm sich nieder lässt, flackert die ganze Nacht in meinem Herzen. Dein Name ist Eunju Chu. Bist du wirklich die Frau, die ich mit deinem Namen anrede? Dein Name, der für dich nicht hörbar ist, Eunju Chu, ist doch dein Name.

4

Sobald es sieben Uhr abends war, kamen die ersten Trauergäste. Mein Chef schickte ein mannshohes Blumengesteck. Die Blumen meines Chefs stellte ich in die Nähe des Totenbildes, die Gestecke der Kundenvertreter richtete ich rechts und links davon aus. Meine Alumnivereinigung, die Freunde aus meiner Heimat und der Soldatenfreundschaftsverband schickten Nachrufe, die ich am Eingang des Trauerzimmers platzierte. Die Kollegen aus der Buchhaltung kamen und übernahmen das Einsammeln des Kondolenzgeldes. Die Trauergäste, die sich von der Toten verabschiedet hatten, gingen in den Essensraum, setzten sich in Gruppen zusammen und aßen Rindfleischsuppe zu Abend. Etwas nach neun Uhr betrat Eunju Chu das Trauerzimmer. Ich hatte gehofft, dass sie, so wie ich an ihrem Hochzeitstag auf Dienstreise war, während der Beerdigungszeit meiner Frau irgendwo auf Dienstreise oder im Urlaub war und nicht hierher kommen würde. Sie saß mit den weiblichen Angestellten, mit denen sie gekommen war, in einer Reihe und machte zwei Verbeugungen in Richtung des Totenbildes. Ich blickte auf ihren Körper herab, wie er mit beiden Händen voraus auf den Boden gestützt war. Sie trug eine Jeans und keine Socken, sie war barfuß. Als ihr Kopf den Boden berührte, fiel ihr Haarschopf nach vorne, und ihre bloße Ferse war nach oben geneigt. Ich konnte auch die Hornhaut an ihrer Ferse und das runde Fleisch unter ihren großen Zehen sehen. Ihr Körper war vollkommen mit ihrem dem Boden entlang gestreckten Rücken und ihren Hüften. Aus meiner Fantasie war ihr Körper endlich in meine reale Welt gekommen. Und er sah in sich zufrieden aus. Mir kam die Nacht in den Sinn, die ich am Tag von Eunju Chus Hochzeit in der Unterkunft am Mangyeongjang-Watt verbracht hatte. Ich schüttelte den Kopf und verdrängte den Gedanken. Er kam immer wieder auf. Meine Frau lächelte leicht auf ihrem Totenbild. Ich wollte, dass in meinem Testament festgehalten wird, dass kein Foto von mir mit Lächeln als Totenbild genommen wird. Eunju Chu und ich verbeugten uns voreinander. Nachdem sie sich wieder aufgerichtet hatte, trat sie an mich heran.

»Ihre Trauer ist bestimmt groß. Sie ist sehr früh von Ihnen gegangen. Genauso alt wie meine Mutter …«, sagte sie.

»Hmm, die Ärzte haben getan, was sie konnten …«, war meine knappe Antwort. Eunju Chu ging mit den weiblichen Angestellten in den Essensraum.

Kurz nach zehn Uhr trafen der Leiter der ersten Werbeabteilung, Jinsu Park, und der Leiter der zweiten Werbeabteilung, Cheolsu Chung im Trauerzimmer ein. Als Neulinge in der Kosmetikwerbewelt waren sie vom Chef für ein hohes Jahreseinkommen angeworben worden. Jinsu Park war für die Pflegeprodukte zuständig, Cheolsu Chung für die Schminkmittel. Die beiden trugen schwarze Anzüge mit schwarzen Krawatten und schwarzen Socken. Es war aus der Leichenhalle des Krankenhauses geliehene Trauerkleidung. Als sie sich verbeugten, blitzten durch die netzdünnen Socken ihre Fußsohlen hervor. Nach der Verbeugung zogen sie mich am Arm in das Nebenzimmer.

»Es gehört sich zwar in der Trauerzeit nicht, aber Sie müssen sich zeitnah für einen Entwurf für die Sommerkampagne entscheiden. Die Konkurrenz könnte eher zuschlagen und was herausbringen«, sagte der Leiter der zweiten Abteilung, Cheolsu Chung.

»Die anderen aus dem Vorstand werden auch keine andere Meinung haben. Wenn wir das zusammen mit Ihnen beschließen, wird das schon werden«, sagte der Leiter der ersten Abteilung, Jinsu Park. Die beiden waren sich ihrer Machtposition in der Firma bewusst.

»Das weiß ich doch. Der Chef hat mich heute Morgen schon per Telefon unterwiesen.«

Der Leiter der zweiten Abteilung, Cheolsu Chung, zog den Kummerbund seines schwarzen Anzugs aus und lockerte seine Krawatte. Als er letzteres tat, schwenkte er seinen Kopf kraftvoll nach rechts und nach links.

»Ich persönlich finde, *Die Reise in die innere Gefühlswelt der Frau* klingt doch ziemlich ideell und vage, oder? Ich hätte es auch lieber für die Herbstsaison. Die Bildproduktion dafür wird auch nicht einfach. Das Projizieren des Bildes wird schwierig.«

»Durch Assoziationen, die dieses Bild auslöst, muss das Ideelle überspielt werden. Personalisierte Gefühle sprechen die Großstadtfrau an. Ich sehe das Ausbrechen aus der Großstadt als den Kern der Gefühle einer Frau im Sommer an.«

»Genau das ist das Problem. Wir können damit nicht so weit hervorpreschen, und das Wort *das Innere* hat einen altmodischen und abgeschotteten Anklang. Kosmetik ist nicht für's Innere, sondern für's Äußere.«

»Ich denke wir sollten Richtung *Im Sommer werden Frauen leichter* gehen. Für diesen Sommer ist vorhergesagt, dass er schwül und klebrig wie noch nie werden soll. Im Herzen koreanischer Frauen ist sehr viel Feuchtigkeit. Wasserflaschen bewegen sich um den Körper der Frau. Frauen verabscheuen diese unerträgliche Feuchtigkeit. Daher fände ich es gut, dass wir, wenn wir dies umkehren, schließlich das Bild der *Leichtigkeit* durchsetzen, um diese Verabscheuung zu überwinden.

»Im Sommer müssen wir das Gefühl der Veränderung des weiblichen Lebensgefühls betonen. Veränderung des Lebensgefühls, das Fremde und Kribbelnde, in diese Richtung müssen wir gehen. Daher glaube ich, dass wir die *Reise ins Innere* bildlich gut einfangen werden.«

»Wir werden für die *Reise ins Innere* vielleicht ein würdevolles Bild finden, aber das hätte zu wenig Provokation. Für die Pflegeprodukte weiß man nicht viel damit anzufangen, und die Anwendung auf die Schminkmittel ist etwas lose. Es haut einen einfach nicht um.«

»Ich finde wir sollten besser *leicht werden* und die Veränderung des Lebensgefühls kombinieren. Wenn wir die Feuchtheit und die Ausgedörrtheit hier zusammen bildlich einfangen können, wird das eingängig sein. Der Sommer ist nun mal schwerfällig und schwül.«

»Sicher ist in *leicht werden* das Gefühl von Ausbrechen enthalten. Doch das Problem dabei ist, dass, da die Leichtigkeit wörtlich sehr leicht ist, das Gefühl von Schwere völlig fehlt. Ich sehe mehr Stabilität im Gefühl der Schwere bei der *Reise ins Innere*.«

Zwischen *Reise ins Innere* und *Leichtigkeit* sprangen Jinsu Park und Cheolsu Chung noch lange hin und her. Im Falle, dass sich die beiden jungen Abteilungsleiter für irgendeines der beiden Reading Images entscheiden sollten, listeten sie die Namen der dazu passenden weiblichen Models auf, und analysierten ihre Haarqualität, die Tiefe ihrer Pupillen, die Höhe ihrer Lidfalte, die Strenge ihrer Augenbrauen, das Absinken ihrer Unterlippe, die Grenze der beiden Punkte, an denen sich Ober- und Unterlippe treffen, und die Sanftheit und Liebenswürdigkeit, die vom Winkel ihrer Schultern ausging. Noch bevor sich die beiden für ein Reading Image entschieden, bereiteten sie schon die Bildproduktion für die Werbung vor. Sie analysierten die Oberfläche von Körperteilen der Frau und ihre Meinungen, wie sie dort ein Bild einfügen sollten, kollidierten dann und wann, doch in dem Punkt, dass die Werbung nicht vage sein darf, waren sie sich einig. Sie zählten auch die zum Bild passenden Locations und den Inhalt des Bildaufbaus, die Probleme beim Auswählen von selektiven Models für Körperteile wie Fingernägel, Lippen, Pupillen, Schenkel, Waden und Augenbrauen sowie die körperlichen Besonderheiten der entsprechenden Models auf. In der Tasche, die Jinsu Park mitgebracht hatte, waren Dutzende Farbfotos von bestimmten Körperregionen der Models. Cheolsu Chung zog Unterlagen hervor, in denen er das vergangene Jahr über Bilder bezüglich des Images von Weiblichkeit aus Drama-Serien, Filmen, Popmusik, Mode und Tanz gesammelt und analysiert hatte. Diese

Unterlagen waren fein säuberlich in DIN A4 in einen Einband gebunden.

»Bis übermorgen müssen wir uns entscheiden. Auch wenn der Bildinhalt vage ist, muss der Ausdruck klar und deutlich sein«, sagte Cheolsu Chung. Sein Ton war immer fein und bestimmt. Übermorgen war der Tag der Einäscherung.

»Ich vertraue eurem Urteil. Ich meine, das ist immer so verwirrend. Ich höre mir noch die Meinungen von anderen Mitarbeitern an und …«

Die Worte der beiden Abteilungsleiter waren militant wie die Sprache eines Offiziers, der den Vorstoß der Truppen befiehlt, doch für sich genommen klangen sie vage. Es erschien mir, als ob Phantome mit unbändiger Kraft die Erde peitschten und irgendwohin treiben würden. Ich war direkt vor der Linie dieser vagen Phantome. Die Abteilungsleiter erhoben sich gegen Mitternacht von ihren Plätzen. Sie zogen ihre eigene Kleidung wieder an, gaben in der Garderobe neben der Rezeption der Leichenhalle die ausgeliehene Trauerkleidung ab und gingen nach Hause. Sobald es Mitternacht war, kamen keine Trauergäste mehr. Die Kollegen aus der Buchhaltung, die sich um das Kondolenzgeld gekümmert hatten, gingen nach Hause. Mitarbeiter meiner Abteilung, die über Nacht bleiben wollten, spielten mit meinen ehemaligen Kommilitonen im Essensraum Go-Stop. Auch Eunju Chu war gegangen. Der Trauerraum war wieder leer, und auf dem Totenbild lachte meine Frau bleich.

Am Tag vor der Operation hatte die Pflegerin meiner Frau die Haare geschnitten. Sie griff Haarbüschel um Haarbüschel und schnitt die Spitzen ab. Meine Frau überließ ihren Kopf der Pflegerin und weinte. Ihr Gesicht wirkte mit dem geschnittenen Haar fremd. Die Pflegerin füllte die abgeschnittenen

Haare in eine weiße Tüte und nahm sie mit nach draußen. An diesem Tag zeigte mir der Arzt die MRT-Fotos vom Gehirn meiner Frau. Er befestigte mehrere Abzüge an der Wand und erklärte:

»Es sieht nicht gut aus. Dieser helle Teil hier rechts, der aussieht wie ein Golfball, ist der Nukleus des Tumors. Er hat sich schon breit gemacht. Im Tumor hat bereits der Blutsturz eingesetzt. Der Tumor übt Druck auf das Gehirn aus, verursacht so die Kopfschmerzen und stört das gesamte Nervensystem. Man sieht es zwar auf dem Foto noch nicht, doch es kann auch weitere Zellen geben, in denen sich Krebs entwickelt.«

In dem Abzug sah das Gehirn, mit dem das Innere der Schädeldecke gefüllt war, wie eine Flüssigkeit aus, die umher schwappte. Es besaß keine Form mehr, es war wabbelndes Cytoplasma. Es war kein Hauptquartier, das die Wahrnehmungen und Funktionen des Menschen kontrollierte, es wirkte ziellos wie ferne und verschwommene Erinnerungen oder Gerüchte. Das war meine Frau? Das ist meine Frau … Das ist der Dreh- und Angelpunkt der Schmerzen meiner Frau, die bei jedem Anfall von Kopfschmerzen die Fingernägel in die Wand bohrte. In dem Abzug leuchtete die Region, in der sich der Tumor ausgebreitet hatte wie eine Lampe. Von den Rändern der leuchtenden Masse gingen Strahlen ähnlich dem Leuchten von Glühwürmchen aus. Das Gehirn hatte jegliche Form verloren. Es sah aus wie eine vorbeiflimmernde Luftströmung, wie Nebel, wie Wind. In dem Sinn, dass es ein Körperorgan ist, das alle Gefühle im lebendigen Zustand wahrnimmt und sortiert, war dieser Ort gefährlich nahe am Abschalten. Er war von einer Dunkelheit umgeben, in der er weder Zeit noch Sprache entwickelte. Die Lichtstrahlen des Tumors, die sich langsam streuten und aufblitzten, sahen wie die Lichtstrahlen des Abendrots aus. Auch in der Nacht, wenn meine Frau durch die Schlaftabletten tief und fest schlief, und ihr Bewusstsein abwesend war, blinkten die Lichtstrahlen des Tumors im Gehirn meiner schlafenden Frau auf und verschwanden wieder. Der Arzt sprach weiter:

»Es ist ein schwieriger Eingriff. Hinter dem Tumor verläuft der Sehnerv. Wenn der Tumor auf den Sehnerv drückt, kann das Halbseitenblindheit, Erblindung oder optische Illusionen zur Folge haben. Die Operation wird etwa fünf Stunden dauern. Wir öffnen die Schädeldecke, und arbeiten uns mithilfe eines Mikroskops in 0,1 Millimeter-Schritten vorwärts. Deine Familie muss auch mit Komplikationen rechnen.«

Während ich das Foto vom Gehirn meiner Frau betrachtete, fragte ich den Arzt, als würde ich mit mir selbst sprechen:

»Wird er sich nach der Operation nicht wieder bilden?«

»Wir hoffen nicht. Wenn wir den Tumor entfernen, werden als erstes Kopfschmerzen und Übelkeit verschwinden. Auch wenn es einheitlich Hirntumor genannt wird, ist die Krankheit bei jedem Patienten anders. Sie zeigt sich bei jedem Individuum in unterschiedlichen und einzigartigen Symptomen. Auch wenn der Arzt den Tumor entfernen kann, kann er nicht in das Leben des Patienten eingreifen, das den Tumor hervorbringt und aufzieht.«

Der Arzt war unnötig freundlich. Seine freundliche Erklärung klang wie eine Verfassung, die das Land der Tumore regelt. Die Kopfschmerzen meiner Frau stiegen bei einem Anfall bis zu einem Höhepunkt an und ließen dann stetig nach. Waren die Kopfschmerzen auf dem Weg zu ihrem Höhepunkt, redete meine Frau wirres Zeug und erbrach Magensaft; ließen sie nach, brach sie in kalten Schweiß aus und war völlig erschöpft. Die Krankenpflegerin befestigte die unkontrolliert zappelnden Gliedmaßen meiner Frau mit Gurten.

»Liebling … das Hundefutter … Hundefutter …«

Wenn sie begann, den Kopfschmerzen gerade zu entgehen, sorgte sie sich, während der Brustkorb ihres fixierten Körpers wogte, um Hundefutter. Tage, an denen die Haushälterin nicht kam, musste unser Hund im leeren Haus angeleint und hungernd fristen. Er war ein reinrassiger Jindo-Hund mit gelbem Fell. Das Trockenfutter, das wie Bohnen geformt war, würdigte er keines Blickes und fraß nur in Suppe gewälzten Reis. Meine Frau hatte ihn geschenkt bekommen, als unsere Tochter zu arbeiten anfing, und meine Frau sich zu Hause einsam fühlte. Nachdem sie ins Krankenhaus gekommen war, war der Hund den ganzen Tag angeleint und alleine.

An Regentagen lag er mit ausgestreckten Vorderpfoten in seiner Hundehütte und leckte die Regentropfen auf, die auf seine Vorderpfoten fielen.

Er verharrte mehrere Stunden in dieser Tätigkeit.

»Liebling … du musst ihn füttern … Hundefutter.«

Auch wenn die Krankenpflegerin den Schoß meiner Frau entkleidete und die Fäkalflüssigkeit wegwischte, die bei einem Kopfschmerz-Anfall zwischen ihren Beinen hervor floss, konnte meine Frau das Hundefutter nicht vergessen. Der Name unseres Hundes war Bodhi. Es war ein Name, mit dem meine Frau bezwecken wollte, dass er im nächsten Leben als Mensch wiedergeboren wird. Ich legte beide Hände auf den Kopf meiner Frau, die sich wegen des Hundefutters Sorgen machte. Ihre rasierten Haare schimmerten im fluoreszierenden Licht bläulich. Der Kopf, der den Tumor aufzog, war klein und warm. Ich fühlte ihren Pulsschlag. Im Gehirn unter diesen Venen leuchteten wohl die Abendlichtstrahlen des Tumors.

»Heute früh hab ich ihm etwas gegeben. Abends macht das Miyeong.«

Als hätte sie mich nicht gehört, flüsterte sie ächzend »Hundefutter … Hundefutter« und nach und nach schlief sie besinnungslos ein.

Der Arzt meinte, die Operation sei erfolgreich verlaufen. Die Kopfschmerzen und die Übelkeit waren verschwunden. Meine Frau wurde aus dem Krankenhaus entlassen und kehrte nach Hause zurück. Der Hund bekam wieder in Suppe gewälzten Reis zu fressen.

Sechs Monate später bildete sich erneut ein Tumor. Auch am Tag vor der zweiten Operation ließ mich der Arzt rufen und zeigte mir das MRT-Foto. Ich sah den Nukleus des ersten Tumors nicht. Doch in der Nähe breiteten zwei Lichtstrahlen, die langsam schwirrenden Glühwürmchen glichen, ihr Gebiet aus und setzten sich fest. Der Arzt beschloss eine erneute Operation.

»Der erste Tumor ist verschwunden. Das ist keine Wiederbildung. Das ist ein neugeborener Tumor«, sagte er.

Als meine Frau nach der zweiten Operation vom Aufwachraum in das Krankenzimmer gebracht wurde, hoffte ich, dass sie nun starb. Das war meine Liebe und Aufrichtigkeit ihr gegenüber. Meine Frau atmete nur noch in einem Rahmen aus toten Zweigen. Der Tumor würde im Gehirn das Geruchszentrum langsam auffressen. Dadurch würden die Nerven gestört, die Gerüche aufnehmen, und die Symptome hätten sogar Einfluss auf den Geschmackssinn. Im Nervensystem seien Geruchs- und Geschmackssinn nämlich eng miteinander verbunden, erklärte der Arzt. Nach der zweiten Operation konnte meine Frau kaum etwas essen, ihr Körpergewicht fiel auf dreißig Kilogramm. Wenn ich sie in der Nacht mit

Eiscreme fütterte, weil ihr Hals trocken war, spuckte sie diese wieder aus.

»Das Eis hat einen faulen Geruch«, sagte sie den Tränen nahe. Ich flößte ihr Wasser ein. Vor dem Fenster brach ein Sommertag an. Zwischen den Gebäuden entfaltete sich fern der Morgenröte ein ultramarinblauer Himmel. Sie sagte, dass ein fauler Geruch aus dem Essen kam, daher konnte ich ihr nichts in den Mund stecken, und sie schüttelte verweigernd ihren Kopf. Auch wenn die Pflegerin den Käse und Speck entfernte, mit denen die Pizza belegt war, und ihr nur den Teigrand gab, streckte sie angewidert die Zunge heraus und spuckte. Der Geruch, den meine Frau überhaupt nicht ertragen konnte, war der Geruch von dampfendem Reis. Je mehr sie den Geruch verabscheute, desto stechender empfand sie ihn. Auch wenn der Patient im Nebenbett dampfenden Reis aß, drehte sie sich um und ihr wurde schlecht.

»Bei heißem Reis ist der Geruch schlimmer. Der Geruch tritt durch Dampf aus«, sagte sie und ging der Pflegerin auf die Nerven. Gab es Gemüsesaft oder Cremesuppe zu Essen, stopfte ihr die Pflegerin die Nase zu. Sie schluckte dann nur und wusch ihren Mund hinterher mit Wasser aus.

Ich fragte weder den Arzt noch meine Frau, ob der faule Geruch von Anfang an in der Eiscreme oder dem heißen Reis steckte. Vielleicht ändert sich, wenn der menschliche Geruchssinn gestört ist, nicht der Geruch des Essens an sich. Vielleicht konnte man nicht davon ausgehen, dass der Geruch, den meine Frau wahrnahm, als ihr Geruchssinn noch intakt war, der eigentliche Geruch des Essens war. War nicht vielleicht dieser faule Geruch, vor dem meine Frau erzitterte, wie ein Tumor tief im eigentlichen Essen versteckt? Daher fragte ich mich, ob sie diesen Geruch, den sie nicht wahrnehmen konnte, als ihr Gehirn noch gesund war, nicht als allererstes wahrgenommen hatte, sobald sich der Tumor ausgebreitet hatte. Empfand sie daher nicht ranzige, fischige, aromatische, frische Gerüche allesamt als faul? Doch ich konnte derartigen Gedanken nicht lange nachgehen. Die Menge, die meine Frau aß, wurde sofort reduziert und verdichtet, sodass ihr Kot tiefschwarz und steinhart war. Wie eine zu stark komprimierte Pille fehlte ihm Flüssigkeit und er hatte einen starken Gestank. Ihr Kot sah aus wie Reliquien, zu denen die Schmerzen beim Kampf um Leben und Tod zwischen den Innereien und dem Essen kondensiert waren. Die Pflegerin zündete jedes Mal, wenn sie bei meiner Frau die Windeln wechselte, Räucherstäbchen an und band eine Gesichtsmaske um. Sie, die ihre Gliedmaßen herunterhängen ließ, kreuzte, wenn die Windel gewechselt werden musste, aus Scham ihre Beine und stieß die Pflegerin nach unten. Doch bald war sie erschöpft. Sie zeigte in dem grässlichen Gestank, den ihr Kot absonderte, keinerlei Reaktion. In der vollkommen verkehrten Welt dieses Gestanks fristete sie ihre letzten Tage.

Früh morgens aß ich Instant-Nudeln im Trauerraum. Meine Tochter und ihr Verlobter waren gegen Mitternacht nach Hause gegangen. Ich war allein im Trauerraum. Meine Frau lachte nach wie vor vom Totenbild. Ihre Haare waren glatt und glänzend. Die Nudeln waren salzig, fettig und rochen nach Fleisch. Der Geruch der Würzmischung entfaltete sich im Trauerraum. In diesem Geruch lächelte das Foto meiner Frau. So endete der erste Tag der Beerdigungsprozedur.

5

Dein Name ist Eunju Chu. Bist du wirklich die Frau, die ich mit deinem Namen anrede? Dein Name, der für dich nicht hörbar ist, Eunju Chu, ist doch dein Name.

In der Nacht, als ich alleine das Trauerzimmer meiner Frau bewachte, an deinen Namen zu denken, war grauenhaft. Mir fiel ein Sonntag in dem Sommer ein, als deine Tochter etwa ein oder zwei Jahre alt war, an dem ein paar Angestellte in die Firma kamen und Sonderschichten leisteten. An diesem Tag brachtest du deine Tochter mit zur Arbeit. Du hast auf deiner Computertastatur getippt und vielleicht den Bericht zur Konsumtrendanalyse fertiggestellt. Am Platz vor dir umarmte deine Tochter ihren Teddybären. Und auf deinem Schreibtisch standen Milch und ein paar Erdbeeren für das Kind. Ein paar von den Angestellten, die zur Arbeit gekommen waren, versammelten sich neben dem Kind und strichen dem Mädchen über den Kopf.

In diesem Sommer wurden der Lidschatten und der Mascara aus der Marinblau-Linie zum Verkaufsschlager. Die Filialen akzeptierten, dass die Gewinnspanne herunterging, und orderten mehr Waren. Durch Werbung und Marketing verschob die Firma die Sommerferien, und das Geschäft ging gut. Auf dem Plakat für die Sommerkampagne war das Mittelmeer, auf das die Mittagssonne senkrecht herunter brannte, unendlich weit erstrahlt wie die Rücken blauer Fische, und von dem Wasser am Horizont aus leuchtete es wieder in einer neuen Farbe. Über dem grenzenlosen Meer war ein Close-up von der Pupille einer Frau, und im Wind jagte eine sich kräuselnde Welle in der Pupille der Frau. Laut der Analyse der verantwortlichen Abteilungsleiter war die Regenzeit in diesem

Sommer besonders lang, nass und schwül. Es lag der dichte Geruch von Fischsauce in der Luft, und die Werbung für die Marinblau-Linie war ein harter Schlag für das Gefühl der Sommerfrau, die einen trockenen Jahreszeitenwechsel herbeisehnte. Das Plakat hing in Kaufhäusern, Fitnessstudios, Saunas und Filialen des ganzen Landes, und der Werbespot war sogar in dem Werbeblock vor den Neun-Uhr-Nachrichten zu sehen. Mit Geld zur Absatzförderung ging ich mit den Vorsitzenden der Verbraucherverbände, den Direktoren der Werbemedien und den Journalisten in der Kosmetiksparte täglich abends trinken. Andersherum riefen mich die Werbebeauftragten der neu gegründeten wöchentlichen und monatlichen Frauenzeitschriften, die neu eingestelltenWerbevertreter und die Manager der Frauen, die als selektives Model für Doppellidfalten, Lippen, Fingernägel und Schenkel eingesetzt wurden, und gaben mir mit ihrem Absatzförderungsgeld Alkohol aus. Es war ein feuchter, marinblauer Sommer.

Am Morgen des Sonntags, an dem wir zusätzlich arbeiteten, sah ich, während ich über den Flur lief, dein Kind. Ich erschrak und kippte beinahe um. In dem kleinen Gesicht mit den noch nicht ganz klar definierten Konturen lebte dein Gesichtsausdruck. Waren es die Augen, die Ränder der Lippen, die Wangen? Ich konnte nicht genau ausmachen, was es war, doch dieses Kind glich dir bis auf die Beschaffenheit und den Geruch deines Lebens. Es kehrte mit auf dem Boden trippelnden, watschelnden Schrittes in das Büro zurück. Während ich die Schritte des Kindes beobachtete, dachte ich an deine Gebärmutter, die mit dem Kind schwanger war, das dir so ähnlich ist, und an deinen Geburtskanal, der das Kind in die Welt befördert hatte. Und da der Ort ganz weit entfernt war, konnte ich ihn mit meinen Gedanken nicht erreichen. Ferner als das Mittelmeer in der Werbung, in der es, während es im Glanz blau beschuppter Fische erstrahlte, in eine andere Farbe umschlug. Ferner als die Strahlen des Tumors, die im Gehirn meiner Frau leuchteten, noch ferner wirkte dieser Ort.

Wie alle anderen Angestellten ging ich an jenem Tag zur Mittagszeit in eine Gaststätte in der Nähe der Firma, die Rindfleischsuppe servierte. Du kamst auch, zusammen mit deinem Kind. Die Angestellten setzten sich um einen langen Tisch, und du hast drei Plätze zu meiner Linken gesessen. Die Suppe und das gekochte Fleisch kamen, und die männlichen Angestellten meinten, dass das Wetter *echt geil* sei, und tranken Süßkartoffelschnaps. Du hast Suppe mit Reis in eine leere Schüssel gefüllt und vor dein Kind gestellt. Das Kind, das noch ungeschickt mit dem Löffel umging, verlor viele Reiskörner. Du hast eine Serviette unter dem Kinn des Kindes befestigt. Dann hast du einen Löffel heiße Suppe mit Reis genommen, gepustet, damit es abkühlt, etwa den halben Löffel gegessen und den Rest deinem Kind gefüttert. Es machte seinen Mund weit auf. Das Innere seines Mundes war rosa und nass. Wie deine Unterlippe hing die Unterlippe des Kindes etwas nach unten, so konnte man die Innenhaut der Lippe sehen. Auch die kleine Zunge war sichtbar. Das Innere des Mundes des Kindes sah weich und zart aus wie bloßes Fleisch, das nicht von allen Hautschichten umzogen ist. Wenn man schnüffelte, schien von dort aus der Geruch deines Körpers auszugehen. Da der Löffel groß war, ließ das Kind immer mehr Reiskörner fallen. Du hast die Reiskörner von den Wangen des Kindes entfernt, sie selbst in den Mund genommen und die das Kinn herabrinnende Suppe mit einer Serviette weggewischt. Die Bedienung brachte einen kleinen Teelöffel. Damit hast du das Kind gefüttert. Du hast das in Wasser gewaschene Rettich-Kimchi mit deinen Zähnen zerteilt, es auf den Löffel geladen und dem Kind gegeben. Genauso hast du auch gesalzene Makrele gefüttert. Manchmal schämte ich mich dafür, dein Leben in deiner Nähe zu beobachten. Das rosa Innere des Mundes deines Kindes war tief, dunkel und nass. Dein Geburtskanal ist wie das Innere des Mundes deines Kindes. Während ich mir den Weg vorstellte, den die Reiskörner, Makrelenstücke und das Rettich-Kimchi in nasser, rosa Dunkelheit durchwanderten, verdüsterte sich mein Herz. Wieso existieren unerreichbare Dinge umso realer? Dein Kind lief, nachdem es mit dem Essen fertig war, um den Tisch herum. Es tapste, als würde es gleich hinfallen. Den Impuls, das Kind in die Arme zu nehmen, abwehrend blieb ich sitzen.

An jenem Tag ging ich von der Arbeit direkt ins Krankenhaus. Da es ein Tag war, an dem die Pflegerin nicht kam, kümmerten ich und meine Tochter uns abwechselnd um meine Frau. Nachdem sie die zweite Operation hinter sich hatte, war ihr Sehzentrum gelähmt. An jenem Tag wusch ich meine Frau in dem Badezimmer, das an das Krankenzimmer angeschlossen war. Ich entkleidete sie im liegenden Zustand. Auch ich zog mich ganz aus. Ihr Körper war leicht wie Stroh, und die Haut über ihren trockenen Knochen hing überschüssig herunter. Ich nahm meine nackte Frau auf die Arme und trug sie ins Badezimmer. Ihren Oberkörper gegen meine Schulter lehnend wusch ich mit gebeugtem Rücken ihre Schenkel und Beine. Ihre Haut, die aller Feuchtigkeit beraubt war, machte raschelnde Geräusche. Ich nahm eine weiße Babyseife und wusch die herunterhängende Haut, als würde ich Handwäsche machen. »Liebling, es tut mir leid«, sagte meine Frau und weinte. Auf einem Stuhl, der in der Mitte ein Loch hatte wie eine Bettpfanne, setzte ich sie. Auf dem Stuhl ließ sie alle vier

Gliedmaßen von sich hängen. Ihre beiden Beine waren nur noch Knochen, wie diese Knochen, die im Anatomielehrsaal hängen. Auf ihrer herunterhängenden Haut sprossen Leberflecken. Der Tod war nahe, doch wie nahe, wusste man nicht. Ich griff unter den Stuhl, säuberte Schenkel, Vagina und After mit einem eingeseiften Tuch, schob den Duschkopf unter den Stuhl und wusch die Seife ab. Ich war mit dem Waschen fertig, da roch ich auch schon wieder flüssigen Kot. Es war nicht viel, aber es kam übelriechend herausgequollen. »Liebling ... tut mir leid ...«, sie weinte wieder. Da ihr Sehnerv gestört war, konnte sie neben sich nichts sehen. Ihre Sicht beschränkte sich auf vorne. Weinend schwenkte sie ihren Kopf immer weiter von links nach rechts und blickte umher. Vielleicht tat sie das aus Schamgefühl heraus. Ich ließ den Kot durch den Wasserfluss auf dem Boden abfließen und setzte sie wieder auf den Stuhl. Ihren After und ihre Schenkel, an denen der Kot herabgeflossen war, wusch ich erneut. Ich schaltete die Lüftung an und ließ den Geruch im Badezimmer absaugen. Mit einem trockenen Tuch rubbelte ich meine Frau ab und legte sie aufs Bett. Sie weinte immer wieder. Ihr Wimmern war schwach und leise.

»Liebling, weine nicht ... Ich bin's doch bloß«, redete ich ihr gut zu. Ich schaltete den Ventilator an und trocknete ihre Haare, die nur noch Stoppeln waren. Gegen Mitternacht hatte sie wieder einen Kopfschmerzanfall. Sie bekam eine Spritze mit Schmerzmittel und eine mit Schlafmittel. Sie schlief ein. In der Zeitspanne, während der sie tief und fest schlief und ihr Bewusstsein und Schamgefühl nicht mehr arbeiteten, war ich erleichtert. Nachdem sie eingeschlafen war, ging ich zurück ins Badezimmer, und rubbelte den Gestank, der sich an meinen Händen festgesetzt hatte, mit Seife ab. Er ließ sich schlecht entfernen. Ich ging in den Flur hinaus und rauchte. Es war zwei Uhr nachts. Ob wohl heute sonst noch jemand sterben würde? Der diensthabende Arzt und ein paar Krankenschwestern rannten zum anderen Ende des Flures. Auf diesem Krankenhausflur um zwei Uhr nachts dachte ich an das Innere des Mundes deines Kindes. Ich wollte zu dir laufen und dir sagen, dass ich dich liebe. Wenn ich dir nicht so schnell wie möglich gestand, dass ich dich liebe, wollte ich in der Sorge, dass sich meine Frau und ich, dieses Krankenhaus, die ultramarinblaue Kosmetika und Bilder alle gemeinsam zugleich in Rauch auflösen, mit dem Fuß aufstampfen. Hättest du um meine Ungeduld gewusst, hättest du mich schon längst in deine Arme geschlossen. Dein Name ist Eunju Chu. Bist du wirklich die Frau, die ich mit deinem Namen anrede? Dein Name, der für dich nicht hörbar ist, Eunju Chu, ist doch dein Name.

6

Hinter dem Glasfenster salutierte der Angestellte des Krematoriums, der eine medizinische Maske trug, in Richtung der Familie der Verstorbenen. Er drückte einen Knopf und öffnete den Eingang zur Brennkammer. Der Boden der Brennkammer war mit Steinboden ausgelegt. Die Kammer funktionierte wie ein Aufzug. Der Angestellte hob die Bahre meiner Frau in die Brennkammer und verschloss den Eingang. Meine Tochter war an den Rücken ihres Verlobten gelehnt und weinte. *Kremation … voraussichtlicher Abschluss 14 Uhr,* sagten rote Buchstaben, die über der Tür aufleuchteten. Bei der Waschung ihrer Leiche war der Körper meiner Frau nur noch ein Stecken gewesen. Der Bestatter hatte das Hanftuch unter Aufwendung all seiner Kraft gezogen und den toten Körper meiner Frau fest eingepackt. Nach der Vorbereitung hatte ihr Körper wie ein langer Ast ausgesehen. An der Unterseite dieses Astes hing ein Paar Blumenschuhe.

Zur Beendigung der Kremation mussten wir über zwei Stunden warten. Zusammen mit meiner Tochter ging ich in den Warteraum. Dort warteten mehrere hundert Angehörige auf das Ende der Kremation. In der linken Ecke war eine Anzeigetafel angebracht. *Nr. 121: Kremation abgeschlossen ... Wir bitten die Angehörigen ins Brennkammer-Zimmer zu kommen und die Asche entgegenzunehmen. Nr. 122: voraussichtliche Beendigung der Kremation 13.30 Uhr. Nr. 123: voraussichtliche Beendigung der Kremation 13.40 Uhr ... Unser Krematorium bietet zeitlich exakte, perfekte Kremationsvorrichtungen, die keinen Rauch entstehen lassen und keine umweltverschmutzenden Stoffe produzieren. Für das Wohl unseres Landes bitten wir Sie darum, sich für eine Einäscherung zu entscheiden.* Die Angehörigen saßen auf Bänken und beobachteten die Anzeigetafel in der linken Ecke. In der rechten Ecke war ein Großbildschirmfernseher installiert. Amerikanische Soldaten überquerten den Euphrat und marschierten Richtung Bagdad. Auf dem Bildschirm flogen Raketen begleitet von Feuersäulen durch den dunklen Nachthimmel, und die beschossenen Stadtteile loderten in Flammen. Irakische Soldaten schnappten fünf gefangene Amerikaner und zogen sie vor die Kamera. Sie befragten einen von ihnen: *Wie viele irakische Soldaten hast du umgebracht?* Er konnte nicht antworten. Ein Flugzeugträger schoss alle zehn Sekunden Raketen ab. Irakische Flüchtlinge beluden einen Esel und überquerten die Landesgrenze. Die Angehörigen blickten abwechselnd auf die Anzeigetafel links und den Fernseher rechts und warteten, dass sie an der Reihe waren. Wenn die Worte *Kremation abgeschlossen* aufleuchteten, standen einige Angehörige auf und gingen aus dem Warteraum. Hier und da weinten Angehörige. Die jungen Frauen in ihren Trauerkleidern weinten herzzerreißend, und eine weinend zusammengebrochene Alte wurde nach draußen gebracht. Im Fernsehen lief weiter der Sonderbericht zum Irakkrieg. Sobald der Marschbefehl nach Bagdad bekannt wurde, brach der Aktienindex auf dem New Yorker Aktienmarkt ein, und auch der KOSDAQ-Index fiel in den Keller. Kakerlaken krabbelten auf dem Boden des Warteraums. Eine krabbelte bis zum Fernsehbildschirm hinauf. Mit einer Fliegenklatsche bewaffnet schlug ein Angestellter des Krematoriums nach der Kakerlake und erwischte sie. Den Fleck, der beim Zerquetschen der Kakerlake entstand, wischte er mit einem Mopp weg. So vergingen die zwei Stunden, in denen wir warteten. Um 14 Uhr war die Kremation meiner Frau beendet. Nach der Waschung war ihre Leiche noch einmal in den Kühlraum des Krankenhauses gebracht worden. Da der Leichnam am Morgen wieder herausgenommen und in das Krematorium befördert worden war, war er vielleicht in gefrorenem Zustand verbrannt worden. Der Unterschied zwischen Eis und Feuer kam mir fließend vor. Mit meiner Tochter ging ich noch einmal vor das Fenster der Brennkammer. Die Worte *Kremation abgeschlossen* leuchteten über der Tür der Brennkammer auf. Auf der anderen Seite des Fensters salutierte uns der Angestellte des Krematoriums wieder. Er drückte den Knopf und öffnete den Eingang zur Brennkammer. Durch den Luftzug wirbelten mehrere Knochenstücke und Asche auf und blieben auf dem Boden der Brennkammer liegen. Ohne erkennen zu können, von welchem Körperteil die Knochenstücke stammten, ohne zu wissen ob sie zum Oberschenkel oder zur Schädeldecke gehörten, lagen sie verstreut herum. Sie waren weiß und sahen leicht aus. Von den Strahlen des Tumors, die im Inneren des Gehirns meiner Frau geleuchtet hatten, war nichts zu sehen. Hinter dem Fenster wirkte das Innere der Brennkammer immer noch heiß. Der Angestellte ging mit Schaufel und Besen in der Hand in die Brennkammer hinein. Damit keine Schweißtropfen auf die Asche fielen, hatte er ein Tuch um die Stirn gebunden. Er kehrte die Asche mit dem Besen auf die Schaufel und schüttete sie in eine Urne. Die Knochenreste legte er oben auf die Asche in der Urne. Er schloss den Deckel der Urne und salutierte wieder. Er verpackte sie in einer weißen Tüte. Unterhalb des Fensters öffnete er ein kleines Loch und überreichte sie uns. Ich nahm sie entgegen. Meine Tochter weinte.

»Eunju Chu hat heute ihre Kündigung eingereicht und die Firma verlassen.« sagte der Personalchef im Bus auf der Rückfahrt vom Beinhaus, wo ich die Urne aufgestellt hatte.

»Wenn Sie Eunju Chu sagen, meinen Sie da die Angestellte in der Planungsabteilung? Schmales Gesicht ...«

»Genau. Ihr Mann arbeitet im Auswärtigen Dienst, er wurde nach Washington versetzt.«

»Ach so ...«

»Sie hat gesagt, sie könne es Ihnen nicht selbst sagen, da sie in Trauer seien, und ist gegangen.«

»Aha. Wie war denn ihre durchschnittliche Leistung?«

»Naja, Mittelfeld würde ich sagen. Der betreffende Abteilungsleiter zeigte auch keinen besonders traurigen Ausdruck.«

»Dann müssen wir einen Nachfolger einstellen?«

»Nein. Der Abteilungsleiter hat entschieden, dass es auch ohne geht.«

»Ok, dann kümmern wir uns um die Kündigung.«

Man merkte, dass der Personalchef Eunju Chus Fortgang insgeheim begrüßte. Während des Aufschwungs vor fünf Jahren passierte ein Fehler bei dem Urteil über die Nachfrage nach Arbeitskräften. Dass damals aus Versehen zu viele Leute eingestellt worden waren, gab auch der Personalchef zu. Ende dieses Jahres hatte der Chef schon im Geheimen angewiesen Stellen abzubauen. Bis zum Tag der Beerdigung meiner Frau konnte ich keine Entscheidung zwischen *die Reise ins Innere* und *Leicht werden* fällen. Am Tag nach der Trauerfeier ging ich wieder zur Arbeit. Es war der Tag, an dem die letzte Vorstandssitzung zum Beschluss des Bildes für die Sommerkampagne stattfand. Ein Angestellter der Personalabteilung legte das bearbeitete Kündigungsschreiben von Eunju Chu und die Beschlussunterlagen für die Abfindung auf meinen Schreibtisch. Vom Abteilungsleiter bis hin zum Bereichsleiter hatten alle ihren Stempel darauf gesetzt. Ich unterschrieb Eunju Chus Kündigungsunterlagen und akzeptierte das Kündigungsschreiben. Ich versah die Berechnung der Abfindung mit dem Vermerk *mit Bitte um schnelle Erledigung* und schickte sie in die Verwaltung. Der Verwaltungsangestellte, der sich um das Kondolenzgeld im Trauerraum gekümmert hatte, meldete sein Sammelergebnis. Es waren 56 Millionen Won zusammengekommen. Er hatte das Geld in einen Scheck umgetauscht und ihn in ein Kuvert gesteckt. Er legte das Kondolenzbuch mit Umschlag auf meinen Schreibtisch und ging wieder. Ich dachte bei mir, dass ich von dem Kondolenzgeld mein Darlehen für die Bereitstellung der Aussteuer meiner Tochter zurückzahlen könne. Auf der Vorstandssitzung an diesem Tag wurde immer noch nicht auf ein Bild für die Sommerkampagne festgelegt, und der Chef sagte, er würde sich auf mein Urteil verlassen. Ich konnte mich nicht entscheiden. An diesem Abend machte ich früher Feierabend. Auf dem Weg nach Hause machte ich beim Urologen Halt und ließ mir den Urin aus der Blase absaugen. In mein Glied wurde ein Katheter eingeführt, und ich musste zwei Stunden liegen, während der Urin herausfloss. Meine urinentleerte Blase fühlte sich weit und leer wie ein Feld an.

Zu Hause war niemand. Der angeleinte Hund kam aus seiner Hundehütte geprescht und sprang an mir bis zu meiner Hüfte hoch. Ohne meine Frau zu Hause konnte ich keinen Hund halten. Ich brachte ihn zum Tierarzt. Da er lange keinen Ausgang hatte, war er aufgeregt, zog wild an der Leine und trabte voraus. Ich bat den Tierarzt um eine Einschläferung. »Er ist aber eine gute Züchtung. Behalten Sie ihn doch«, sagte dieser, während er dem Hund den Kopf streichelte.

»Die Umstände erlauben es nicht, dass ich einen Hund halte. Es gibt auch niemanden, der ihn füttert …«

Der Tierarzt leinte den Hund an eine Metallstange. Der ängstliche Hund überließ, wenn auch zögerlich, seinen Körper dem Arzt.

»Wie ist sein Name?«

»Bodhi.«

»Bodhi?«

»In der Bedeutung, dass er als Mensch wieder geboren wird, hat ihn meine Frau so genannt.«

Er fasste etwas Fleisch im Nacken des Hundes und setzte die Spritze. Sobald er am Schaft der Spritze zog, sank der Hund langsam zu Boden, die Unterseite seiner schwieligen Pfoten streckten sich nach vorne und seine Vorderpfoten rutschten ebenfalls nach vorne. Der Tierarzt kümmerte sich um den

Leichnam des Hundes. Ich ging nach Hause und rief den Werbedirektor an.

»Hör mal, wir haben jetzt keine Zeit zu diskutieren. Nehmen wir *leicht werden. Die Reise ins Innere* ist irgendwie zu konzeptuell. So ist es entschieden, und ab morgen machen wir dann die Vorkalkulation und ziehen die Sache durch.«

»Verstanden. Models und Kameras sind alle im Standby-Modus. Die PR ist auch gemacht, also gibt es wohl keine Schwierigkeiten mehr.«

In dieser Nacht schlief ich nach langer Zeit tief und fest wie ein Stein. Es war ein tiefer, tiefer Schlaf, in dem sich mein ganzes Bewusstsein auflöste.

Seezeichen

Die Möwen flogen seit 16.30 Uhr nicht mehr. Als ob sie die Vorboten des noch nicht angekommenen, fernen Sturmes wahrgenommen hätten, waren sie auf einmal alle verschwunden, als wären sie ausgestorben. Vom fernen Horizont zogen schwarze Wolken herauf, und die Wasseroberfläche sonderte einen heißen Dunst ab. Obwohl es nicht geregnet hatte, rannen Wassertropfen die Glasscheiben des Leuchtturms hinunter. Die See war spiegelglatt.

Pünktlich um 17 Uhr änderte sich die Sturmwarnung im Westen der Koreastraße in eine Sturmflutwarnung mit einer vorhergesagten Windgeschwindigkeit von über zwanzig Metern pro Sekunde und einer Wellenhöhe von sechs bis acht Metern. Das war, als die regulären Radionachrichten zuallererst einen Sonderwetterbericht brachten – die Regionale Hafen- und Schifffahrtsaufsichtsbehörde hatte sich jedoch schon zehn Minuten vorher telefonisch beim Leuchtturm auf der Insel Sora gemeldet. Da hatte der Sicherheitschef der Küstenwache den Vorschriftenkatalog durch den Hörer gebellt, den er wohl aus dem Effeff kannte:

»An alle Leuchttürme: Notstromaggregate vorbereiten und alle Ausrüstungsgegenstände im Außenbereich sichern!«

»Vorsteher: Befeuerung bei Sichtverschlechterung nach eigenem Ermessen schon vor Sonnenuntergang!«

»Angehörigen ist der Aufenthalt im Freien untersagt! Vorsteher für weitere Anweisungen bereithalten!«

Leuchtturmvorsteher Cheol Kim, neununddreißig und Beamter 6. Ranges, trat in Begleitung seiner beiden Untergebenen der niedrigeren Besoldungsgruppe 7 aus der Bürobaracke. Die ersten Sturmausläufer hatten die Insel schon erreicht. Die Sträucher des Eschenhains auf dem Kamm einer steilen Felswand bogen sich allesamt nach hinten. Hinter dem weißen Turm trotzten das Generatorhäuschen mit den Akkumulatoren und der Öllagerschuppen den Windstößen, und auf einer Anhöhe scharten sich ein Anemoskop, ein Anemometer, eine Wetterhütte und eine Solarzellenanlage hinter einer Umzäunung. Kim zurrte ein Drahtseil um den Stahlmast des Windrichtungsmessers und das Solarzellengestell fest und zog die Metallrollade vor dem Fenster des Generatorraums herunter. Die Mitarbeiter verbarrikadierten die Eingangstüren ihrer Wohnquartiere mit Holzbalken, trieben lange Nägel hindurch und dichteten die Fenster mit Regenponchos ab, die sie hinter die Läden klemmten.

Inzwischen hingen dicke Regenwolken über der Insel, und obwohl es bis zum Sonnenuntergang noch etwa anderthalb Stunden dauerte, war von der Sonne nichts mehr zu sehen; lediglich durch einige kleine Wolkenlücken stießen noch blutrote Sonnenstrahlenspieße ins Meer. Die Windrichtung schwankte unentschlossen zwischen Südsüdwest und Westsüdwest, sodass der Pfeil des Anemoskops ohne Unterlass die Richtung wechselte, während er auf den dunklen Ozean zeigte. Die Pfeilspitze war dabei so angespannt wie ein auf den richtigen Angriffswinkel lauerndes Schlangenhaupt, das dennoch mit spielerischer Leichtigkeit das Gewicht verlagerte – aber dort gab es nichts, auf das es hätte zeigen können.

Über die Wasseroberfläche rauschten Böen heran, prallten gegen die Kliffe und rissen weiße Gischt mit in die Höhe. Dann brachen die Windstöße ab, und der Windrichtungspfeil, der eben noch auf die Schlucht unter ihm wies, kreiselte ziellos. Da hielt die Sturmfront Einzug und riss alles mit sich. Das Windrad rotierte dabei so heftig, dass es zu einer Illusion verschwamm, die mit zunehmender Geschwindigkeit immer vager wurde – bis die Dunkelheit sie schließlich aufsog; dagegen hallte vom windgepeitschten Eschenhain der Schlag der zurückklatschenden Wellen nur in einer bestimmten Stellung wider. Die Luftströme rasten in der Höhe gegeneinander. Ihre Reibung erwachte zum lang anhaltenden Heulen einer Bestie.

Endlos krachten die Wellenberge zu Angriffsreihen formiert an Land, als wollten sie ein Gebirgsmassiv sprengen. Die Ebbe hatte eingesetzt, im Zwielicht war Grund auszumachen. Der zum Festland drängende Sturm brach die ins offene Meer zurückweichenden Wellen und rasierte ihre Kämme ab, die aufgeschreckt zu weißem Schaum zerstoben. Die Böen rissen ihn in fliegenden Mähnen mit sich.

Um 18 Uhr fand bei der Aufsichtsbehörde die Ablösung statt, und nun war es der wachhabende Leiter der Nachtschicht, der die sieben in seinen Zuständigkeitsbereich fallenden Leuchttürme über den Fernschreiber aufforderte:

»An alle Leuchttürme: Stände der Akkumulatoren und der Brennstoffvorratsmengen durchgeben! «

»An alle Leuchttürme: Schutzmaßnahmen für Messstationen und Kommunikationssysteme vorbereiten! Benachbarte Türme über ungewöhnliche Vorkommnisse unterrichten! «

»Dichter Nebel in den Morgenstunden zu erwarten. Achtung an Sora und Seocheong: Nebelsignal vorbereiten! «

Auch die Einsatzleitung der regionalen Wetterwarte ließ ihren Appell über die Dienststelle übermitteln:

»An alle Leuchttürme: Ordnungsgemäßen Zustand der meteorologischen Messbojen um 5.30 Uhr bestätigen! «

Soras eigene Boje war vom Leuchtturm aus gesehen über einem fünf Seemeilen entfernten, in südwestlicher Richtung gelegenen Riff ausgelegt worden. An ihrem acht Meter hohen Stahlmast waren autarke Messinstrumente für Luftdruck und Luftfeuchtigkeit, Wassertemperatur, Wellenhöhe, -richtung und -frequenz angebracht. Sie übermittelte diese Daten über eine batteriebetriebene Funkanlage an die mit ihr verbundene Wetterstation. An der Mastspitze blinkte ein rotes Licht, um die auf die Küste zuhaltenden Schiffe vor dem dort befindlichen Riff zu warnen. Cheol Kim schwenkte das Teleskop in Richtung Boje. Durch das Okular sah er das Bojenlichtsignal in der Brandung verschwinden, der Mast hielt aber dem Seegang stand, der die Spitze der Boje überschlug.

Um 18.25 Uhr schaltete Kim die Befeuerung ein. Sowie das Filament der Halogenlampe blendend weiß erglühte, gab die Laterne ihr Licht ab. Spurlos entsprangen die Photonen im Augenblick ihrer Geburt der Lichtquelle, kein einziges blieb zurück, und immer weitere schossen aus dem glühenden Inneren hervor, den verwaisenden Wendel als Asche hinter sich lassend. Der Spiegelreflektor gewährte den Lichtpartikeln nur Durchlass in eine Richtung, dann warf die Scheinwerferlinse ein konzentriertes Strahlenbündel auf einen fernen Punkt im Meer. Dem Umlauf der Laterne folgend, durchschnitt der Lichtstrahl die Dunkelheit. Wasserfetzen schwirrten im Lichtkegel, himmelhoch trieb der Sturm den Schaum der Brandung vor sich her.

Die Laterne des Leuchtturms auf Sora machte fünf Umdrehungen in der Minute, und die Tragweite ihres Leuchtfeuers betrug fünfundzwanzig Seemeilen, sodass es also noch auf offener See alle zwölf Sekunden einmal als weißes Blitzlicht zu sehen sein sollte. Denn von der Dunkelheit und der Gischt verschluckt, waren dort keine Inseln mehr zu erkennen – nur ein funkelndes Licht zeigte an, dass es hier eine gab. Und dieses 12-Sekunden-Signal bedeutete: Hier ist Sora!

Ungefähr von 18.50 Uhr an ging dann ein Wolkenbruch nieder. Der Niederschlag war extrem, Sturmböen trieben heftige Regengüsse schräg vor sich her. Die herunterkommenden Wassermassen bahnten sich auf der Insel ihren Weg durch Schluchten und Gräben bis zu den steil abfallenden Ufern, stürzten von dort ins Meer und prallten auf die gegen die Felsen krachenden schweren Brecher.

Um 19 Uhr machte sich Cheol Kim noch einmal auf, die Anlagen im Freien zu inspizieren, gefolgt von seinen beiden Assistenten. Vom Generatorhäuschen aus kroch er erst einmal die Abflussrinne entlang hinauf in Richtung Messinstrumentenanlage. Er musste den Kollegen seine Anweisungen entgegenschreien:

»Den Luftabzug des Generatorschuppens abmontieren!«

Tief geduckt und sich an einem Sicherungsseil festklammernd gingen die Mitarbeiter los. Kim trieb noch einige lange Stahlnägel in den klappernden Türflügel des Öllagers. Der Mast des Windrichtungsmessers hatte sich unter der Windlast gelockert und knirschte metallisch. Kim sicherte sich mit einem Karabinerhaken in Hüfthöhe an diesen Mast und zurrte den Windrichtungsgeber mit einem Drahtseil fest. Er brüllte in die Schwärze hinter dem Schuppen:

»Dicht am Boden halten! Nur weiter, wenn der Sturm nachlässt!«

Kim kroch an der Wasserrinne rückwärts wieder hinunter und ging zum Büro zurück. Über ihm durchmaßen die Lichtbündel des Drehfeuers die drohende Finsternis.

Schon seit 16 Uhr waren alle Fischkutter vor den Küsten dabei, ihre Schleppnetze einzuholen und ihre Heimfahrt anzutreten. Dabei suchten die in der Südzone von Meeressektor 27 navigierenden Trawler Schutz im Fischereihafen im Norden der Songil-Bucht. Ein entferntes, ebenfalls diese Bucht ansteuerndes Passagierschiff hatte es vorgezogen umzukehren, und ein Küstenmotorschiff blieb in seinem Zwischenanlegeplatz vor der Insel Seocheong vor Anker. Ein Bulkcarrier mit Kurs auf eine in der Bucht befindliche Werft für Schwerchemikalien, ein Öltanker und ein Flüssiggastanker waren aber zur Nachtzeit bei diesem Unwetter immer noch auf hoher See. Diese Schiffe waren von der Arabischen Halbinsel aufgebrochen und hatten den Indischen Ozean und das Südchinesische Meer durchquert. Sie hatten Soras 12-Sekunden-Feuer nördlich von Sektor 27 her registriert und den Kurs Südsüdost Richtung Songil-Bucht eingeschlagen. Die großen Frachtschiffe würden dann an der Mündung der Bucht die unbemannten Leitfeuer auf den Kronen der von den beidseitigen Landzungen ausgehenden Molen passieren – Backbord grün, Steuerbord rot –, bis sie endlich im Hafen unter den Verladekränen eines Terminals längsseits an Steuerbord festmachen könnten.

Die Stahlkolosse, die von Songil in Richtung Südchinesisches Meer ausliefen, fuhren nach den Molenfeuern zweihundert Seemeilen nordostwärts und traten von Süden her in den Sektor 27 ein. Die Offiziere auf der Kommandobrücke vermerkten dann das 12-Sekunden-Lichtsignal von Sora mit seiner Tragweite von fünfundzwanzig Meilen. Sie konnten zwar in der Dunkelheit ihre Entfernung zwischen ihnen und dem stecknadelkopfgroßen Blitz nicht bestimmen, aber sie wussten ja, dass es aus Nordnordwest kam. Die dortige Kennung mit dem einfachen weißen Blitz im 12-Sekunden-Takt bedeutete:

Sora achteraus lassend Kurs Südsüdost Richtung Ozean! Dabei fühlten sich die Offiziere in ihre Anfangszeit auf der Seefahrtschule mit der angestrichenen Seite in ihren nautischen Lehrbüchern zurückversetzt:

... Das Wesen der Seemannschaft besteht in der Festlegung einer Fahrtrichtung und ihrer Korrektur. Um die Fahrtrichtung festlegen zu können, muss die Position des eigenen Schiffes bekannt sein. Erst die Beherrschung außenbordiger Kennzeichnungen wie Landmarken ermöglicht es Schiffsführern, die eigene relative Position zu bestimmen. Die Seekarte vermittelt dabei, wo Landmarken mit dem bloßen Auge zu finden sind.

Hier ist Sora! Hier ist Sora! Hier, wo alle zwölf Sekunden in der Finsternis ein weißes Lichtsignal blitzt, ist das Leuchtfeuer von Sora! Für die vorbeiziehenden Schiffe, die anhand dieser Marke ihre Position bestimmten, war die Insel selbst unsichtbar. Kein einziges von ihnen machte je vor Sora fest, den Inselkurs verlassend drehten die Buge in Richtung Südsüdwest oder Westsüdwest wieder aufs offene Meer ab.

Der Leuchtturm auf Sora war zu Zeiten des russisch-japanischen Krieges errichtet worden, um die Kaiserliche Japanische Flotte von der Koreastraße zu den Schlachtfeldern im Gelben Meer zu leiten. Und obwohl sich das achteckige Backstein-Laternenhaus seitdem schon einigen Reparaturarbeiten unterziehen lassen musste, hatte es seine alte Form behalten, weswegen es als regionales Kulturdenkmal registriert worden war. Anfangs hatte man eine Gasleuchte der vierten Kategorie mit einer Tragweite von zehn Seemeilen als Laterne installiert. Sie war aus Messing gearbeitet, saß auf einem Quecksilbertank, lief mit einem Zahnradgetriebe und hatte auf ihrer Unterseite eine eingeprägte Meiji-Jahreszahl. Schon von dieser Zeit an hatte sie eine Frequenz von zwölf Sekunden, die nicht verändert werden konnte, damit es nicht zu Verwechselungen mit anderen Leuchtfeuern kam.

Alle zwölf Sekunden ein Blitz: Bei diesem Zeichen war einst das japanische Geschwader in schwarzem Qualm nach Nordwesten abgedreht. Und als einige Monate später die nach Norden bis zur Mündung des Yalu vorgestoßene Flotte siegreich mit ihren wehenden Kyokujitsu-Flaggen gen Süden ihre Heimathäfen anlief, hatte ihr das Signal wiederum den Weg gewiesen. Dabei hatten die Seewinde die Rauchschwaden der Kriegsschiffe bis vor die Insel Sora getrieben, und der weiße Schaum des von den Dampfturbinenpropellern malträtierten Wassers hatte sich bis in die südliche Zone von Sektor 27 ausgebreitet. Auch danach, unter der japanischen Besatzung, hatten sich die Fischkutter auf ihren Routen an diesem Leuchtfeuer orientiert, an dem sie vorbeikamen, wenn sie auf dem Nachtmeer von Anlegestelle zu Anlegestelle unterwegs waren. Nach Ausbruch des Koreakrieges machten sich amerikanische Kriegsschiffe das 12-Sekunden-Signal zunutze, als sie Sora nach Norden passierten. Aber außerhalb des Tragweitenradius verschwanden alle Schiffe wieder und tauchten gar nicht vor der Insel auf, sodass nachts vom Leuchtturm aus immer nur die grünen Positionslampen der die Insel weit umfahrenden Schiffe zu sehen waren. Denn für sie war nur wichtig: Alle zwölf Sekunden ein Lichtblitz – dort ist Sora!

Die Wucht des Sturms ließ bei Morgengrauen nach. Einzig eine Brise ließ noch die Kleidung flattern, die Windrichtung stabilisierte sich nach Südwesten. Das Sturmtief überquerte nun zügig die koreanische Halbinsel, aber die Nebelvorhersage hatte sich als falsch erwiesen. Kräuselnde Wellen, die wie Fischschuppen aussahen, überzogen die Wasseroberfläche in Richtung Nordost. Die Unwetterwarnung und die Alarmbereitschaft wurden aufgehoben. Von den Klippen der Steilküste stießen die Möwen ins Wasser hinab, um endlich ihren Hunger der vergangenen Nacht zu stillen. Um 6.30 Uhr schaltete Vorsteher Kim die Befeuerung ab.

»Achtung an alle Leuchttürme: Übermitteln Sie die Lageberichte bezüglich Besatzung und Ausrüstung! Gehen Sie zum normalen Schichtdienst über!«

Nach diesem Anruf der Einsatzleitung schaute Cheol Kim durch das Bürofenster hinaus auf die weite morgendliche See. Von Möwen verfolgt durchpflügten in ihre Fanggründe auslaufende Trolling-Kutter mit dem Bug gleichmäßig die kleinen Wellen und stießen blaue Rußringe aus. Kim konnte kaum glauben, welches Drama sich vor kurzem hier noch abgespielt hatte.

7 Uhr. Kim ging in sein Quartier, eine von drei unterhalb der Solarzellenanlage errichteten Wohneinheiten für das Personal in Form eines Backstein-Bungalows. Der Leuchtturmvorsteher hatte hier zusammen mit seiner Familie gelebt, während seine Kollegen allein wohnten, da ihre Kinder auf dem Festland zur Schule gingen. Er frühstückte eingelegte Sardellen zu in Wasser eingeweichtem Klebreis und legte sich dann hin. Obwohl er wegen der Sonderschicht die ganze Nacht auf den Beinen gewesen war und seine trockenen Augen schmerzten, wollte sich kein Schlaf einstellen. Das Sprühwasser reizte noch immer seine Netzhaut. Krakeelende Möwen überflogen das Dach. Sie waren so nah, dass ihre Schreie die Atmosphäre wie Beilhiebe spalteten und sogar das Klicken ihrer Stimmköpfe zu hören war.

Drei Tage vorher war Kims Frau zur Geburt ihres zweiten Kindes aufs Festland gegangen. Daher war seine Schwiegermutter im Monat der Niederkunft auf die Insel gekommen, um sie abzuholen, und auch sein sechs Jahre alter erster Sohn Minshik ging mit, um bei seiner Oma zu bleiben; zwei-, dreimal im Monat landete hier ein Versorgungsschiff mit Dieseltreibstoff für das Leuchtfeuer, Proviant und Ersatzteilen, und diesmal war sie mit an Bord. Unterhalb der Klippe mit dem Leuchtturm gab es keine Anlegestelle, weswegen dieses Schiff wie immer zum Tidehochwasser mit dem Bug auf der Sandbank direkt unterhalb des Leuchtturms aufsetzte. Da es also nicht vertäut werden konnte, musste man die Ladung schnell löschen, damit es rückwärtsfahrend rasch wieder auslaufen konnte. Es gab nun keinen direkten Weg von der Sandbank zum Vorplatz des Leuchtturms. Die Leuchtturmbesatzung, die das Schiff schon am Ufer erwartet hatte, entlud es daher mittels eines Schrägaufzugs. Die sich langsam drehende Seilwinde ließ die werdende Mutter schließlich sanft an Bord hinab. Der Wind hatte ihre Stimme verzerrt, als sie ihm an Deck kauernd und in eine Decke gewickelt sagte: »Liebling, es ist ja bald soweit, halte noch ein bisschen durch!«

»Nimm dir Zeit. Bleib' mit dem Baby solange im Krankenhaus, wie es nötig ist. Es dauert ja nicht mehr lange …«

Einen Monat vorher hatte Cheol Kim sein Kündigungsgesuch eingereicht. Der Personalchef der Schifffahrtsaufsichtsbehörde hatte ihm daraufhin in einem Antwortschreiben mitteilen lassen, dass die Kündigung in zwei Monaten in Kraft treten würde. Kim solle nur noch solange Leuchtfeuerwärter auf Sora bleiben, bis man einen Nachfolger gefunden habe. Von diesen zwei Monaten hatte er jetzt noch einen vor sich. Zwei Jahre war es nun her, dass er es auf dem Leuchtturm auf

Seocheong bis zur Besoldungsstufe 6 gebracht hatte. Mit der Beförderung wurde er zugleich Leuchtturmwärter auf Sora, diesem verlassenen Eiland. Das Leuchtfeuer auf Seocheong hatte eine Frequenz von zwanzig Sekunden. An klaren Tagen zeichnete sich von Sora aus Seocheongs seeanemonengleicher Umriss in der Kimm in südöstlicher Richtung ab, aber ihr Leuchtturm war von Felsen verdeckt.

Minshik kam vor sechs Jahren auf der Insel Haewol zur Welt. Damals hatte Cheol Kim noch den 8. Beamtenrang inne gehabt. Sein Sohn wuchs von Insel zu Insel ziehend heran. An Haewols Steilküste lebte eine Möwenkolonie, und im Frühling verfinsterten sich die Klippen, wenn sich die Jungvögel einige Wochen nach dem Schlüpfen zu ihren ersten Flügen aufmachten. Dann verhallte aus der Höhe über den Felsspitzen das tiefe Klagen der Altvögel über dem Meer, während die Rufe der Jungen noch dünn und brüchig waren. Aber dafür, dass das Geschrei aus solch lebhaften Körpern kam, klang es erstaunlich trostlos. Man konnte natürlich nicht verstehen, was sie sich zuriefen, nur dass es umso komplexer wurde, je dringender es war. Morgens zogen die Möwen laut schreiend mit dem Seewind aufs Meer hinaus, und in der Abenddämmerung kreisten sie wieder schreiend über der Insel. Ihre spröden Schreie von überall her – für Kim war die Zeit auf Haewol damit verbunden. Immer nur Möwengekreische und zwischendurch Stürme. Als Minshik ein Jahr alt war und die ersten Worte brabbelte, machte er schon das Krächzen der Möwen nach. Dann nahm ihn seine Mutter jedes Mal in die Arme, liebkoste ihn und lenkte ihn mit »Ma-ma! Ma-ma! Ma-ma!« ab. Ihre Stimme war dabei so durchdringend wie das Möwengeschrei.

Das Leuchtfeuer von Haewol drehte sich einmal in sechs Sekunden, und die Tragweite des schnellen weißen Lichtsignals war noch innerhalb von dreißig Seemeilen zu sehen. In seinen Nachtschichten hatte Kim stündlich Windstärke, Windrichtung, Luftdruck und Bewölkung aufgezeichnet. In den Zuständigkeitsbereich seines Leuchtturms fielen auch schwalbenschwanzförmige Klippen am östlichen Rand von Meeressektor 25, aus dessen Gefahrenzone nachts die Schiffe südsüdostwärts geleitet werden mussten. Dort war das Licht gerade noch als kleiner Punkt sichtbar, denn viel weiter kam es ja nicht. Die vorbeiziehenden grünen Positionslichter verschwanden dann außerhalb der Tragweite wieder im Dunkeln; genauso, wie für die Seeleute dort wieder tiefe Schwärze vorherrschte, sobald sie sich außerhalb der Reichweite des Leuchtfeuerlichtstrahls befanden. Und beim Anblick dieser Positionslampen hatte Kim sich einmal geschworen, noch vor Minshiks Einschulung die Leuchttürme zu verlassen.

Cheol Kim dämmerte auf den Schlaf wartend vor sich hin. Haewol, Seocheong, Sora, auch wenn ihre Leuchtfeuer verschiedene Blitzfrequenzen hatten – all seine Inseln verschwammen zu einer Felsenmasse mit immer dem gleichen Möwengeschrei … Einer seiner Assistenten klopfte an die Tür.

»Da ist ein Anruf im Büro eingegangen. Es gibt gute Nachrichten!«

Kim erhob sich von seinem Lager und ging ins Büro. Die Stimme seiner Schwiegermutter erklang wie von weither übers Meer.

»Es ist wieder ein Sohn, ein großer, strammer Junge! Es gab keine Komplikationen. Deine Frau ist gerade eingeschlafen. Sie will dich anrufen, wenn sie wieder wach ist.«

»Vielen Dank für die Nachricht! Wenn es dir nichts ausmacht, kommt doch alle zusammen in ein paar Tagen mit dem nächsten Schiff vorbei.«

»Das Baby ist um drei in der Früh gekommen. War es bei dir denn sehr stürmisch?«

»Der Sturm ist abgezogen, mach' dir keine Sorgen!«

»Also, wegen der frühen Geburtszeit weiß ich nicht, was aus dem Kind werden soll. Es wird auf dem Festland aufwachsen und sollte daher einen bodenständigen Namen bekommen, etwas mit *Yuk* oder *Won*. Ich werde mich darum kümmern und zum Wahrsager gehen, damit du Bescheid weißt.«

Um 3 Uhr hatten die Wellen immer noch eine Höhe von über acht Metern gemessen. Und hinter diesen brechenden, weiß schäumenden Wellenbergen und der undurchdringlichen Finsternis war sein Kind zur Welt gekommen! Auch in der Nacht, in der es gezeugt wurde, war das Meer wohl so aufgewühlt gewesen.

Gonsu Song, vierundfünfzig, arbeitslos, fuhr den Bulldozer langsam an. Er hatte eine Strecke von achtzig Metern vor sich. Der gesenkte Stahlschild schob das Erdreich voran. Die Schneide stieß auf einen Steinbrocken und die Reifen drehten durch. Song trat aufs Gas, wodurch das Getriebe heftig nagelte und schwarzer Qualm aufquoll. Dann spürte er die Vibrationen der wiedergewonnenen Bodenhaftung in seiner Wade. Der Stein löste sich, und der stabilisierte Schild hob ihn aus dem Boden. Die Erde wurde nach beiden Seiten verdrängt, sodass eine breite Furche entstand. Das freie Gelände endete vor einer Felswand, und da die Maschine nicht wenden konnte, legte Song den Schalthebel um und setzte im Rückwärtsgang zurück. Dann kurvte er herum und begann ein kleines Stück versetzt von neuem eine Bahn auszuheben, wobei die weggeschobene Erde den zuvor ausgehobenen Graben wieder auffüllte. Fünfmal machte er das so: baggern, zurücksetzen, wieder ein Stück weiter baggern und so den Graben daneben zuschütten. Unterhalb des Terrains trafen zwei träge kriechende Flussläufe aufeinander, an deren gegenüberliegenden Ufern sich Berge in der Ferne verloren, hinter denen diffus das Abendrot glomm. Der Bulldozer fuhr fünfmal quer und fünfmal längs.

»Welcher Blödmann macht denn sowas? Der ist doch nicht ganz dicht! Dass er ja wieder dahin verschwindet, wo er hergekommen ist!«

»Auf die schwachsinnige Idee, den Sprit so zu verschleudern, würden noch nicht mal Kinder kommen!«

Gonsu Song kam noch kauend aus dem Lokal neben der Post und hörte das Getuschel der Dorfleute nicht.

Sein Bulldozer war eine Ausführung als Radlader, hatte ein Betriebsgewicht von drei Tonnen und einen geraden Schild vorn, konnte also nur Erdmasse verschieben. Der 6-Zylinder-Dieselmotor mit einer Leistung von 500 PS war zwar eigentlich zu schwach und die Standsicherheit zu gering für Sand oder Lehm, aber für Songs Arbeiten im Lößboden reichte es. Die Schneide der Schaufel konnte ihn aufreißen und Steine herausholen. Für ein Boden bearbeitendes Baufahrzeug war dieses aber mit am magersten ausgestattet. Und wenn es wie eben am Felsgrund kratzte, sah es doch eher wie eine umhertorkelnde Maulwurfsgrille denn nach schwerem Baugerät aus.

Der Konzern Moolim Electronics hatte durch einen Kurseinbruch während der Asienkrise einen Kapitalverlust von fünf Milliarden Won erlitten und musste Konkurs anmelden. Der größte Teil des Jahresumsatzes von über 500 Milliarden und des auf 300 Milliarden geschätzten Anlagevermögens hatte auf einer Scheinbilanzierung beruht. Die fünf Milliarden waren da zwar keine große Summe, aber als die Finanzaufsichtsbehörde dann die Presse davon und von den Täuschungsmethoden in Kenntnis gesetzt hatte, verweigerten die Geschäftsbanken dem Unternehmen Kredite aus einem Hilfsfond und die Aufnahme einer Hypothek. Daraufhin stellten die regionalen Subunternehmen ihre Gewinnabführungen ein. Der Wechselkursverlust übertraf damit die Einnahmen, sodass die Firma an der Börse keinen Gewinn mehr generieren konnte. Schließlich war die Firma von jenem Nachmittag um vier an insolvent und damit handlungsunfähig. Die Geschäftsbanken organisierten ein Gläubigerkonsortium, und die Belegschaft rannte mit der Forderung nach Gegenmaßnahmen von Seiten der Firma das Gewerkschaftsbüro ein. Die auf der außerordentlichen Hauptversammlung anwesenden Aktionäre hatten sich gegenseitig tagelang die Hölle heiß gemacht, weil eine Fraktion auf Liquidation und eine andere auf einem Verkauf bestand, wohingegen gerade die Kleinanleger weder für das eine noch das andere sprachen und dafür lieber das Management mit Anschuldigungen überhäuft hatten. Sie ließen sich empört über die Betrugsmasche aus, wie Gelder unterschlagen und die Firmenkonten geschönt worden wären, bis diese Blase eben geplatzt war. Das gipfelte nach fünf Tagen darin, dass einige Randalierer die Versammlung aufgerieben hatten und die Aktionäre schließlich beschlossen, ein Insolvenzverfahren in die Wege zu leiten.

Gonsu Song hatte in seiner Funktion als ehemaliger Finanzverwalter von Moolim die Abwicklung des Unternehmens geleitet. Ihm oblag es als bevollmächtigtem Liquidator des Unternehmens, aus dem Erlös der veräußerten Besitzgüter und des gesamten Aktienkontingents die Aktionäre und die Gläubiger gemäß ihren Anteilen auszuzahlen, die ausstehenden Lohn- und

Steuernachzahlungen in die Wege zu leiten und den Eintrag aus dem Handelsregister zu löschen. Er war außerdem Vorstandsmitglied und haftete als solches mit für die Verbindlichkeiten: in Form einer Hypothek von 700 Millionen auf ein ihm von seinen Eltern vermachtes dreiundzwanzig Hektar großes Waldgrundstück, mit dem er einst die Kapitaleinlage aufgestockt hatte. Vor seiner Beförderung zum Finanzverwalter war er mit den Angelegenheiten eines Personalchefs betraut gewesen.

Im Jahr vor der Asienkrise hatte das Unternehmen auf dem Binnenmarkt einen Anteil von vierzig Prozent im Weißwarensektor erreicht und aufbauend auf diesem Wachstum die IT-Branche in Angriff genommen. Dafür wurden unprofitable Zwischenhändler abgestoßen und die Investitionen in neue Anlagen stetig erhöht. Währenddessen hatte aber der Wechselkurs nachgegeben, sodass es für einen Produzenten wie Moolim, der nun von der Einfuhr von Komponenten abhängig war, immer schwieriger wurde, keine Verluste mit Devisen zu machen. Trotz steigender Absätze gingen die Profite zurück, und die Aussichten auf einen Handelsüberschuss hatten sich eingetrübt. Firmen, die sich ohne Eigenkapital hauptsächlich über Kredite am Laufen gehalten hatten, drohte zu jedem Monats- oder Quartalsende aufgrund von Liquiditätsproblemen die Luft auszugehen.

Schon von den Produzenten her gab es keine Gewinnaussichten, aber der Knackpunkt kam, als Investoren und Wirtschaft das Hauptaugenmerk auf die IT-Industrie legten. Denn dem wurden die Dienstälteren in Moolims Vorstandsetagen nicht mehr gerecht, und trotzdem schlugen ihre hohen Bezüge immer weiter zu Buche. So sah sich der Hauptgeschäftsführer bereits vor der Asienkrise zu umfangreichen Restrukturierungsmaßnahmen genötigt.

»Schauen Sie doch, wir müssen erst durch ein Meer aus Blut, um wieder in ruhige Gefilde zu kommen. Und zu einer Schatzinsel, auf der noch keiner gewesen ist! Aber nicht alle können dabei sein. Ein Skipper weiß, wann er auf hoher See Ballast abwerfen muss, um zur Insel zu gelangen. Also, ich kann sie schon sehen, Sie nicht auch? Aber erstmal wird sich eine Ausdünnung des Personals nicht vermeiden lassen, kurz und schmerzlos!«

Seinen weiteren Ausführungen gemäß sollte die personelle Umstrukturierung binnen sechs Monaten abgeschlossen sein. Außerdem wären pro Jahr die Personalkosten auf unter acht Milliarden Won zu drücken und die Zielsetzung der Personalentwicklung schnellstmöglich so an der IT auszurichten, dass auch die Angestellten der unteren Lohnstufen als Abteilungsleiter eingesetzt werden könnten. Eine Woche später hatte Personaldirektor Song dem Hauptgeschäftsführer seine Direktive für die Ausdünnung des Personals vorgestellt.

»Um die Zielvorgabe der Personalkostenkonsolidierung auf acht Milliarden zu erreichen, sollten wir auf Managerebene bei allen Beziehern hochdotierter Gehälter mit der Regulierung anfangen.«

Der Hauptgeschäftsführer zuckte zusammen und rückte seine Brille zurecht:

»Ach was, bei allen Beziehern hochdotierter Gehälter … Muss das wirklich sein?«

»Doch, das ist naheliegend und dürfte keine weiteren Probleme nach sich ziehen.«

»Wollen Sie etwa alle über einen Kamm scheren? Und was ist mit einer Leistungsbeurteilung?«

»Jegliche Formen von Leistungsbeurteilung machen eigentlich misstrauisch und haben im Gegenteil den Nebeneffekt …«

»Es wird aber doch wohl unter den Managern einige geben, die es wert wären, gerettet zu werden …«

»Aber wenn wir auf ein, zwei Rücksicht nehmen, kommen wir kaum weiter.«

Der Hauptgeschäftsführer hatte die Augen geschlossen, sich auf dem Sofa zurückgelehnt und vor sich hin geraunt:

»Alle über einen Kamm scheren …«

Dann hatte er mit der Faust auf den Tisch geschlagen und Song aus schmalen Augenschlitzen gemustert.

»Aber an Ihrem Vorschlag ist was dran, er gefällt mir. Es geht mir ja nicht um ein, zwei Leute, ich hätte da schon an einige mehr gedacht. Aber ich will absolut nichts damit zu tun haben. Legen Sie los!«

Dann rief er dem hinausgehenden Song noch zu:

»Ach so, bald ist ja Erntedankfest. Fangen Sie bitte erst danach an!«

Niemand aus der Vorstandsriege gehörte einer Gewerkschaft an. Die Gewerkschaften warfen daher dem Unternehmen pro forma ungerechtfertigte Kündigungen vor und schrien ihre pauschalen Existenzrechtsparolen, waren dabei aber nicht besonders standhaft. Von den fünfundachtzig Hochverdienern, die innerhalb von drei Monaten ausschieden, waren siebzig aus dem Management. Diejenigen, die freiwillig mit gutem Beispiel vorangingen, bekamen als Abfindung eine Lohnfortzahlung für zwölf Monate, und die, die ihre Köpfe unnachgiebig hervorstreckten, zusammen mit dem Kündigungsschreiben das übliche Überbrückungsgeld in Höhe von drei Gehältern.

Fünf der Gekündigten reichten daraufhin Klage auf Rücknahme der Kündigung und Fortbestand des Arbeitsverhältnisses ein. Als der Hauptgeschäftsführer die Klageschriften erhalten hatte, meinte er:

»Diese Idioten! Wenn man sich durchklagen könnte, wieso gibt es dann eine Million Arbeitslose? Leute, die so rückständig sind wie die, bringen der Gesellschaft doch keinen Nutzen! Das ist nur Futter für die Gerichte.«

»Unser Vorgehen kommt aber im Spiegel der öffentlichen Meinung nicht gut an, weil sich die Presse auf die Seite der Gewerkschaften geschlagen hat.«

»Rauschen im Blätterwald, damit sie Leser gewinnt! Aber jeder muss für sich sorgen. Und die Firma hat ein Recht zu leben!«

Gonsu Song war nach seinem Abschluss als Industriekaufmann an einer Technischen Akademie vor fünfundzwanzig Jahren als technischer Angestellter bei Moolim Electronics eingestiegen, einem gerade gegründeten Hersteller von elektrischen Reiskochern, Ventilatoren und kleinen Backöfen. Er hatte anfangs die Arbeitsplätze im Betrieb für die Produktionslinien entworfen. Nach zehn Jahren Firmenzugehörigkeit kam sein Wechsel in die Verwaltung, und nachdem Song beflissentlich die Kündigungen abgearbeitet hatte, wurde er vom Personalchef zum Finanzdirektor berufen.

Die Finanzaufsichtsbehörde hatte dann aber Unstimmigkeiten bei den Jahresabrechnungen festgestellt und die Kassenbücher wegen Bilanzfälschung eingezogen. Damit stieß sie an die Grenzen ihres Zuständigkeitsbereichs und übergab den Fall der Staatsanwaltschaft. Moolim Electronics sollte die ganze Härte des Gesetzes zu spüren bekommen! Wie bekannt wurde, hatte man gegen den Hauptgeschäftsführer, den Finanzdirektor und einen Buchhalter Strafverfahren eingeleitet, da sie nachweislich in Komplizenschaft die Finanzen mit absichtlichen Über- und Unterbewertungen frisiert hatten. Die Bilanzen besagten, dass sowohl durch die Einigung mit der Gewerkschaft auf einen Gehaltsabschluss als auch durch die Abführung der Körperschaftssteuer der Gewinn auf unter die Hälfte geschrumpft wäre, wohingegen er bei der Hausbank und an der Börse als mehr als das Zehnfache ausgegeben worden war. Beim Staatsanwalt hatte Song alle Anklagepunkte zugegeben; nachdem ein vorher verhörter Untergebener alles gestanden hatte, gab es nichts mehr zu verheimlichen. Seine Manipulationen flogen auf, als er auf die Frage nach dem tatsächlichen Quartalsreinerlös hin aufgeschmissen war:

»Also, Sie scheinen das nicht wirklich zu verstehen … Da gibt es doch nichts groß zu erklären. Die Assets sind substanzlos. Da sind nur noch die umlaufenden Geldmittel. Weil man ja liquide bleiben muss.«

Das in die Wege geleitete, in allen Instanzen unter der Kontrolle der Gläubiger stehende Insolvenzverfahren rollte langsam an. Der Hauptgeschäftsführer setzte sich unmittelbar nach seiner Suspendierung in die USA ab. Einen Monat später erhielt Gongsu Song einen Anruf aus Übersee.

»Dann verteilt den Rest! Wenn es dann trotzdem nicht reicht, kann ich auch nichts machen, und wenn ihr mich bis aufs Blut ausquetschen wollt! Einem nackten Mann kann man nicht in die Tasche greifen!«

Nach dem Abschluss der Ermittlungen betrug das Firmenvermögen nur noch weniger als ein Drittel. Die Investitionssumme für ein in Bau befindliches Werk wurde abgelehnt und nur die Kosten für das Grundstück auf das Budget angerechnet; das Gelände, auf dem es stand, war zudem für die vorgesehene Nutzung nicht zugelassen. Der Schätzwert des Vermögens konnte den zuallererst zu gewährenden Posten der Gesamtsumme aus der üblichen Abschiedsvergütung zuzüglich einer Abfindung in Höhe von drei Monatsgehältern nicht abdecken, es fehlte über eine Milliarde – woraufhin die auf die Straße gesetzte Belegschaft gongschlagend die jedoch bereits leerstehende Villa des Hauptgeschäftsführers belagerte.

Da man Gonsu Song als Bürge zur Begleichung der Außenstände herangezogen hatte, pfändete man außer dem besagten Waldgrundstück auch sein 149-Quadratmeter-Appartement, was die gefeuerten Angestellten beides mit Befugnis eines Vollstreckungsbeamten unter den Hammer kommen ließen. Der Erlös von 900 Millionen Won diente zum Auszahlen offener Löhne, aber wegen der noch fehlenden 150 Millionen leiteten sie Zivilprozesse gegen weitere Vorstandsmitglieder ein. Die Liquidation ging zögerlich vonstatten, die Mühlen der Justiz mahlten langsam. Der Hauptgeschäftsführer ließ sich am Telefon alles detailliert berichten und sagte dazu nur:

»Jeder hat sein Päckchen zu tragen.«

Das Kapital hatte sich wie eine Halluzination in Luft aufgelöst, nur dass diese Halluzination einem wie eine Schlinge um den Hals die Luft abdrückte!

Während sich bei der Abwicklung Klage an Klage reihte, beaufsichtigte Song die Abrissarbeiten der Produktionsanlagen der abgestoßenen Fabrik auf einem Grundstück in der Nähe eines Südküstenhafens am Ostmeer und war deswegen auch vor Ort. Der neue Besitzer ließ das Gelände mit einem Bagger und einer Planierraupe umgraben. Der Bagger riss den Boden auf, und mit gesenktem Schild die rote staubige Erde vor sich her schiebend zog der Kettenbulldozer seine Bahnen.

Und immer wenn die Schaufel des Baggers wieder einklappte, zeigten sich auf den gestreckten Zylindern der Hydraulik Schlieren kupferfarbenen Schmieröls.

Song gab den Arbeitern Anweisungen und beobachtete am Rand des Geländes kauernd lange die Bodenarbeiten der schweren Baumaschinen. Der Ausleger des Baggers transportierte vor- und zurückruckelnd die Erde, die Raupenketten tarierten das Gewicht der Schaufel gut aus. Beim Bulldozer sorgte der Vorwärtsantrieb der Ketten für einen gleichmäßigen Schub der Erde. Der Bagger schwenkte in Songs Richtung, und das Schaufelscharnier reflektierte das Sonnenlicht. Er löste eine große Ladung Gestein und Baumwurzeln heraus.

»So geht das also damit …«

Song kam es vor, als schaufelten die Baumaschinen sein Grab und er würde mit jedem Schaufelhieb tiefer hinabgezogen.

Nach der Abwicklung blieben ihm noch 100 Millionen auf dem Sparbuch. Das war das Geld von einem eigenen Ladenlokal, das er abgestoßen hatte. Davon löste er mit zehn Millionen seinen Vetter aus, zum Dank dafür, dass dieser das Geschäft auf seinen Namen hatte registrieren lassen. Songs Frau war vor den tagein, tagaus umherscharwenzelnden Schuldeneintreibern zu ihrem in den USA studierenden Sohn geflüchtet, und Song schickte ihr achtzig Millionen. Dazu schrieb er ihr am Tag der Überweisung:

Versuch' mal, Dir von dem Geld einen kleinen Verkaufsladen zu mieten, um Deine Lebenshaltungskosten zu decken. Ich bleibe erst mal in Korea, um einiges zu regeln. Es gibt an einer Flussgabelung ein Grundstück vom Chef mit einem heruntergekommenen Holzhaus, das der Zwangsvollstreckung gerade noch entgangen ist. Sieht so aus, als könnte ich da unterkommen. Zum Wohnen ist es zwar fast zu schäbig, aber mach dir keine allzu großen Sorgen, ich habe ja noch zehn Millionen übrig.

Von diesen hatte Song dann in einem Gebrauchtmaschinen-Center den Radlader erstanden und mit einem Lastwagen auf das Grundstück am Fluss kommen lassen. Das Landhaus des Hauptgeschäftsführers war ein niedriges Chalet, das gerade noch den Regen abhalten konnte. Davor erstreckte sich das fast siebenhundert m^2 große, bis zum Fluss abschüssige Gelände. Song wusste ja eigentlich, wie man ein solches Baufahrzeug einsetzen kann, das hatte er schon an der Technischen Akademie mitbekommen. Hoch auf dem Fahrersitz hob er nun fünf Bahnen nebeneinander quer und fünf längs zum Haus aus. Die Gräben wurden gegraben, nur um aufgefüllt und dann wieder gegraben zu werden. Ein Diesel-Lieferant war zum Betanken vorbei gekommen.

»Was machen Sie denn da, graben oder zuschütten?«

»Hihi, sowohl als auch.«

»Das kann aber ziemlich teuer werden.«

»Darum mache ich ja auch nur noch ein bisschen.«

Auf dem Flusswasser erloschen die Schimmer des Abendrots, und die Dunkelheit breitete sich von den fernen Bergen her aus. Die Rücklichter gingen an. Im Zwielicht sah der kleine Bulldozer wie ein Käfer aus, der ein Loch buddelte.

Cheol Kim wartete auf der Sandbank, ein aufgescheuchter Möwenschwarm bildete einen dunklen Fleck über den Klippen. Es hatte aufgehört zu regnen, und die Brise trug einen Geruch aus Fisch und Moder heran. Die Herbstsonne lag gleißend auf dem Wasser. Das Versorgungsschiff glitt auf einem

Schaumteppich in der seichten Dünung um die Ecke und verlangsamte zum Anlanden. Seine Frau mit dem Säugling auf dem Arm, seine Schwiegermutter und sein Sohn Manshik standen an der Reling; Kim hatte die Illusion, sie würden dem Meer entsteigen. Ein Matrose warf ihm ein Seil zum Vertäuen herunter. Die Besatzung half dann beim Übersetzen mit dem Baby und der Ladung von dem sanft schaukelnden Schiff.

»Ja, Schatz, das ist der Kleine! Er nimmt schon richtig die Brust.«

Seiner Frau waren die Strapazen der Geburt nicht anzusehen. Ihr Gesicht war rosig, und ihr langes seidiges Haar schimmerte im Sonnenlicht wie Reflexionen auf einem Wasserfall. Die Laktation verlieh ihr den intensiven Duft geborenen Lebens. Kim nahm den Säugling an sich. Er sabberte, und seine Augen schienen im Schlaf zu zucken. Die Steppdecke, in die er eingewickelt war, roch ähnlich der Mutter nach Milch. Seine Schwiegermutter sagte:

»Er heißt Minha. Die zweite Silbe steht für *Fluss*, so hat der Name auch einen Bezug zum Festland. Und die Strichanzahl des Schriftzeichens passt zur Auslegung seiner vier Lebenssäulen.«

Die Seeleute luden Kisten mit Batterien und Treibstoffgebinde ab. Kims Kollege zog die Ausrüstungsgegenstände mit der Seilbahn hoch. Schließlich nahm Kims Familie auf der Lore Platz, und er schnallte sie mit dem Sicherheitsgurt an, bevor der elektrische Flaschenzug starten konnte.

Seine Frau hing auf der Wiese vor dem Leuchtturm noch feuchte Stoffwindeln und Unterwäsche zum Trocknen auf, die sie aus einer Tasche nahm. Diese Windeln hatte ihre Mutter aus einem breiten Baumwollstoff selbst geschneidert, da es auf der Insel keine Einwegwindeln gab. Über ihnen loderte die

Herbstsonne. Eine festgeklammerte Windel nach der anderen und ein Zipfel einer winzigen Hose plusterten sich im Nordostpassatwind gen Süden auf.

In der Nacht darauf schlief das Baby zwischen seinen Eltern. Die Zimmerluft war vom Geruch der Muttermilch gesättigt. Die Gardinen waren zugezogen, trotzdem huschte im 12-Sekunden-Takt der blasse Schatten eines Baumes darauf vorbei.

»Liebling, bist du wirklich sicher, dass wir aufs Festland ziehen können? Hat die Schule schon Bescheid gegeben?«

»Noch nicht. Es wird schon klappen, ich habe ja mit dem Rektor telefoniert.«

Kim legte den Kleinen behutsam auf die andere Seite. Er nahm seine Frau in den Arm und spürte ihre prallen Brüste.

Die Dienstantrittsaufforderung traf zwei Tage später ein. Der Personalchef der regionalen Schifffahrtsaufsichtsbehörde hatte eine vom Schulleiter abgestempelte Kopie des Schreibens geschickt:

Ich bitte Sie, schon vor Beginn der Winterferien zu erscheinen, damit Sie sich noch vor Schulbeginn Ihren neuen Mitbürgern vorstellen und sich mit den örtlichen Begebenheiten vertraut machen können. So werden Sie hoffentlich die Vorbehalte der Dorfleute gegenüber Auswärtigen abbauen und sich mit ihnen arrangieren können, denn die haben so ihre Eigenarten. Dafür werden Sie auch bereits für die Ferien Gehalt bekommen. Da es in der Nachbarschaft zum Gymnasium einige Bauernhöfe gibt, werden Sie und Ihre Familie dort wohnen können, wenn Sie dafür selbst etwas mit zur Hand gehen. Wenn Sie es wünschen, kann ich Sie mit den Leuten in der Umgebung in Kontakt bringen und mich für Sie einsetzen. Aus Mangel an Lehrkräften werden Sie voraussichtlich die Schüler der ersten drei Unterstufenklassen in

Koreanisch unterrichten. Bevor Sie kommen, melden Sie sich bitte bei mir, damit ich Sie mit dem Wagen von der Busendhaltestelle hier im Ort abholen kann.

Cheol Kim, der seit seinem Dienst auf Haewol noch auf Besoldungsstufe 8 war, hatte sich auf die Prüfung vorbereitet, die ihn für den Rang eines Hilfslehrers mit Stufe 2 qualifizieren würde. Dafür ließ er sich Literatur zu den Grundlagen der Pädagogik, Kindheitsentwicklungspsychologie, Kindeswachstum, Lehrevaluationsrichtlinien, Phonologie, Syntax und Entwicklungsgeschichte des Koreanischen und dergleichen mit der Post zukommen. Wenn Kim nicht gerade auf Wechselschicht Wind und Wetter ausgesetzt war, hatte er sich die Zeit mit Büffeln um die Ohren geschlagen. Unter der prallen Sonne inmitten des Möwengeschreis las er sich in Phonologie und Satzbildung ein. Für die Prüfungstermine im Provinzregierungssitz hatte er sich jeweils Urlaub genommen. So hatte er sich innerhalb mehrerer Jahre jeweils für ein oder zwei Fächer qualifiziert, und dafür eine zwei Jahre gültige Lehrerlaubnis bekommen; die restlichen Fächer schaffte er aber nicht rechtzeitig und musste deswegen auch die bereits bestandenen wiederholen. Nach seiner Beförderung zum Leuchtturmvorsteher und seiner Versetzung nach Sora hatte Kim an Auswahlgesprächen teilgenommen, ein Referendariat absolviert, eine Lizenz als Hilfslehrer ausgestellt bekommen und sich damit schließlich an zig Oberschulen an Land beworben. Seine Frau war im siebten Monat schwanger, als er damals die telefonische Anfrage des Schulleiters einer Privatschule in einem kleinen Gebirgsnest im Norden von Gangweon erhielt, woraufhin er bei seiner Behörde die Kündigung einreichte.

Als Kim einen Blick in seine Koreanisch-Lehrbücher warf, konnte er es immer noch nicht fassen, bald wirklich seiner Berufung als Sprachlehrer nachgehen zu können. Er war ganz versonnen in seine Gedanken – dass man das Tier meint, das den Acker pflügt, wenn man »Kuh« sagt, und dass schon allein der Klang dieses Wortes sie im Geiste lebendig werden lässt. Und all die Schüler, die aufgerufen werden, Fragen beantworten und umhertoben … Während Kim so des Nachts von seinem Leuchtturmbüro aus auf die pechschwarze See schaute und »Kuh, Kuh, Kuh« oder »Hund, Hund, Hund« vor sich hin murmelte, blinkten gegenläufig zum Leuchtfeuer die grünen Positionslampen eines vorbeiziehenden, das offene Meer ansteuernden Schiffes auf, das wie alle anderen Sora links liegen ließ.

»Der Herr Rektor scheint ja ganz umgänglich zu sein, oder?«, meinte seine Frau, als sie die Mitteilung gelesen hatte und dem Kleinen auf ihrem Arm die Bäckchen streichelte. Der Wetterfahne nach flatterten die Windeln auf der Wäscheleine Richtung Südost.

Song konnte den Bulldozer nicht einmal fünf Tage nutzen. Die Räder versanken im von den Herbstschauern aufgeweichten Boden oder drehten durch; ohne Raupenketten war er aufgeschmissen. Er stellte das Baufahrzeug in der Scheune unter, demontierte einige Teile und schmierte sie mit Öl. Er zerlegte die Bolzen des Schaufelgelenks, ließ das schmutzige Hydrauliköl ab. Dann säuberte er gründlich die Reifen. An jedem Gelenk schimmerten die Kolben blitzblank. Zwischen den Zähnen schmirgelte er den Rost ab und sprühte Korrosionsschutz darauf. Er nahm die Lager der Antriebswelle auseinander, reinigte die Kügelchen und setzte sie wieder ein, sodass sie sich schließlich golden eingefettet gleichmäßig wie Körner auf einem Maiskolben aneinander reihten.

Seine Frau hatte ihm geschrieben, dass sie in einer Seitenstraße im koreanischen Viertel von Los Angeles ein sechzehn m^2 großes Ladenlokal gepachtet hätte, um dort bald Ein-Dollar-T-Shirts zu verkaufen, denn ihr würde eben eine Qualifikation für eine andere Arbeit fehlen.

Die Hypothek des 6.000 m^2 großen Geländes ging in den Besitz der Bank über. Der Hauptgeschäftsführer hatte es zwar seinerzeit auf den Namen eines jüngeren Cousins eintragen lassen, aber der hatte selbst als Bürge unterzeichnet. Ex-Mitarbeiter hatten nun diese versteckte Immobilie aufgespürt und wollten als Gläubiger ihren Anspruch darauf geltend machen. Das kollidierte aber mit den Interessen der Bank, und so kam es wieder zu einem Prozess, bei dem die Anwälte beider Seiten übereinkamen, dass die Bank ein Vorrecht hatte. Der Vergleich wurde rechtskräftig. Song schilderte dem Hauptgeschäftsführer den Sachverhalt am Telefon, worauf dieser ihn zurechtwies.

»Hatte ich Ihnen nicht gesagt, jeder hat sein Päckchen zu tragen? Rufen Sie mich nie wieder an!«

Vor dem großen Herbstregen erhielt Song von dem Bauunternehmen, das das Grundstück übernommen hatte, ein Schreiben, in dem er aufgefordert wurde, das Gelände zu verlassen, andernfalls gäbe es in vierzig Tagen eine Zwangsräumung.

Die Schauer kamen und sollten fünf Tage anhalten. Der Lößlehmboden war nicht mit Sand versetzt und würde lange brauchen um vollkommen zu trocknen, aber vorher konnte man den Radlader nicht einsetzen. Song zählte das übrig gebliebene Geld. Selbst wenn der Boden wieder trocken wäre, er konnte sich die Spritkosten gar nicht leisten. Denn er war weder Landwirt noch Bauunternehmer und hatte deswegen keinen Anspruch auf Vergünstigungen.

Song feilschte telefonisch um seinen Bulldozer mit einem Gebrauchtmaschinenhändler in der Vorstadt.

»Erst muss ich das Fahrzeug sehen, dann kann ich Ihnen einen Preis nennen.«

Er würde den Bulldozer nach dem Regen mit einem LKW abholen kommen, sagte der Unternehmer. Während es draußen schüttete, verbrachte Song die Zeit mit Polieren und Ölen. Er demontierte die Antriebswelle, beträufelte die Gelenke mit Öl und wischte mit einem Lappen ab, was davon überlief. Die in den Fluss hinabsinkende Abendsonne durchflutete die Scheune und ließ Kolben und Gelenke wie mit scharlachroter Haut überzogene Muskeln erscheinen. Fünf Tage später erschien der Händler.

»Ach du meine Güte, das kleine Teil da? Wo haben Sie denn dieses Spielzeug aufgegabelt? Nicht zu fassen!«

»Was bieten Sie dafür?«

»Was kann man damit schon machen? Vielleicht im Gemüsebeet herumstochern! Fünf Millionen.«

»Ich bitte um Barzahlung.«

»Tja, was haben Sie denn in der Zwischenzeit so damit gemacht? Den ganzen Tag hin- und hergefahren, wie ich gehört habe …«

»Genau, hin- und hergefahren.«

Der Händler ließ an seinem Tieflader die Auffahrrampe hinab. Gonsu Song stieg auf den Radlader und drehte den Zündschlüssel. Er zog den Schalthebel, setzte ihn in Gang und fuhr aus der Scheune. Die Räder wühlten die nasse Erde auf und spritzten Matsch nach hinten. Song spürte in den Armen, wie rechts die Räder durchdrehten, das Fahrzeug neigte sich nach links. Song riss das Steuer nach rechts und fand so das Gleichgewicht wieder. Er fuhr die Rampe hinauf. Dabei stieg dicker schwarzer Qualm auf, und er spürte beim Gasgeben die Vibrationen der Zylinder in seiner Wade. Auf der Ladefläche zum Stehen gekommen schaltete er den Bulldozer aus und sprang ab. Der Händler stieg in den Laster ein und fuhr davon. Bis zur Räumung waren es noch fünfunddreißig Tage.

Cheol Kim ließ seine Umzugssachen mit der Seilbahn auf den Strand hinunter. Das Versorgungsschiff hatte festgemacht und nahm die Umzugssachen entgegen, die es bis zu dem Hafen bringen sollte, von wo aus ein Umzugsunternehmen sie zum Gebirgsdorf in Gangweon transportieren würde. Es verließ die Insel eine Woche früher als er. Nur die Matratzen, Windeln, eine Babyflasche und Essgeschirr blieben im Wohnquartier zurück.

Bisher hatte die regionale Hafen- und Schifffahrtsaufsichtsbehörde, die sich auf Kims Gesuch einen Monat zuvor um einen Nachfolger kümmern sollte, nichts von sich hören lassen. Erst an dem Nachmittag, als das Gepäck die Insel verlassen hatte, kam ein Telegramm des Personalchefs. Es beinhaltete die Anweisungen bezüglich des zukünftigen Vorstehers und eines Assistenten:

… Es ließ sich kein Nachfolger 6. Ranges finden. Wie Sie wissen, herrscht Personalmangel, daher blieb uns nichts anderes übrig, als auf Anweisung des Dezernenten stellvertretend Ihren jetzigen dienstälteren Kollegen 7. Ranges zu übernehmen. Dafür schicken wir Ihnen noch eine Hilfskraft. Der Name ist Gonsu Song, 54, mit vorläufigem Vertrag. Der Besagte ist zwar im fortgeschrittenen Alter, hat aber aufgrund seiner früheren Manager-Tätigkeit

bei einem in Konkurs gegangenen Konzern auf den Gebieten Elektrotechnik, Maschinenbau und Stromerzeugung einschlägige Erfahrungen aufzuweisen. Er hat nach eigener Aussage zwar keine speziellen Qualifikationen dafür, kann aber schweres Gerät bedienen, und ist daher meiner Auffassung nach für die Sicherstellung von Stromerzeugung und -verteilung sowie für die Wartung aller Geräte geeignet. Song war selbst auf der Suche nach einer Stelle in der Provinz, der Dezernent persönlich hat ihn vorsprechen lassen und war zufrieden mit ihm. Song wird am 5.11. mit dem Versorgungsschiff auf Sora eintreffen. Führen Sie ihn bitte gründlich in seine Aufgaben ein, damit er schnell zurechtkommt. Es wäre außerdem schön, wenn Sie es auf dem Weg zum Festland zeitlich einrichten könnten, zum Abschied einmal in der Behörde vorbeizuschauen.

Gonsu Song kam zwei Tage später, Cheol Kim empfing ihn an seinem Schreibtisch sitzend. Song trug einen langen Mantel und hatte einen Rucksack als Gepäck. Kim hatte die Personalakte vor sich liegen.

»Lassen Sie uns gleich zur Sache kommen. Trotz Ihres Alters haben Sie sich für dieses raue Eiland beworben.«

»Das ist richtig. Ich wollte meine Ruhe haben ...«

»Sie haben ja jede Menge Kenntnisse. Können Sie denn auch mit schweren Geräten umgehen?«

Song lachte bescheiden.

»Doch, ein bisschen schon ...«

Kim nahm Song mit, um ihm das Innenleben des Leuchtturms zu zeigen, und stieg die Wendeltreppe vorangehend hinauf in das Laternenhaus.

»Das ist eine Halogenlicht-Maschine, Tragweite fünfundzwanzig Seemeilen, mit elektrischem Anlasser.«

»Wenn das der elektronische Anlasser ist, kann ich auch das Verteilernetz bedienen.«

Songs Stimme wurde etwas brüchig.

»Das mit dem Signalsenden werde ich auch noch hinkriegen.«

»Das ist der Drehspiegel. Damit ist das Feuer von weitem zu sehen, alle zwölf Sekunden ein Blitz.«

»Alles klar.«

Kim ließ seinen Stellvertreter 7. Ranges kommen, um ihm Song vorzustellen. Der händigte Song ein *Seezeichen-Kompendium* aus und entließ ihn dann in die Unterkunftsbaracke. In dieser Nacht schlief Song tief und fest.

Cheol Kim verließ Sora mit dem Versorger, der fünf Tage später gegen Abend eintraf. Die Besatzung half seiner Frau und seiner Schwiegermutter mit dem Baby auf dem Arm an Bord. Die in der Dämmerung über den Klippen kreisenden Möwen schrien hell, als das Schiff rückwärts vom Strand ablegte. Die Leuchtturmmannschaft winkte ihm nach, bis es zur Wendung ansetzte. Die hinter die Kimm versinkende Sonne streckte noch einmal ihre Fühler bis zur Sandbank aus, die ihr dann aber so lange abgeschnitten wurden, bis die Fahrtrichtung eingeschlagen war. Song schaute dem auslaufenden Schiff vom Büro aus nach. Der letzte Sonnenfunke verlosch über der dunklen See.

Um 18.25 Uhr schaltete Gonsu Song das Leuchtfeuer ein. Alle zwölf Sekunden wühlte nun ein Lichtbündel das Halbdunkel auf. Das Möwengeschrei verstummte. Der Wind kam aus Südost, eine leichte, frische Brise. Die auf der Wäscheleine zurückgelassenen Windeln wehten noch lange in Richtung der Klippen, hinter denen das Schiff verschwunden war.

Knochen

Die schmäler werdenden Berge waren zerklüftet. Mitten darin lag ein Dorf und die Berge darum waren verstreut, als wären sie auf der Flucht. Die nicht sonderlich hohen Gipfel waren steil. Die Felsen bildeten keine Kette, und man lief Gefahr die Spitze oder den Berghang hinunterzufallen. Die Berge riefen und kommandierten nicht, sie verbeugten sich tief und stimmten nicht zu. Die Gipfel drehten die Häupter und blickten weg, die Berge und ihre sich auftürmenden Ränder waren kalt und nass. Die verstreuten, in alle Himmelsrichtungen zeigenden Gipfel konnte man nicht zusammensuchen und nicht ausbreiten. Sie wurden hier und da breiter und entzweiten den Blick der Menschen. Sie waren schroff und nicht gerade prächtig. An jeder rückwärtigen Schulter tauchte wie mit dem Messer eingeschnitzt ein Felsen auf. Hier rann Wundwasser, und überall, wo Sonnenstrahlen darauf trafen, war es eher kalt.

Das Wasser war wirr und schäbig, ohne dass sich ein Gewässersystem erahnen ließ. Der Wasserlauf rann den Berg plätschernd hinunter, als ob er ihn rasierte. Doch das davonfließende Wasser bewegte sich träge, wenn auch nur spärlich. Aus jedem verlassenen Gipfel kam ein kleines Rinnsal heraus gesickert, und der Wasserlauf, der sich zu dem diesseitigen Gipfel wendete, rann seine Scheu vor dem Berg ignorierend auf den Schoß des jenseitigen Gipfels, als wollte er ihn durchstoßen. Es war ein ungehaltener, dummer Wasserlauf. Zwischen den abgewandten Gipfeln hatten sich etwa zwanzig Schieferhäuser angesammelt, und Berg und Dorf standen sich nahezu feindlich gegenüber.

»Scheiße, diese Gegend ist aber beschissen. Der Tempel da hinten in der Ecke ist noch das einzige …«

Auf dem höchsten Punkt des Bergpfades hielt ein Auto, und auf das Dorf blickend äußerte mein Forschungsassistent Munsu Oh diese Worte. Er erleichterte sich in Richtung des Dorfes. Sein Urinstrahl war dünn und kraftlos. Immer wenn er sich anstrengte, brach er nach einem Stück ab, und das Ende des Urinstrahls fiel wie ein Eiszapfen in Tropfen. Der von Blut rötlich gefärbte Urin roch nach kaum wässrig gewordenem Alkohol und nach Mittelchen gegen Kater.

»Das Rinnsal hier ist genau wie dein Pissstrahl.«

Während er den Urin abschüttelte, kicherte Munsu Oh. Ich holte mir die Berge und das Dorf mit dem Objektiv heran und schoss ein Foto. Im Sichtfenster konnte ich nicht einmal die einfachste Komposition einfangen, und die Berge, die sich zurückzuziehen schienen, befanden sich außerhalb des Suchers.

Der Name des Regierungsbezirks des Dorfes war Kiwon-ri, und der Name des Tempels in den Bergen hinter dem Dorf war in derselben Manier Kiwon-sa. Der Name Kiwon-sa war im *Atlas der drei Reiche* zu finden. Im 4. Jahrhundert nach Christus stand an dieser Stelle ein Tempel, den der Legende nach der Hohepriester der Avatamska-Sekte des Shilla-Reiches gegründet hatte. Er zerfiel in nicht näher bestimmter Vergangenheit, wurde danach nicht einmal grundlegend wieder aufgebaut und blieb in diesem Zustand. Heute jedoch war es ein schäbiger Tempel aus einem siebzig m² großen Betongebäude, das in den traditionellen Farben bemalt war. Daneben war ein Container, der als Quartier für die Nonnen genutzt wurde. Doch der Name war immer noch Kiwon-sa. Im Hof des Tempels stand eine fünfstöckige Pagode, deren Körper sich neigte und deren Dachstein zerbrochen war. Am Sockel konnte man Spuren eines Reliefs erkennen. Dies bewies, dass hier der Tempel aus dem Anfang der Shilla-Zeit gestanden hatte. Auf dem Relief des Sockels ließ eine Flöte spielende, fliegende Frau ihr langes Gewand flattern und wie Wind fließen. Es war stark erodiert, wodurch die fliegende Flötenspielerin fern wirkte wie verblasste Spuren, die in Richtung des 4. Jahrhunderts verschwanden. In der Umgebung des Tempels gab es ursprünglich keine Ansiedlung von Menschen, doch die Bewohner der neu zu renovierenden Stadt strömten herbei, und als das Dorf entstand, nannten sie den Regierungsbezirk nach dem Namen des alten Tempels Kiwon-ri.

Der Name ergab sich aus dem Zusammenziehen der ersten und letzten Silbe des großen Tempels Kisugeupgodokwon (sanskr. *Jetavānănăthapīnadasyārāma*, kurz Jetavana) im indischen Königreich Kosala, in welchem Buddha die Diamantsutra predigte. Wie der erste buddhistische Tempel überhaupt zu dem Namen Jetavana kam, ist eine bekannte Geschichte. Als Buddha sich in diesem Tempel aufhielt, ging er jeden Morgen barfuß in die Stadt und bettelte um Essen. Buddha folgten 1.250 barfüßige Mönche. Der Morgen im Original-Kiwon-Tempel bot mit dem Massenbetteln einen wunderbaren Anblick. Auch an dem Tag, an dem Buddha die Diamantsutra predigte, wiederholte sich dieser Alltag. Sobald die Essenszeit kam, bettelte der barfüßige Buddha um Essen, kehrte zum Tempel zurück, aß das erhaltene Essen zum Frühstück, wusch die leere Schüssel aus, stellte sie an ihren Platz zurück, wusch seine schmutzigen Füße, breitete seine Matte aus und begann ruhig zu predigen. Das Essen wurde zu sich genommen, sobald es Essenszeit war, und nachdem alles aufgegessen war, wurden die Schüsseln gereinigt. Dies und das Waschen der schmutzigen Füße waren weder spirituell noch großartig, es waren Alltagsgeschäfte. Dool Yongok Kim hat sich zu diesem wichtigen Punkt in seiner *Auslegung der Diamant-Sutra* (Tongnamu, 1999) geäußert: Ihn habe die Tatsache begeistert, dass die Diamantsutra in den täglichen Aufgaben normaler und gewöhnlicher Tage Buddhas und seiner Begleiter erzählt und verstanden sei. Während ich die Schrift von Dool las, war ich erstaunt, dass er von einer solch konkreten Schilderung des konventionellen Alltags begeistert war.

Vom höchsten Punkt des Bergpfades aus war der Kiwon-sa nicht zu sehen. Der Gipfel auf dem Flachland drückte die Hinterseite des Dorfes nach unten, und der Kiwon-sa war auf der Rückseite dieses Gipfels. Der schäbige Tempel, der in der Lücke zwischen den Berggipfeln lag, die sich hager und schief zwischen dieser und jener Ecke drängten, wusste nicht, welche – wenn auch nur winzige – Verbindung er mit dem Original-Kiwon-Tempel Buddhas hatte. Als ich vor drei Jahren zur Vorstellung meiner Studie mit dem Titel *Studie zum Zustand der Ernährung der Menschen aus den antiken drei ostasiatischen Reichen durch Analyse ausgegrabener Knochen* die japanische Stadt Kyoto besuchte, war ich einmal auf der Straße, wo die Meiji-Samurai damals am Beginn der Moderne brutale Massaker anrichteten. Die Straße, die ich nun durchlief, war von Kneipen, Edelboutiquen und Geschäften angefüllt. Dort hatte sich ein Amüsierviertel aufgetan, das die ganze Nacht über geöffnet hatte. Diese Straße hieß tatsächlich auch Kiwon.

Wir fuhren wieder in Richtung Kiwon-ri und steuerten das Auto den Berg hinunter. Munsu Oh war am Lenkrad und ich saß daneben. Unten an den Reifen prallten Kieselsteine ab, und als das Auto durch das verdorrte Unterholz brauste, sprangen Grashüpfer davon. Panzer und Schenkel der alten November-Grashüpfer, die den ganzen Sommer über in der Sonne gelegen hatten, waren gelb von der Hitze. Ich wusste, dass der Grashüpfer ein einjähriges Insekt war. Doch wohin so viele Grashüpfer und Heuschrecken gingen und starben, das war mir nicht bekannt.

»Ob man hier wohl ins Nirvana eingehen kann?«

»Warum? Willst du ins Nirvana eingehen? Schaffst du das überhaupt? Denk' an deinen dürftigen Pissstrahl. Der Eingang ins Nirvana ist nicht so einfach zu erreichen. Deshalb wird der Tempel wohl auch nach dem ersten Tempel Buddhas Kiwon-sa genannt worden sein.«

Munsu Oh kicherte wieder. Sein Kichern klang wie das Geräusch, das eine Reptilienart macht, die noch im Bauch ist, oder ein Vogel beim Recken des Halses.

Wir folgten dem Landwirtschaftsweg, der mitten im Dorf geebnet war, weiter zum Tempel. Dort gab es kein Tor. Am Eingang war nur ein Schild mit der Aufschrift *Kiwon-sa* → angebracht. Munsu Oh fuhr das Auto bis in den Tempelhof hinein und hielt vor dem Container, der als Quartier der Nonnen genutzt wurde. Das Hauptgebäude war ein Plattenbau aus Beton. Am Ende der Dachsparren hing eine Windglocke, die im Wind schaukelte und bedächtige Töne von sich gab. Obwohl wir bis in den Hof des Tempels vorgedrungen waren, war hier kein Mensch, der uns aufhalten könnte. Sie schienen im Tempel Hunde zu züchten. Jedenfalls waren im Hof zwei beige Mischlinge, die allerdings nicht bellten, um Fremde abzuschrecken, sondern die Flucht ergriffen.

Eine Nonne saß zusammengekauert unter der Treppe und riss Unkraut, das hochgeschossen war, aus der Lücke zwischen dem Zement heraus. Sie blickte einmal Richtung Auto, senkte ihren Kopf wieder und jätete weiter Unkraut. Wir warteten im Auto auf ein Zeichen der Nonne. Mit dem geschorenen Kopf sah sie zwar wie ein buddhistischer Geistlicher aus, doch nur die Hose war Teil der priesterlichen Robe, oben hatte sie ein hautenges Sweatshirt an. Darunter trug sie wohl keinen BH, denn die Wölbungen ihrer Brüste zeichneten sich ab, und der Hintern ihrer zusammengekauerten Gestalt wirkte gewaltig. Die Hornhaut an ihrer Ferse, die aus dem Gummischuh heraus stand, war schmutzig.

Die Nonne bewegte sich im Sitzen und zog das Unkraut aus der Erde. In die Stelle, aus denen sie mit einer Hacke das Unkraut herausgeholt hatte, stach sie mit einem Spieß erneut hinein, riss die Wurzel heraus und plättete mit ihren Handflächen die lose Erde am Rand des Loches, aus der sie die Wurzel gerissen hatte. Im Hof des Tempels wucherte das Unkraut in Hülle und Fülle, und die Nonne war ruhig in ihre Arbeit vertieft, als würde sie ihr Lebensziel durch das unkrautjäten erreichen. Immer wenn sie sich im Sitzen bewegte, war die nackte Haut um ihre Hüfte unter ihrem Sweater freigelegt, und an der Stelle, an der ihre Hand vorbeistreifte, wurde neue Erde frisch hineingefüllt. Die untergehende Sonne zog den Schatten der zusammengekauert Sitzenden in die Länge, und es wirkte als würde sie ihren Schatten platt walzen.

»Gehört sie auch hierhin?«, murmelte Munsu Oh auf dem Fahrersitz. Ich dachte an die Schmutzigkeit des Geruchs, der sich aus seinem Urin vaporisiert hatte, und an die Sorge wegen des *Eingehens ins Nirvana* auf dem Weg den Berg hinunter. Munsu Oh ließ das Fenster herunter und rief in Richtung der Nonne:

»Entschuldigung!«

Sie zuckte erschrocken zusammen und drehte in ihrer sitzenden Pose den Kopf in unsere Richtung. Ihre weiße Kehle rötete sich, als sie die Strahlen der Abendsonne trafen. Die Muskeln und Venen, die von der Brust zum Hals führten, waren angeschwollen. Ihr Hals war lang, und die Muskeln und Venen sahen aus wie aufgekratzt. Ich spürte die Fantasie aufkommen, wie die Flöte spielende Frau, die in dem Relief in Richtung viertes Jahrhundert davon flatterte, sich hierhin drehte, indem sie aus dem Stein hervorgesprungen kam. Munsu Oh rief aus dem Autofenster.

»Wo ist der Ort in der Nähe dieses Tempels, an dem rostige Eisenstücke zu finden sind?«

Die Nonne zeigte mit der Hand, in der sie die Hacke hielt, links am Hauptgebäude des Tempels vorbei.

»Suchen Sie etwa Alteo? Da müssen Sie ein Stück in die Richtung zurück. Wenn Sie am Tümpel vorbei sind, taucht rechts ein Weg auf.«

»Alteo? Können wir mit dem Auto dorthin fahren?«

»Das wird nicht gehen. Gehen Sie zu Fuß.«

Als sie »Fuß« sagte, war ihr S-Laut weich, aber auch scharf. Wir stiegen aus dem Auto aus und liefen dem Weg folgend, den die Nonne beschrieben hatte, den Berg hinauf.

Zur Zeit der Überschwemmung letzten Sommer stürzten die hinter dem Kiwon-Tempel verstreuten Berggipfel ein, und die Mulde zwischen ihnen wurde zerdrückt. Die ungeduldigen Berge konnten den Regen eines halben Tages nicht aufnehmen, und das Wasser strömte hinunter ohne aufgehalten zu werden. Auf der aufgeschwemmten und umgeworfenen Erde blieben rostige Eisenstücke liegen. Diese Eisenstücke lagen nicht nur in der Mulde, sondern auch unten an den Gipfeln verstreut. Ein alter Mann, der seine Ziege suchte, hatte sie entdeckt und den Dorfvorsteher davon in Kenntnis gesetzt. Dieser packte ein paar Eisenstücke ein und suchte damit eine Universität auf. Der Rektor der Universität schickte den Dorfvorsteher mit hunderttausend Won für die Fahrtkosten beziehungsweise als Aufwandsentschädigung wieder zurück.

Die Abteilung für Geschichte dieser Universität in der Provinz verfügte nicht über die Kapazitäten einer archäologischen Materialanalyse. Der Abteilungsleiter schickte die Eisenstücke in das Büro für Kulturgüter in Seoul und forderte eine Analyse an. Die Antwort kam zwei Monate später. Die Altersbestimmung mittels Radiocarbon ergab, dass es sich bei den Eisenstücken um Waffen aus dem vierten Jahrhundert handelte. Da es sich, wenn man den Umstand betrachtete, dass die Eisenwaffen in großer Menge entlang einer Schlucht entdeckt worden waren, zweifelsfrei um eine sehr bedeutende historische Stätte handele, sollte, bevor ein Ausgrabungsteam vom Zentralinstitut geschickt werde, zunächst die hinzugezogene Universität in der Provinz elementare Maßnahmen ergreifen, bei denen das Gebiet untersucht werde, die zur Konservierung nötig seien. Das Büro für Kulturgüter schickte ein offizielles Anschreiben an die regionale Kulturabteilung, ordnete die Unterstützung der Universität bei der Konservierung der Stätte an, und auch die Universität erhielt Zuschüsse. Sobald das Geld ankam, kehrte in die träge vor sich hin lebende Universität eine Vitalität zurück, als hätte sie eine Spritze mit Aufputschmitteln verabreicht bekommen. Der Rektor wollte ein Ausgrabungsteam aus Seoul ausschließen und das Geld von der Regierung einkassieren. Daher hatte er mit der Regierung Kontakt aufgenommen und mitgeteilt, dass er eine Ausgrabung als gemeinschaftliche Untersuchung der Universitäten in der Provinz beschlossen hatte. Der Abteilungsleiter beeilte sich, damit seine Universität als erste zum Zug kam, wenn es auch nur die Untersuchung der Erdoberfläche war. Das vierte

Jahrhundert und seine Grenzen waren zwar mein Spezialgebiet, doch mir war mit meinem Abschluss in Literaturgeschichte im Bereich der Ausbreitung der Machtstruktur die archäologische Zugangsmethode bzw. Logik der Theorieentwicklung fremd. Die Bereiche des ganzen menschlichen Lebens, die durch die Ausgrabungen bewiesen wurden, waren tatsächlich unbedeutende kleine Teile im Puzzle vergangener Kulturen: Mit den Stückchen, die noch winziger waren als ein Haar aus dem Fell einer Kuh, sollte man die Geschichte zusammensetzen. Diese sogenannte materielle Methode konnte ich nicht akzeptieren. Natürlich meinte ich damit nicht, dass die Literaturgeschichte das vergangene und verstreute Leben wiederherstellen und erklären könnte. Mir kam es so vor, als könnte das Gefühl der Leere der Zeit, fernab von Logik oder materiellen Beweisen, nicht durch das Forschen beseitigt werden.

»Professor Kim, die Zeiten, in denen die Gelehrten nur in ihrem Spezialgebiet Fuß fassten, sind vorbei. Diese Mauer muss niedergerissen werden, und neue wissenschaftliche Gefilde werden sich auftun. Schließen Sie sich mit anderen Universitäten zusammen und bilden Sie ein fähiges Ausgrabungsteam. Um den Papierkram kümmere ich mich. Wenn das Geld von der Regierung nicht ausreicht, habe ich vor, an unsere Reserven zu gehen«, sagte der Rektor, der in mein Büro gekommen war. Obwohl Gerüchte kursierten, dass er während seiner Amtszeit zurücktreten würde und sich bei der nächsten Kommunalwahl als Kandidat der regierenden Partei für das Amt des Gouverneurs aufstellen lassen wolle, wirkte er wie ein ernster Wissenschaftler, der die momentanen Studien voranbringen wollte. »Vielleicht war es auch seine Absicht, Ruinen oder Relikte aus der Erde auszugraben, mit denen er sein Schaffen ausschmücken konnte«, flüsterten die Professoren, wenn sie einen trinken gingen.

An diesem Tag gingen wir etwa zwei Stunden lang den Berg hinauf in die Richtung, die uns die Nonne gewiesen hatte. Doch den Ort, zu dem wir wollten, fanden wir nicht. Es war auch keine fundamentale Untersuchung der Erdoberfläche, es war in erster Linie ein Weg, den wir als Vorbereitung zur Erschließung der räumlichen Gegebenheiten nahmen, doch für uns beide war es die erste Forschungsreise und wir hatten keinen Führer. Im Spalt des Gebirgszuges, der sich auseinanderwand, dämmerte der Abend des Winteranfangs früh, und der Rückweg wurde schwieriger. Mein Forschungsassistent Munsu Oh hatte nicht einmal eine Taschenlampe mitgebracht. Ohne die Stelle, an der das von der Nonne erwähnte Alteo vermutet wurde, oder ein Stückchen rostiges Eisen gefunden zu haben, kehrten wir um und gingen in den Tempelhof zurück, wo wir unser Auto geparkt hatten. Der Tempel, in dem alle Lichter gelöscht waren, war stockfinster, und aus dem Hauptgebäude, das erst vor nicht allzu langer Zeit gebaut worden war, roch es nach Zement. In der Dunkelheit läutete die Windglocke. Bis wir die Scheinwerfer anschalteten, den Motor zündeten und aus dem Hof fuhren, schaute niemand aus dem Tempel heraus.

Die Kälte kehrte jenes Jahr früh ins Land und währte lange. Der Schnee, der ab Ende November den ganzen Winter über fiel, türmte sich zu Bergmassiven. Die sich verjüngenden und windenden Gipfel und das Dach des schäbigen Tempels waren schneebedeckt. Der Weg vom Tempel zu Alteo war unterbrochen, und der Erdboden war tiefgefroren. Bis der Frühling Einzug hielt, der Schnee geschmolzen und die Erde wieder gelockert war, konnte keine Untersuchung vor Ort stattfinden.

In der Umgebung der Universität, wo man eigentlich studieren, promovieren bzw. forschen sollte, gibt es eine Gruppe von Intellektuellen, die, obwohl sie keine richtige berufliche Beschäftigung haben und nicht eine Zeile in altkoreanischen Büchern zu lesen vermögen, ihre Zeit verschwenden und älter werden. In meinen Augen als Doktorvater gehörte Munsu Oh dieser Gruppe von Menschen an. Er war kein Wissenschaftler mit Leib und Seele. Seit er sich für den Promotionsstudiengang eingeschrieben hatte, waren acht Jahre vergangen, und er hatte sich noch nicht einmal für ein Dissertationsthema entschieden. Warum er von allen Wissenschaften den äußerst ermüdenden, schweren und trockenen Weg mit Frühgeschichte als Hauptfach eingeschlagen hatte, hatte ich ihn nie gefragt. Seit etwa zehn Jahren wurden die Studienfächer der Geisteswissenschaften aus Mangel an Einschreibungen entweder abgeschafft oder zusammengelegt. Bezüglich des Fachgebietes Frühgeschichte hofften viele Promovierte, die Ende vierzig waren, auf eine Berufung als Professor. Formal war Munsu Oh in den Promotionsstudiengang für Frühgeschichte eingeschrieben, doch wenn er sich die Studiengebühren nicht leisten konnte, ging er für sechs Monate oder ein Jahr in eine Nachhilfeschule oder in das Kulturzentrum in einem Kaufhaus und betätigte sich als Dozent für Fremdsprachen. Ich hoffte, dass er einfach dabei blieb, doch wenn er genug Geld angesammelt hatte, pfiff er auf die Arbeit als Dozent, schrieb sich wieder ein und machte sich einen faulen Lenz.

Munsu Oh war mein Forschungsassistent, doch im Privaten nannte er mich *Kumpel.* Ein Kaff in den Bergen, das erst, als ich neun Jahre alt war, an das Stromnetz angeschlossen worden war, war seine und meine Heimat. Wir gingen dort auf die gleiche Oberschule, aber er war vier Jahre jünger als ich. Als er sich freiwillig als Forschungsassistent meldete, war ich nicht direkt davon angetan, doch wenn ich als sein Highschool-Senior den in der Gesellschaft der Universität schon Ausgegrenzten, der noch dazu aus dem gleichen Dorf wie ich kam, als meinen Junior ablehnte, gab es keinen Ort, an dem er überhaupt Unterstützung erhalten konnte. Diese Verbindung zwischen uns beiden verwünschte ich eigentlich, aber meine Unterstützung war eine Selbstverständlichkeit und Gewohnheit des kleinen Dorfes, in dem er und ich aufgewachsen waren.

Er hatte eine Einzimmerwohnung in der Straße vor der Universität und wechselte die Frauen oft. Meist hatte er etwas mit jüngeren Absolventinnen, die auch nach ihrem Abschluss in der Nähe der Universität wohnen blieben. Als er die Uni verließ, weil er in einer Nachhilfeschule eine Anstellung hatte, kursierte das Gerücht, dass die Absolventin der Hochschule für Tanz, mit der er zusammenwohnte, eine Abtreibung gehabt hatte. Als er nach den Ferien wieder an die Uni zurückkehrte, tauschte Munsu Oh diese gegen eine Studentin der Kommunikationswissenschaft im vierten Studienjahr aus. Die Eltern des Mädchens schickten einen anonymen Brief an den Rektor, und sobald ein handgeschriebenes Poster des katholischen Studentenverbandes seine *mutwillige Zerstörung der akademischen Atmosphäre* anprangerte, begann die Universitätszeitung darüber zu berichten.

Munsu Oh war zwar schon alt, doch er blieb weiter als Promotionsstudent eingeschrieben. Dass ein Mann in den Vierzigern und eine Uniabsolventin, die außerhalb des Campus zusammenwohnten, ein Paar wurden, konnte man nicht nach den Universitäts-Statuten bestrafen, und da er als Forschungsassistent kein ernannter Angestellter war, konnte man auch nicht den Disziplinarrat einschalten. Nachdem der Rektor Druck auf den Chefredakteur der Universitätszeitung ausübte, stellten die studentischen Reporter ihre Berichterstattung ein. Ich als Munsu Ohs Doktorvater wurde angehalten, gegen sein *sündhaftes, unzüchtiges Umherwandern* hart vorzugehen. Weder Führung noch hartes Durchgreifen war eine Option für mich, und ich hoffte, dass er sich nicht mehr in die Nähe der Universität begab.

Anfang Februar, vor Beginn des Sommersemesters, lud ich ihn in eine Kneipe in der Nähe der Uni ein und riet ihm ernsthaft zum Verlassen der Universität.

»Und, hast du dich für ein Dissertationsthema entschieden? Du solltest das mit mir besprechen.«

Munsu Oh starrte auf den Brikettgrill, auf dem wir unsere Hähnchenteile brieten, als wollte er ihn durchbohren. Die Löcher im Brikett, die blaue Funken spieen, waren je tiefer desto heller, ihr Ende war nicht sichtbar.

»Sorry, aber darüber, was die Zeit in der Geschichte schafft, überlege ich …«

»Red' keinen Unsinn! Ich hab' dir schon letztes Mal gesagt, dass das nicht geht. Die anderen Professoren lachen schon über deine erbärmlichen Themenvorschläge.«

Ende des Wintersemesters vor zwei Jahren hatte Munsu Oh zur Forderung der Festlegung eines Themas und der Gliederung auch schon ein Blabla wie »*Die Zeit in der Geschichte* …« gemurmelt. Damals konnte ich ehrlich gesagt nichts dazu sagen. Auch damals saß ich ihm am Brikettgrill, auf dem Hähnchenteile brieten, gegenüber. Damals habe ich ihm vielleicht einen Dämpfer wie »Denkst du das lässt sich beweisen?« verpasst. Damals hatte ich nicht an die Machtstruktur des vierten Jahrhunderts gedacht. Ich hatte wohl an die Abendröte eines nicht benannten Jahrhunderts oder an die großen Tonkrüge gedacht, in denen Sojasauce und Sojabohnenpaste gelagert werden.

»Ich weiß ja auch nicht, aber Geschichte ist kein Tonkrug für Sojabohnenpaste oder für Winter-Kimchi. Hör' mit der Uni auf, wenn du nicht gerne studierst.«

Munsu Oh sagte nichts und kicherte nur. Sein Kichern erinnerte mich an die Schreie der Wandervögel, die sich auf dem Watt des Mangyeongflusses niederließen. In sein Kichern sickerte ein Vibrieren, das die Eingeweide erbeben ließ.

»Du bleibst wirklich weiterhin hier, weil du auf eine Stelle als Professor hoffst, oder?«

»So ist das nicht. Das weißt du auch.«

»Und? Hör' auf mit der Faulenzerei, und leg' dich vor diesem Semester fest.«

»Ja, ich weiß. Sei nicht so schroff. Du zahlst nicht die Studiengebühren für mich.«

Munsu Oh schenkte sich Soju ein, und trank mehrere Gläser hintereinander. Wenn er betrunken war, stützte er sich mit den Ellbogen auf den Tisch auf und kratzte sich am Kopf. Aus seinen ungewaschenen Haaren fielen Schuppen. Das war eine dreckige Trinkgewohnheit. Ich musste ihm seine Position noch deutlicher auftischen.

»Du kannst nicht angestellt werden. Es warten schon jüngere Jahrgänge, die vor fünf Jahren einen Doktortitel bekommen haben. Du hast auch einen schlechten Ruf. Weißt du, dass die Moralklausel bei der Evaluation von Angestellten zurzeit verschärft wird? Eine sexuelle Belästigung und du bist weg vom Fenster. Da hilft dir auch kein Titel von Harvard.«

»Ich hab' niemanden sexuell belästigt.«

»Dann waren das alles gute Taten?«

Munsu Oh kicherte, während er sich auf seine Ellbogen stützte und am Kopf kratzte.

»Ich hab' der Damenwelt den Rücken gekehrt.«

»Den Rücken gekehrt? Ist ja wunderbar. Dann amüsier' dich woanders. Treib' dich nicht in der Nähe der Uni rum.«

Er war nicht trinkfest. An diesem Abend ließ er sich total zulaufen. Er rutschte immer wieder mit dem Ellbogen ab und knallte mit der Stirn auf die Tischplatte. Ich schob das Schälchen mit dem eingelegten Rettich, das vor ihm stand, zur Seite. Wenn Munsu Oh betrunken war, verlor er jeglichen Sinn für Logik und plapperte von Dingen zwischen Fantasie und Tatsache. Seltsamerweise waren seine Schilderungen, wenn er betrunken vor sich her laberte, perfekt in ihrer Konkretheit. Er spuckte das zerkaute Essen auf den Boden und sagte:

»Das ist Hühnerfleisch! Hast du's schon mal mit 'nem Huhn getrieben? Ich vor kurzem schon. Ich saß auf einem Stuhl, ich hab's von hinten an mich gezogen und gerammelt. Die Löcher von Hühnern sind nicht klein. Sie legen ja schließlich Eier. Anfangs war es schwierig, aber nachdem ich meine Eichel mit der Hand hineingesteckt hatte, flutschte es. «

Er legte sich mit der Stirn auf den Tisch und murmelte Richtung Boden. Ich nahm seinen Kopf und brüllte.

»Alles klar. Gib die Uni auf und dann kannst du es von mir aus treiben, mit wem oder was du willst.«

»Als ich meine Eichel hineinsteckte, krähte das Huhn und flatterte mit den Flügeln. Als ich ihn tiefer hineinschob, reckte es den Hals und schrie. Das Huhn krähte auf jeden Fall so lange wie ein Hahn. Ich meine es war, als ob der Morgen anbrach, der Morgen …«

»Es war also gut …«

»Es war heiß. Heiß und eng. Das war ein Huhn! Weißt du, was ein Huhn ist? Probier's doch auch mal.«

»Mach' du was du willst. So ein Hurensohn …«

Der Raum war voll vom Rauch der bratenden Hähnchenteile. An diesem Abend ließ ich Munsu Oh alleine zurück und stand als erster auf.

Laut dem Kataster maß das Gebiet des Kiwon-ri über 330 km^2, und mehr als neunzig Prozent der gesamten Fläche waren als *Wälder und Felder* klassifiziert. Nachdem es vor dreißig Jahren als Grünfläche ausgewiesen worden war, gab es nicht ein einziges Mal einen Nutzungsänderungsantrag oder die Erlaubnis dafür. In Kiwon-ri war nichts aus der Alt- oder Jungsteinzeit ausgegraben worden. Es waren nicht einmal dreißig Jahre, denn seit der Entstehung der Menschheit bis zur Regierung Syngman Rhees gab es keine Aufzeichnung, dass sich im gesamten Gebiet Kiwon-ri eine Gemeinde gebildet hätte. Billionen Jahre war Kiwon-ri einfach ein Wald- und Feldgebiet. Zur Zeit Präsident Park Chung-hees wurde die Landdivision der Armee abseits der Front gegründet. Damals war in Kiwon-ri das dritte Bataillon unter dem Banner der Landdivision stationiert. Es war ein Ausbildungsbataillon. Dort wurden die sechswöchige Grundausbildung der nach Herkunft neu einberufenen Rekruten und das Reservistentraining durchgeführt. Von da an sammelten sich in Kiwon-ri das militärische Personal auf Zeit und die Familien der Soldaten, und es bildete sich eine Gemeinde. Mit dem Einzug von Herbergen, Kneipen, Restaurants, Billardhallen und anderer Freizeiteinrichtungen für die Besucher entstand ein kleines Dorf. Es wurden Zweigstellen von einem Postamt und einer Bank gegründet, und auch die abgehalfterten Prostituierten des Sitzes der Präfekturregierung zogen nach Kiwon-ri um. Nachdem Präsident Park Chung-hee erschossen worden war, zog das dritte Bataillon, das in

Kiwon-ri stationiert war, in das Hauptquartier der Division. Sobald sich das Bataillon zurückgezogen hatte, verschwand auch das Dorf, das sich darum gebildet hatte. Danach wurde das gesamte Gebiet des Dorfes Kiwon-ri unter Staatseigentum des Verteidigungsministeriums gestellt. Die Einwohner verließen das Dorf, und das Verwaltungsamt des Verteidigungsministeriums ließ mithilfe von Bulldozern alle ungenehmigten Gebäude einreißen. Das Einreißen der einstöckigen Schieferdachhäuser dauerte etwa zwei Tage. Das Verwaltungsamt des Verteidigungsministeriums ließ Asche heranschaffen und die freigelegten Keller und das Sumpfland damit auffüllen. Auf der mit Asche aufgeschütteten Erde wuchs Gras, und Kiwon-ri wurde wieder gänzlich zu einem Wald- und Feldgebiet.

Zum Ende der Regierungszeit Präsident Yeomsam Kims hin strömten die Obdachlosen aus den Stadterneuerungsgebieten und die Flutungsemigranten aus dem Errichtungsgebiet des Multifunktionsdamms nach Kiwon-ri, nahmen es unerlaubt in Besitz und gründeten erneut ein Dorf.

Damals ging die Zuständigkeit des Staatsgebietes Kiwon-ri vom Verteidigungsministerium auf das Ministerium für Wissenschaft über. Um Freizeitanlagen für die Angestellten der staatlichen Biotechnologieforschungsstelle in Kiwon-ri zu errichten, begann das Ministerium, die Besetzer zu vertreiben. Die Präfekturregierung und die Provinzpolizei schickten die Angestellten einer Dienstleistungsgesellschaft voraus und standen kurz vor der Zwangsräumung. Die Besetzer begehrten vehement dagegen auf. Sobald die Angestellten der Dienstleistungsgesellschaft ein paar provisorische Häuser im Umkreis niedergerissen hatten, versammelten sich die Besetzer im Dorfteil unterhalb des Tempels. Sie sammelten Pfeiler und Balken der niedergerissenen Häuser, bauten einen fünf Meter hohen Aussichtsturm und zogen in den *Kampf auf Leben und Tod für ihre Behausung*. Um den Turm stapelten sie eine Mauer aus Steinen und stellten Tonnen mit Verdünnungsmittel auf. Sie bauten einen rotierenden Raketenwerfer, der den Motor eines Pfluges als Antrieb hatte, und positionierten ihn auf dem Turm. Das Laden brauchte seine Zeit, doch er konnte fünfzig Golfbälle auf einmal abfeuern. Er war mit einer grundlegenden Zielvorrichtung ausgestattet, die die Mündung in alle Richtungen bewegen konnte, und die Reichweite überstieg zweihundert Meter. Es war zwar keine Feuerung durch Schießpulver, aber die physikalische Struktur und Funktionsweise kam dem Feuerzug gleich, den General Gweonyul im Kampf um die Bergfestung von Haengju zum Einsatz gebracht hatte. Wenn sie mit Exkrementen gefüllte Trinkflaschen in die Mündung luden, flogen fünfzig auf einmal durch die Luft. Der Offensiv- und Defensivkrieg tobte über einen Monat. Als einer der Besetzer von der Polizei mit dem Wasserwerfer direkt am Kopf getroffen wurde und einem Riss in der Schädeldecke erlag, verschlechterte sich der Ton der Berichterstattung in den Medien. Während die Polizei zwei der Besetzer festnahm, gab man die Vertreibungsoperation auf, und das Ministerium verlegte die Planung der Freizeitanlage zur südlichen Küstenlinie hin. Danach blieben über fünfzig Wohneinheiten im Staatsgebiet, und das zuständige Bezirksamt konnte nicht anders, als es *Kiwon-ri* zu nennen. Das war der Name, den der alte Tempel getragen hatte. Abgesehen von den Aufzeichnungen im *Atlas der drei Reiche*, denen zufolge im vierten Jahrhundert in dem Dorf ein Tempel mit dem Namen *Kiwon-sa* stand, war dies von der Frühsteinzeit bis heute alles zur Geschichte Kiwon-ris.

Da der untere Teil der Berge und der dortige Schatten kühl und feucht waren, schmolz der Schnee in Kiwon-ri erst spät. Der schmutzige Schnee war bis zum Frühlingsanfang im Schatten gefroren, und an Stellen, an denen er geschmolzen war, lag Kohleasche und der Wind ließ den Staub umherwirbeln.

Die Nonne, die im vergangenen Herbst Unkraut gejätet hatte, hieß Seokjeong. Im Tempel wurde das Schriftzeichen *Seok*, das zum Namen Buddhas gehörte, standardmäßig für den Ordensnamen der Nonnen benutzt, doch in diesem heruntergekommenen Tempel schien dieser Ordensname irgendwie unangemessen. Ich hatte nicht gefragt, ob Seokjeong der Ordensname dieser Nonne war oder ihr gewöhnlicher Name. Als ich zusammen mit Munsu Oh im Frühling erneut Alteo aufsuchen wollte, fuhren wir auf das Gelände des Kiwon-sa, und nachdem ich der Äbtissin meinen Stand und den Zweck unseres Besuches dargelegt hatte, bat ich um einen Führer. Die Äbtissin war eine verkalkte, alte Nonne. In ihrem Zimmer drang vermutlich aus dem Nachttopf für ihre Notdurft ein grässlicher Gestank. Sie öffnete die Tür zum Hof hin und rief nach draußen.

»Seokjeong, begleite diese Besucher zum Alteo. Es sind Lehrer, die hier sind, um die Eisenstücke anzuschauen. Bis später.«

»Bis später«, sagte sie, danach murmelte die alte Äbtissin den Namen Avalokitesvaras, des Bodhisattvas des Mitgefühls.

»Gehen Sie mit ihr dorthin. Sie bringt Sie dahin.«

Im Hof vor dem Hauptgebäude saß die Nonne in genau der gleichen zusammengekauerten Pose wie vergangenen Herbst und riss Unkraut aus. Sie spannte Plastikschnüre im Hof, als wollte sie Reis anpflanzen, entfernte entlang der Schnüre Kraut und bewegte sich im Sitzen. Der Hof des Tempels war groß, und das Unkraut spross in Hülle und Fülle. Wenn sie das Unkraut bis zur einen Seite des Hofes gezupft haben würde, wäre es auf der anderen schon nachgewachsen. An einer Wäscheleine, die über den Hof gespannt war, hing lange Unterwäsche für den Winter. Ein ausgebreiteter BH, ein Paar Socken, ein Sweater, die Hosenbeine einer langen Unterhose und ein Rock flatterten im Wind.

Der BH war zerknittert, und die Nähte der alten Unterhose lösten sich langsam auf. Auf den Rücken der zusammengekauerten Nonne fiel der Schatten der Wäsche, und immer wenn diese flatterte, war das Klingeln der Windglocke zu hören. Der Schatten der Wäsche schien das Klingeln der Windglocke wie den Rock der Frau aus dem Relief der fünfstöckigen Pagode aufzunehmen und in ihren Körper zu sickern. Munsu Oh, der der Nonne bei der Arbeit zusah, murmelte wie zu sich selbst.

»Mein Dissertationsthema wird nicht angenommen, oder?«

»Lass' mich damit in Ruhe!«

Grasende Ziegen kamen in den Hof des Tempels. Zwei tiefschwarze Ziegen lagen flach auf dem Podest der Pagode und meckerten. Der Schnee am flatternden Rocksaum der Flötenspielerin im Relief war kaum geschmolzen. Munsu Oh näherte sich der Nonne.

»Könnten Sie uns den Weg zeigen?«

Während sie aufstand, bog sie ihren Körper nach hinten und streckte sich. Als ob sie aus großer Ferne näher kam, wurde ihre Brust deutlicher, und sie reckte ihren weißen Hals.

»Es dauert drei Stunden. Zum Alteo hin und zurück …«

Die Nonne ging in den Container, zog sich um und kam wieder heraus. Um ihren kahl rasierten Kopf hatte sie einen Schal gewickelt. Zur Bergsteigerhose trug sie einen Parka. Sie ging vor das Zimmer der Äbtissin und legte zum Abschiedsgruß die Handflächen aneinander.

»Bis später.«

Im Zimmer erwiderte die Äbtissin ihren Abschiedsgruß.

»Bis später. Avalokitesvaras Mitgefühl sei mit dir ...«

Die Nonne war zwar unsere Führerin, doch sie folgte uns keuchend. Wir hielten oft an und warteten, dass die Nonne hinterher kam. Der Bergpfad war nicht holprig, aber oft war die Verbindung abgeschnitten und Teile zerrüttet. Es war schwer dem Weg ohne Führer zu folgen. Da der Schnee geschmolzen war, war der Boden aufgeweicht, und Matsch blieb an den Schuhen hängen. Als wir an Pfützen vorbei, entlang des Berggrats, einige niedrige Hügel umwanderten, kamen wir zu einem Talbecken, wo die Berggipfel wie geschlagene, davonjagende Hunde ein kleines Stück auseinandergedriftet waren. An dieser Stelle befand sich Alteo.

In dem Talbecken war es die einzige Erhöhung. Da die Berggipfel ein gutes Stück voneinander entfernt waren, wurde der Eindruck der Erhöhung deutlicher. Am inneren Teil der Berge versteckte sich ein kleinflächiges Gebiet. In der Mitte der Bodenerhöhung war eine Mulde. Entlang dieser war Schneematsch, und an den Stellen, an denen der Schnee geschmolzen war, trat tiefroter Lehm hervor. Ramyeon-Behälter und Essensreste, die vermutlich ansässige Ziegenbauern hinterlassen hatten, waren mit dem Lehm in der Mulde verfault. Die Ziegen gruben in der Mulde, die bis zu ihren Fußgelenken reichte, und am Rand der Mulde war das Stielblütengras, das vergangenen Herbst erfroren war, schneeweiß und verwittert. Die gebogenen Hälse schwankten im Wind. Der Schatten der Berge war fern, am Alteo schien die Frühlingssonne ausgiebig. Die Nonne setzte sich in die Sonne und löste ihren Schal. Von ihrem blassen, kahlen Kopf stieg etwas Dampf auf. Munsu Oh ließ neben mir einen gehässigen Kommentar ab.

»Hübsche Landschaft, nicht? Hihi. Alteo … hat ja wirklich die Form eines goldenen Hühnereis.«

»Beschäftigst du dich jetzt auch noch mit Geomantie?«

An diesem Tag untersuchten Munsu Oh und ich das Alteo und in einem Umkreis von zwei Kilometern Bergrücken und Bergkamm. Die Mulde im Alteo schien mit dem Flusslauf des Berges verbunden zu sein, doch da das Flussbett nicht leicht auszumachen war, konnte man nicht unterscheiden, ob es sich um eine natürliche Erscheinung handelte oder um etwas, das während des Hochwassers im letzten Jahr entstanden war.

Munsu Oh lieh von den ansässigen Bauern eine Mistgabel aus. Er zog Gummistiefel an, stieg in die Furche und stocherte darin mit der Mistgabel herum. Ein paar zerfallene und zerbrechliche Eisenstücke stießen an das Ende der Mistgabel. Munsu Oh schwenkte diese im Wasser, wusch sie von der Erde rein und ließ sie in der Sonne trocknen. Material und Form waren so verwittert, dass wir nicht unterscheiden konnten, ob sie als Schwert oder Schlagwaffe verwendet worden waren. Auf der ersten Seite des Buches *Technik und Umgang zur Erhaltung von metallischen Kulturgütern* stand die Erklärung, dass die Korrosion des Eisens eine natürliche Erscheinung sei, wobei das Eisen sich durch Druck und Bearbeitungsprozess beim Schmelzen löse. Dass Gold nicht verwitterte, liege daran, dass man keine externe Energie zur Legierung verwendet. Da diese von Munsu Oh geretteten, verwitterten Eisenstückchen schon einen langen Schwund- und Auflösungsprozess durchlaufen hatten, konnte man nicht feststellen, ob sie, die weder Schwerter noch Beile oder Klingen waren, nun den natürlichen, stabilen Zustand erreicht hatten. Doch eher als Eisen wirkten sie wie am Eisen haften gebliebenes Angebranntes oder Erbrochenes. Munsu Oh zog eine Zahnbürste aus seinem

Rucksack hervor, steckte sie in ein Rostloch der getrockneten Eisenstücke und bürstete die Erde heraus. Weißer Staub wirbelte auf, und in dem Loch wurden die Strahlen der Frühlingssonne reflektiert. Während Munsu Oh in der Sonne auf einem Gaskocher Ramyeon zubereitete, machte er wieder abfällige Bemerkungen.

»Hier haben wir doch das Thema für meine Dissertation. Es fällt zum Teil in den Bereich Machtstruktur. Und die Zeit ist auch viertes Jahrhundert.«

»Die sind komplett verwittert. Nicht mein Ding. Behalt' du sie. Mach' damit deinen Doktor.«

»Du hast doch gesagt, dass das nicht geht.«

»Deshalb sollst du's auch alleine machen.«

Er füllte Ramyeon auf den Deckel des Campingkochers und reichte ihn der Nonne hinüber. Sie nahm ihn entgegen und setzte sich zum Essen auf einen Felsen.

»Ich alleine? Mist, wie soll ich das alleine schaffen …?«

Er trank Soju, wobei er nach jedem Schluck übertrieben geräuschvoll Luft durch die Zähne einzog.

Die in der feuchten Erde wühlenden Ziegen kamen zur Mulde herauf und rieben sich den Körper. Wie vom Ramyeon-Geruch angelockt kamen sie meckernd näher. Auf ihrem tiefschwarzen Fell schimmerten plötzlich Regenbogenfarben. Der Spalt zwischen ihren geteilten Hufen war tief, und ihre schwarzen Pupillen, die die Sonnenstrahlen einfingen, glichen Mineralen. Munsu Oh murmelte halb in sich selbst hinein, während er die näherkommenden Ziegen betrachtete.

»Wie ist wohl das Innere einer Ziege?«

»Hast du's noch nicht mit einer gemacht?«

»Vielleicht ist es stockfinster. Eine Dunkelheit, von der sich nicht sagen lässt, ob sie hell oder dunkel ist.«

»Hat dein Schwanz jetzt auch Augen?«

»Diese Dunkelheit ist erdrückend. Als ob er zerquetscht wird. Weißt du, was eine Ziege ist?«

»Du, letztes Mal waren es Hühner. Nach der Tierklasse sind wir jetzt bei den Säugetieren. Als nächstes sind Fische dran. Verrückter Kerl …«

An diesem Tag sammelten Munsu Oh und ich am Berggrat fünfzehn verrostete Eisenstücke und zehn Knochen, die anscheinend von Menschen stammten. Die Eisenstücke waren auf der Erde verstreut, auf der der Schnee geschmolzen war, doch es waren nur die Enden ganz freigelegt. Munsu Oh entfernte mittels einer Handschaufel die Erde und zog die Eisenstücke heraus. Einige zerbrachen, als er sie aus ihrem Bett aus Erde befreite. Das Stück, das nach einem Beil aussah, war vergleichsweise ganz, doch das Schwert ließ sich nur an seinem Griff erkennen.

Die Knochenstücke entdeckten wir entlang des Weges, den das Wasser bei der Überschwemmung genommen hatte. Sie waren lange Zeit in der Erde vergraben gewesen, und während der Überschwemmung wurden sie zusammen mit Erde und Sand an die Oberfläche befördert. Unter den Knochen, die nach Oberschenkelknochen aussahen, waren ein paar, die zu lang waren, als dass sie von Menschen stammten. Bei der Überschwemmung im vergangenen Jahr waren über zehn Gräber, in denen keine weiteren Familienangehörigen begraben worden waren, die unten am Berggrat gelegen waren, mit dem zurückfließenden Wasser verschwunden. An überschwemmten Stellen waren unter den Knochen aus dem vierten Jahrhundert Knochen aus dem 21. Jahrhundert mit eingestreut. Die Knochen aus dem vierten Jahrhundert waren verrottet und zerfallen, und konnten deshalb leicht von den anderen unterschieden werden. Die Knochen, die nach Teilen der Wirbelsäule aussahen, stammten wohl von einer alten Person, die Anschlussstelle am Gelenk war stark erodiert. Es war eine schwer zu erklärende Fundstätte von Relikten. Knochenüberreste und Waffen lagen gemeinsam begraben, und die Fläche der Gräber war vergleichsweise groß. So musste man voraussetzen, dass die herrschende Gruppe über Generationen hinweg hier sesshaft gewesen sein mussten, doch die ganze Fundstelle, die zum Kiwon-ri des vierten Jahrhunderts gehörte, fiel nicht unter das Herrschaftsgebiet von Shilla, und auch die Stammesstaaten hatten sich noch nicht gebildet.

Bis zum sechsten Jahrhundert, in dem der Vorstoss Shillas nach Westen begann, war Kiwon-ri ein Herrschaftsvakuum. Da es Relikte waren, die die Überschwemmung zutage gefördert hatte, wusste man nicht, ob es sich um einen Friedhof im engeren Sinne handelte, doch auch an Stellen, zu denen die Überschwemmung nicht vorgedrungen war, waren Eisenstücke auf der Erde verstreut. Da Scherben von Tongefäßen überhaupt nicht ins Auge stachen, war es schwer zu sagen, ob es sich um ein Herrschergrab handelte. Wenn man den Umstand betrachtete, dass die Eisen- und Knochenstücke sporadisch entdeckt wurden, war auf dem Berggrat des Alteo aus dem vierten Jahrhundert kein Friedhof, und es wirkte auch nicht so, als ob die Leichen im großen Maßstab bestattet worden waren, doch es war auch auszuschließen, dass es sich dabei um eine kulturelle Handlung handelte. Betrachtete man Bergformation und Topografie, konnten hier kein Großtempel oder eine Militäranlage gestanden haben. Da das Wasser ziemlich schnell vorbeigeflossen war, hatte sich die Erde nicht mit Wasser vollgesogen. Die schmalen Felder waren also nicht zur landwirtschaftlichen Nutzung geeignet. Deshalb war auch eine größere Ansiedlung von Menschen auszuschließen. Ich konnte es nicht wissen, aber auch wenn man die Erde auf dem gesamten Gebiet des Alteo durchsuchte, wies nichts darauf hin, dass Spuren einer Ansiedlung oder Produktionsstätte zu finden waren. Wenn der Kiwon-sa genannte Tempel aus dem vierten Jahrhundert keine Stätte der Legende gewesen war, wo in Wirklichkeit kein Tempel gegründet worden war, oder wenn er eine kleine Einsiedelei war, in der ein paar Mönche gelebt hatten, wäre die fünfstöckige Pagode im Hof des Tempels ein Artefakt aus späterer Zeit, doch dies ließ sich nicht beweisen.

Munsu Oh wickelte die gesammelten Eisen- und Knochenstücke in Zeitungspapier und steckte sie in seinen Rucksack. Abends stiegen wir den Berg hinunter. Da die Temperatur rapide gefallen war, war die getaute Erde wieder gefroren. Wir nahmen trockene Äste, um uns beim Abstieg aufzustützen. Munsu Oh lief voraus, und die Nonne folgte dahinter. Als wir den gefrorenen Felsweg hinunterliefen, hörte ich von hinten einen Schrei. Die Nonne war gestolpert und rutschte den Felsen hinunter. Munsu Oh griff ihr Handgelenk und zog sie den Fels hinauf. Als er das tat, wand sie ihren Körper, als ob ihr Fußgelenk schmerzte und sah verschreckt aus. Sie keuchte und massierte ihr Fußgelenk. Sie zog ihren Schal aus. An ihrem bleichen Kopf pulsierte eine blaue Ader, und es bildeten sich Schweißtropfen. Von ihrem Haupt erhob sich Dampf. Munsu Oh holte die Thermoskanne hervor, und gab ihr Kaffee. Er sagte:

»Alles in Ordnung?«

Sie hob ihren gesenkten Kopf und blickte zu ihm empor. Sie sagte:

»Mir kam das Diesseits in den Geist.«

Als sie »Diesseits in den Geist …« sagte, waren die drei S-Laute spitz und leicht, es klang, wie wenn der Wind durch trockenes Gras fährt. Als sie »Die-s-s-eit-s« aussprach, kam weißer Atem aus ihrem Mund. Der weiße Atem teilte sich zwischen den S-Lauten. In ihrem Atem schien ein modriger Geruch zu liegen, er war vage und nebelhaft. Der Mundgeruch war ihre Sache. Ihre Stimme klang wie aus der Ferne.

Bis wir im Tempelhof ankamen, liefen wir ohne zu reden. Munsu Oh ging mit den eingesammelten Stücken im Rucksack voraus, und die Nonne humpelte mir hinterher. Es war kalt geworden, und unsere Nasen liefen. Munsu Oh fasste sich an die Nase und schnäuzte sich. Seine Finger rieb er an einem Baumstamm ab. Hin und wieder hörte ich die Nonne hinter uns keuchen. Wenn ich zu ihr zurückblickte, kam sie weißen Atem ausstoßend hinter uns her getrottet.

Auf dem Tempelhof trennten wir uns von ihr. Sie blieb vor dem Zimmer der Äbtissin stehen, schloss ihre Hände und berichtete.

»Wir sind zurück.«

Aus dem Innenraum antwortete die Äbtissin.

»Es ist spät geworden. Avalokitesvaras Mitgefühl sei mit dir.«

Munsu Oh stieg ins Auto und ließ den Motor an. Die Nonne stand vor dem Zimmer der Äbtissin und schaute in unsere Richtung. Munsu Oh begann den Wagen zu wenden, bremste kurz und kurbelte das Fenster hinunter. Wie ein Buddhist legte er seine Handflächen aufeinander und verbeugte sich leicht in Richtung der Nonne. Er sagte:

»Werden Sie erleuchtet!«

Auf dem ungepflasterten Weg hinunter zum Dorf schaukelte das Auto heftig. Im Munsu Ohs Rucksack, der auf dem Rücksitz verstaut war, stießen die Knochen- und Eisenstücke gegeneinander und klapperten.

Als die Zwischenprüfungen des Sommersemesters vorbei waren, kam das Ergebnis der Materialanalyse des Amtes für Kulturgüter. Seit ich die fünfzehn Eisenstücke und die zehn Knochenfragmente, die wir auf dem Bergrücken des Alteo gesammelt hatten, nach Seoul geschickt hatte, war erst ein Monat vergangen. Ich hatte zusammen mit den Relikten einen Bericht mit einer Erklärung der Topografie samt Grundrissplan und einen Überblick über die Umstände der damaligen Zeit eingeschickt. Bei der Analyse der Metalle kam nichts Besonderes heraus. Die Eisenstücke waren alle Schmiedewaffen aus dem vierten Jahrhundert. Da die Erde, aus der wir sie ausgegraben hatten, feucht war, war die Korrosion bis zum letzten Stadium fortgeschritten. Im Material waren zwar auch Risse, doch da es sich um den Zustand des Rostfraßes handelte, bildeten sich Löcher im Material, und das Eisen verwitterte entlang der Löcher, die sich langsam nach innen erweiterten. Da der Eisenbatzen hohl war, konnte der Wind hindurchgeblasen haben. Es war eine tiefe und fatale Korrosion. *Auflösung* traf es besser als *Korrosion.* Das Foto des Mikroskops war leer wie ein verlassener Bienenstock. Das Eisen glich einem durch den Wind durcheinander gebrachten Spinnennetz. Die bei der Schmiede verwendete Temperatur war niedrig gewesen, und die Dichte der Fremdstoffe hoch. Verglichen mit Eisenstücken aus dem vierten Jahrhundert, die andernorts ausgegraben worden waren, waren diese Stücke merklich minderwertig. Die Analyse der Knochenstücke ergab Menschen- und Pferdeknochen. Der längste und dickste unter den Knochen, die ich an jenem Tag auf dem Bergrücken des Alteos eingesammelt hatte, war der Oberschenkelknochen eines Pferdes. Im Knochen war ein Loch gefunden worden, das so aussah, als wäre der Knochen mit einem Spieß durchstochen worden. Die Ergebnisse der Messung der radioaktiven Isotope ergaben, dass es sich bei den meisten Menschenknochen um die Knochen von Männern aus dem vierten Jahrhundert im Alter zwischen zwanzig und fünfzig handelte. Der Strontiumanteil war sehr hoch, und für ihr Alter waren die Gelenkregionen sehr abgenutzt. Der Wadenknochen und die Lendenwirbelregion waren extrem gebogen. Es waren die Knochen von Männern, die zu Lebzeiten kaum Fleisch gegessen und schwere körperliche Arbeit verrichtet hatten.

Von den zehn Knochenstücken, die ich zum Amt für Kulturgüter geschickt hatte, gehörte eines zum Hüftbein einer Frau. Die Knochen der Wirbelsäule und der Schenkelknochen, die ursprünglich mit der Hüfte verbunden waren, waren zwar verloren gegangen, doch Scham- und Sitzbein, die das Skelettgerüst der Fortpflanzungsorgane bildeten, waren vollständig erhalten und hatten die Form eines Trichters. Laut der Nachricht des Amtes für Kulturgüter wurde das Alter der Frau zum Zeitpunkt ihres Todes auf dreißig geschätzt, und dies entsprach etwa der Lebenserwartung ab dem sechsten Jahrhundert. Sie hatte kaum Fleisch zu sich genommen und schwere körperliche Arbeit geleistet. Zwischen dem Tod der Männer, deren Knochen im vierten Jahrhundert auf dem Bergrücken des Alteo verstreut wurden, und ihrem Tod lagen zweihundert Jahre.

Das Labor für Materialanalyse des Amtes für Kulturgüter zählte die Fundstücke zum Altertum und maß dem Punkt, dass sie in einem großen Areal gefunden worden waren, Bedeutung zu, doch sie hatten einen Kommentar zum Thema, ob durch eine gemeinschaftliche Ausgrabung Dinge entdeckt werden sollten, die nicht mit den schriftlichen Aufzeichnungen aus dem vierten Jahrhundert übereinstimmten. Am Tag nach der Ankunft der Analyseergebnisse schickte das Amt für Kulturgüter die Eisen- und Knochenstücke, die ich nach Seoul gesendet hatte, an die Universität zurück. Das Universitätsmuseum konnte nicht alle rostigen Eisenstücke und Knochenfragmente ausstellen. Der Ausstellungsraum war zu knapp, doch da die Eisenstücke zum größten Teil verwittert waren, konnten auch keine vollständigen Stücke gezeigt werden, und der Zustand des Materials war keinesfalls einwandfrei. Und rostige Eisenstücke aus dem Altertum hatten auch keinen Seltenheitswert. Zudem brauchten die Menschen- und Pferdeknochen nicht alle ausgestellt werden, da das Universitätsmuseum, das kein naturgeschichtliches Museum war, sie nach Epochen unterschied. Der Museumsdirektor bewahrte alle Relikte, die ich weitergegeben hatte, im Museumsarchiv auf und stellte nur das eine Stück aus dem Hüftbein der Frau aus dem sechsten Jahrhundert aus.

Während er die Ausstellungsobjekte auswählte, sagte er:

»Das Hüftbein einer Frau aus dem Altertum kann ein gutes Unterrichtsutensil sein, das die Fantasie gegenüber der Lebensart damals anregt. Die Trichterform ist ja vergleichsweise gut erhalten und es gibt auch ein Untersuchungsergebnis. Lassen Sie uns nur dieses eine Stückchen ausstellen.«

»Aber ist das Erklärungsmaterial nicht etwas dürftig?«

»Haha, stimmt. Aber gerade weil es so dürftig ist, kann es umso bildender sein. Außerdem kann es doch durch das Ausgrabungsergebnis ergänzt werden.«

Das Hüftbein der Frau aus dem sechsten Jahrhundert wurde im Ausstellungsraum für das Altertum platziert. Im Glaskasten unter der Neonleuchte kam die Körnung der Kalziumverbindungen des Knochens, der die Konservierungsmaßnahmen durchlaufen hatte, gut heraus. Der wissenschaftliche Mitarbeiter des Museums legte unter den Knochen ein Stück Holz und brachte im Schaukasten ein Vergrößerungsglas an. Das Hüftbein hatte die Trichterform zur Vorderseite hin völlig ausgebreitet. Sie hatte eine vollkommene Öffnung. Auf beide Seiten des Glaskastens traf ein Lichtstrahl. Im Trichter war kein Fleckchen Schatten. Darin war, durch die Linse des Vergrößerungsglases sichtbar gemacht, die Körnung des weißen Knochens ruhig wie die ersten Sonnenstrahlen am Morgen. An den Stellen, an denen Schenkelknochen und Rückgrat abgebrochen waren, befanden sich zahnähnliche Bruchstellen. Die verwitterten Zähne sahen instabil aus, als würden sie gleich zerfallen.

Zwischen den Zähnen drang das Licht der Neonlampe hindurch. Die Linse des Vergrößerungsglases war auf die hervortretende Stelle des Schambeins ausgerichtet. Der Scheitelpunkt des Schambeins war durchbrochen, und an der Bruchstelle war die Körnung des Knochens gut erkenntlich. Der wissenschaftliche Mitarbeiter des Museums hatte unter dem Ausstellungskasten zur Erklärung ein Schildchen angebracht.

Knochen einer Frau aus dem sechsten Jahrhundert

Körperregion: *Scham- und Sitzbein des Hüftbeins*
Zeit: *sechstes Jahrhundert ± 50 Jahre*
Geschätztes Alter: *Anfang dreißig*
Fundort: *Berg hinter Kiwon-sa in Kiwon-ri*
Anmerkung: *Die Analyse der Knochenrestbestände ergab, dass zu Lebzeiten kaum eine Aufnahme von tierischen Proteinen stattfand. Zudem zeigte die Formanalyse schwere Verformungen und Schäden. Daraus lässt sich erkennen, dass es sich um eine Frau aus der niederen Schicht handelte, die in ihrem Leben mit Eiweißmangel schwere körperliche Arbeit leistete.*
Spitzname: *Kiwonhwa*

Der Name *Kiwonhwa* war ein Eigenname, den der Museumsdirektor der Frau aus dem sechsten Jahrhundert, von der nur der Beckenknochen übrig geblieben war, gegeben hatte. Da es der Knochen einer jungen Frau war, hatte er an den Ortsnamen der Fundstelle das Zeichen für Blume, *hwa*, angehängt. Mir als Wissenschaftler war es zuwider einem Knochenüberrest wie einem Menschen einen Namen zu geben, sei es auch ein Name, der eine Referenz zu der Blume Udumbara war, die nach buddhistischem Glauben nur alle 3.000 Jahre blüht und die irdische Manifestation eines Überwesens ankündigt. Meiner Meinung nach zerstörte das die Glaubwürdigkeit der Sache. Doch da es der Museumsdirektor war, konnte ich mich nicht einmischen. Er erklärte in einem Beitrag in der Universitätszeitung den Prozess, der hinter der Ausstellung der Knochen der *Kiwonhwa* genannten Frau stand, und betonte die wissenschaftliche Bedeutung des Ganzen. Er hob hervor, dass durch das Hüftbein einer jungen Frau aus dem sechsten Jahrhundert das Leben damals anschaulich nachgezeichnet werden könne, und dass man sich des Wesens des Lebens damals vergewissern müsse, für das es erst wenige Nachweise gab. Sein Artikel war sehr unwissenschaftlich. Durch das Betrachten des Hüftbeins konnte man fast nichts erschließen. Da man nicht wusste, wie lange die durchschnittliche Lebenserwartung zur damaligen Zeit war, wusste man nicht einmal, ob der Knochen der Frau, die etwa dreißig Jahre gelebt hatte und dann gestorben war, ein junger oder ein alter Knochen war. Auch die Erläuterung *sie leistete in ihrem Leben mit Eiweißmangel schwere körperliche Arbeit* konnte man nicht aus der Betrachtung des Knochens schließen. Der Knochen übermittelte keinerlei Information über das Leben Kiwonhwas. Dieses Hüftbein, dessen Trichterform im Glaskasten des Museums völlig geöffnet war, hatte lediglich eine bläuliche Körnung der Kalziumverbindungen. Die Universitätszeitung hatte in den Artikel des Museumsdirektors ein Foto von dem trichterförmigen Hüftbein eingefügt und darüber den Titel *Kiwonhwa blüht in unserem Universitätsmuseum* gesetzt. Daher wurde Kiwonhwa der Name der Frau aus dem sechsten Jahrhundert, deren Knochen erhalten geblieben war. Es war ein banaler Name.

Bis die Semesterabschlussprüfungen fertig waren und die Sommerferien anfingen, hatte Munsu Oh noch nichts zu seinem Thema oder eine Gliederung eingereicht. Ganz zu schweigen davon fehlte ihm die erforderliche Kompetenz für die Promotion, da seine Fähigkeit, Texte in Altkoreanisch zu lesen, zu wünschen übrigließ. In den Universitätsstatuten gab es eine Klausel, die besagte, dass wenn eine Person, die sich für den Doktorandenkurs angemeldet hat, diesen nicht innerhalb von zehn Jahren abschließt, Kraft des Amtes des Direktors exmatrikuliert wird. Munsu Oh blieb nur noch ein Jahr. Der Grund, weswegen ich ihm zum Verlassen der Uni riet, schwand mit der Zeit. War ein Jahr vorbei, würde das der Direktor den Universitätsstatuten gerecht regeln müssen. Solange ließ ich Munsu Oh sich selbst überlassen. Ich verlangte auch nicht die Abgabe seines Dissertationsvorhabens. Wenn er Geld von der Nachhilfeschule bekam, rief er mich hin und wieder an, lud mich auf einen Drink ein, und ich sagte ab. Manchmal kam er unangemeldet in mein Büro. Ohne anzuklopfen öffnete er die Tür und sagte: »Stör' ich?« Jedes Mal wenn er nach Seoul fuhr, ging er in der Kyobo-Buchhandlung vorbei und kaufte mir englische Fachliteratur, die ich benötigte. Auch von dem von der Universität von Indiana herausgegebenen Werk *Studie zur Arbeitsteilung gemäß der Stammesposition der Indianer im neunten Jahrhundert – mit Fokus auf das Ergebnis der Ausgrabungen von Santa Ana Mesa* schenkte er mir die Originalausgabe für 250 Dollar. Sein Einkommen als Sprachlehrer schien wohl recht annehmlich zu sein. Auch als ich die Noten für die Semesterabschlussprüfung verteilte, kam er in mein Büro und sagte in selbstgefälligem Ton:

»Diese Kiwonhwa, du weißt schon, der Knochen da. Wär' das nicht was für meine Dissertation?«

Ich dachte schon, er hätte wieder getrunken, und musterte seine Gesichtsfarbe, aber es schien alles normal. Er saß vor meinem Schreibtisch, stützte die Ellbogen auf, kratze sich am Kopf und sein Gesichtsausdruck war in beiderlei Hinsicht nüchtern.

»Aha, du musst das alleine machen. Mit unseren unzureichenden Fachkompetenzen können wir dich nicht prüfen.«

»Wenn ich Kiwonhwas Lebensgeschichte rekonstruiere, wär' das doch ein gute Arbeit, oder? Was meinst du?«

»Geh', wenn du nichts Wichtiges zu besprechen hast. Ich hab zu tun.«

»Diese Kiwonhwa meine ich, du weißt schon. Seokjeong, Seokjeong. Die Nonne, die im Kiwon-sa Unkraut herausgerissen hat. Als sie da saß und Unkraut entfernte, hab ich sie von hinten gesehen, ihr Hüftbein war wie das von Kiwonhwa.«

Dieser Mistkerl … Ich blickte ihn finster an. Er stützte sich mit der Hand an der Stirn auf und schaute auf den Boden.

»Kiwonhwa war sechstes Jahrhundert. Die Zeit passt nicht!«

»Wenn man ein bisschen daran dreht, schon.«

Ich konnte ihn nicht mehr wie einen Erstsemestler behandeln. Er war sowieso eine Person, um die sich der Rektor in einem Jahr kümmern musste.

»Nicht das. Nimm' die Flöte spielende Frau auf dem Relief der fünfstöckigen Pagode. Vielleicht passt dann die Zeit wenigstens.«

Munsu Oh kicherte.

»Soll ich? Aber sie ist in Stein gehauen, kommt sie daraus …?«

»Du weißt schon, dass deine Frist bald abläuft?«

»Ja. Bis dahin werd' ich keine Doktorarbeit mehr hinkriegen. Hihihi.«

»Wenn du alles geschrieben hast, geh' damit nach Harvard. Hier wird's nicht gehen.«

An diesem Abend gingen wir in eine Kneipe in der Nähe der Uni. Er sagte mir, dass er, bevor er zwangsweise aus der Uni geworfen würde, sich selbst exmatrikulieren, in eine Provinzstadt im Süden gehen und auf Dauer als Dozent in einer Vorbereitungsschule arbeiten werde.

»Das hast du dir gut überlegt. Je eher, desto besser.«

Ich schüttete immer wieder Soju in sein Glas nach. Der betrunkene Munsu Oh laberte von der Beschaffenheit des Inneren von Hühnern, Ziegen und Hunden, von ihrer Temperatur, Feuchtigkeit, Helligkeit und Dunkelheit, und der Enge. Das war alles Gegacker und Gebell, Unsinn, der in seiner Fantasie umher schwebte.

Ab den Sommerferien begannen am Alteo in Kiwon-ri die Erdoberflächen-Untersuchung und Ausgrabungen. Aus drei Universitäten in der Umgebung wurde ein Team aus Historikern, Archäologen und Ethnologen gebildet, und aus Seoul kam ein Führungsteam aus Professoren in hohem Alter. Aus Masterstudenten, die Ferien hatten, stellte ich ein Team für die Ausgrabungen zusammen und suchte vor Ort einen Arbeiter für den Transport. Seit jeher war ein Gesetz in Kraft, das umliegende Unis bevorzugte. Meine Universität, die in der

Nähe von Kiwon-ri lag, wurde als zuständige Universität für die Ausgrabungen ausgewählt und sicherte sich die Ausgrabungsrechte der Relikte.

Die Mitglieder des Expertenteams mieteten sich etwas auf Dauer in der nächsten Kreisstadt, und die Masterstudenten logierten im Klassenzimmer einer Grundschule. Munsu Oh war zwar kein Teilnehmer der Studie, doch er hing ständig an der Ausgrabungsstätte herum. Mir kam auch der Gedanke, dass er gar nicht wirklich Kiwonhwa zum Thema nehmen wollte, doch ich ignorierte sein Verhalten, da von seiner Frist nicht mehr viel übrig geblieben war. Ich machte mir eher Sorgen um die extra für die Ausgrabungen gekommenen Studentinnen. Ich bestimmte einen körperlich starken Studenten, der Judo konnte, zu seinem Zimmerkameraden, um so seine nächtlichen Aktivitäten zu überwachen. Am ersten Tag der Ausgrabung brachte ich die Professoren in einem Bus, den Munsu Oh fuhr, zum Kiwon-sa.

Der Hof des Tempels war von Unkraut überwuchert. Das Unkraut wuchs höher als die vorgelagerten Dielen des Hauptgebäudes gelegen waren, und eine in der Regenzeit gediehene Kletterpflanze erklomm die fünfstöckige Pagode und blühte weiß. Mit der Hand entfernte ich die Ranken und betrachtete das Relief. Eine Ranke durchdrang eine Lücke im Stein, und die Flöte spielende, fliegende Frau flatterte in der Dunkelheit, die von den Blättern bedeckt war, auf dem Stein.

Die alte Äbtissin kam auf einen Stock gestützt in den Hof heraus und begrüßte die Fremden. Ich sagte, dass ich der Dozent war, der am Frühlingsanfang schon einmal hier war, und erklärte den Zweck unseres Besuches. Die auf den Stock gestützte Äbtissin sah so aus, als würde sie Gefahr laufen, vom Wind umgerissen zu werden. Sie wirkte schwerhörig, da sie die Gesten der Menschen ganz genau betrachtete. Munsu Oh trat vor die Äbtissin und sagte:

»Sie müssen wohl etwas Unkraut jäten.«

Die Äbtissin formte mit der Handfläche ein Hörrohr und rief unvermittelt:

»Was?!«

»Sie müssen wohl etwas Unkraut jäten. Ist die Nonne, die das sonst macht, nicht da? Ich glaube sie heißt Seokjeong …«

»Ah, Seokjeong. Sie ist keine Nonne. Ihr sind die Gelübde nicht abgenommen. Sie hat in einer Kneipe in Jinju bedient, sich mit Schulden verdrückt, sich hier im Tempel versteckt und Kleidung geliehen. Letzten Frühling ist der Kneipeninhaber gekommen und hat sie mitgenommen. Der Hof sieht so aus, weil sie nicht mehr da ist. Ich kann das Unkraut nicht entfernen.«

Während wir zum Alteo hoch gingen, sagte Munsu Oh kein Wort.

»Du, deine Dissertation wird schwer zu schreiben.«

»Ja, wird schwer. Scheiße …«

Er spuckte auf den Boden.

Bis die Sommerferien zu Ende waren und die Zwischenprüfungen des Wintersemesters durch waren, wurde die Ausgrabung auf weitem Areal durchgeführt. Die Eisen- und Knochenstücke, die unter dem Bergrücken nahe dem Alteo entdeckt wurden, waren so viele, dass wir sie mit einer Bahre transportieren mussten. Wenn man mit der Mistgabel in die Erde stach, brachen die Eisenstücke, die nicht tief vergraben lagen, entzwei. Es war mehr ein Aufsammeln als eine Ausgrabung. Da die Dinge nicht tief vergraben waren, konnte man auch die Zeit anhand der Gesteinsschicht nicht auseinander halten. Die gesammelten Eisen- und Knochenstücke stapelten wir auf dem Hof der Grundschule. Die Eisenstücke wurden nach ihrer Verwendung in Beil, Schwert, Speer, Schild, Rüstung und Schutzgeschirr für Pferde aufgeteilt, doch die verwitterten Stücke, die man nicht unterscheiden konnte, waren in der Mehrzahl. Unter die Menschenknochen waren Pferdeknochen gemischt, und da keine Geräte zur Messung radioaktiver Strahlung vor Ort vorhanden waren, konnte man sie nicht sortieren. Vor diesen Relikten wurde eine Sitzung zur Bewertung abgehalten mit einem der Professoren, die aus Seoul gekommen waren, als Vorsitzendem.

Betrachtete man die Felsformation und Topografie Kiwon-ris oder auch schriftliche Aufzeichnungen, war man sich einig, dass unter der Erde in der Umgebung des Alteo keine Ruinen zu erwarten waren, und dass eine Ausgrabung, die unter diese Erde drang, daher sinnlos war. Der vorsitzende Professor vermutete, dass es sich beim Alteo um ein Schlachtfeld handelte. Die sich feindlich gegenüberstehenden Armeen verließen die Stätte, nachdem sie ohne abschätzen zu können, welche Seite gewinnen würde, die Schlacht unentschieden beendet hatten, und während Überschwemmungen wurde das Gebiet begraben. Es war eine vage Vermutung, doch einen anderen Weg zur Erklärung gab es nicht. Im vierten Jahrhundert gab es keine Militärmacht, die in Kiwon-ri residierte. Deshalb waren Belagerung, Stellungskrieg und Überraschungsangriff ausgeschlossen. Zudem konnte es, wenn man die geografischen Gegebenheiten der Stätte betrachtete, keine Massenschlacht gewesen sein, bei der die Hauptstreitmächte frontal aufeinanderstießen. Da Kiwon-ri nutzloser, menschenleerer Boden war, war das Ziel der dort begrabenen Schlacht auch nicht Plünderung, Massaker oder Besetzung.

Wieder eine Vermutung, doch es könnte so gewesen sein, dass die beiden Armeen in ihrem Marsch entlang der Bergrücken zufällig aufeinandergetroffen waren. Was war dann das Ziel der militärischen Operation, und in welche Richtung ging die Bewegung? War die Armee Shillas nach Süden gerückt, um die verbliebenen Stämme Gayas auszulöschen? Oder war es die Armee Gayas, die es auf die Randgebiete Shillas abgesehen hatte und nach Norden zog? Da Muster und Design der Eisenstücke komplett verwittert waren, konnte man nicht erkennen, um die Gegenstände welcher Seite es sich handelte. Das war eine Begebenheit im vierten Jahrhundert. Und zweihundert Jahre später kam Kiwonhwa just zu diesem Ort und starb.

Der aus Seoul gekommene emeritierte Professor schlug vor, die Relikte langfristig zu analysieren und danach eine für die Schlachtränge und Kriegsführung im Altertum logische Hypothese aufzustellen. Sein Angebot klang verlockend. Doch da an den Waffen beider Seiten keine Muster mehr geblieben waren, konnte man nicht unterscheiden, welche zu welcher Seite gehörten. Da die Löcher, die sich in Rüstung und Schilder gebohrt hatten, abgerieben waren, konnte man nicht einschätzen, ob es sich um Eintrittstellen von Pfeilen oder Speeren handelte, um Beschädigungen durch Werkzeuge oder um Rostlöcher durch Korrosion. Ich grübelte einen Monat lang, ob ich das Angebot annehmen sollte. Dann entschied ich mich dagegen. Der emeritierte Professor kehrte mit dem Fazit nach Seoul zurück, dass Ziel und Marschrichtung einer großangelegten militärischen Operation, die auf kontinentalem Gebiet stattgefunden hatte, wo im vierten Jahrhundert ein Machtvakuum war, zukünftiges Forschungsthema seien.

Die Relikte wurden alle im Archiv des Museums der Kreisuniversität aufbewahrt. Es gab nichts, das sich lohnen würde auszustellen. Unter den Relikten des Alteo lag nur ein Stück Kiwonhwas in offener Trichterform unter einem Vergrößerungsglas. So endete die Studie über Alteo. Der Vorschlag des emeritierten Professors war einladend, doch es konnte nichts untermauert werden. Die Winterferien nahten.

Munsu Oh exmatrikulierte vor den Ferien und verließ die Uni. Er zog aus der Wohnung in der Kneipenstraße vor der Universität aus und gab die ausgeliehenen Bücher in der Bibliothek zurück. Er kam nicht, um sich zu verabschieden.

Er hinterließ mir eine E-Mail mit dem Inhalt *Ich hab' dich so oft genervt. Ich gehe in den Süden. Viel Erfolg in der Forschung!* Es drang die Geschichte zu mir durch, dass Studenten, die in den Winterferien zum Wandern zum Berg Jiri gegangen waren, auf dem Rückweg durch Jinju gekommen waren, und dort Munsu Oh gesehen hatten. Laut einem Gerücht unter Studenten arbeitete er dort als Dozent in einer Nachhilfeschule, hatte ein 120 m^2 großes Appartement gekauft und wieder mit dem Lotterleben mit hohem Frauenverschleiß angefangen, und weiter, dass die Aktuelle eine Barfrau war, die vorher eine Zwischenrolle in einem Tempel hatte. Ob sie nun Barfrau war oder in einem Tempel untergekommen war, für Munsu Ohs Frauen hegte ich keinerlei Interesse. Ich hoffte nur, dass er sich nicht wieder an der Universität herumtrieb.

Auch in dem Winter, als Munsu Oh ging, schneite es viel. Die Berggipfel des Hinterlandes und das Dach des schäbigen Tempels waren schneebedeckt. Die Berggipfel waren in alle möglichen Richtungen gerichtet, und das Tal war zerklüftet. Durch dieses schneebedeckte Tal fegte der Wind messerscharf. Der Wind Kiwon-ris erhob sich in der Schlucht und peitschte hin und her. Der aufgetürmte Schnee bedeckte diese ärmliche

Form der Berggipfel, doch wenn ich in meinem Büro Richtung Kiwon-ri blickte, tobte auch an Tagen, an denen der Wind nicht wehte, zwischen den Gipfeln ein Schneesturm.

Bis zu meiner Emeritierung tauchte Munsu Oh nicht mehr in der Nähe der Uni auf, und Kiwonhwa war im Ausstellungsraum des Museums ausgestellt.

Die langen Schatten der Heimat

1

Der Stau löste sich nach einer knappen halben Stunde auf. Die Männer, die an die Schallschutzwand gepinkelt hatten, stiegen wieder in ihre Wagen ein. Dann begannen die Autos loszufahren und den Unfallort zu passieren. Die fliegenden Reiswaffelverkäufer verzogen sich von der Fahrbahn. Von dieser Stelle waren es Richtung Süden bis Cheonan zwanzig Kilometer. Es regnete, seitdem ich das Autobahnkreuz Osan passiert hatte. Viele Autofahrer wichen dort noch auf die zweispurige Nationalstraße ohne Seitenstreifen aus, als sich der Stau bildete. Dieser Regenschauer war nicht vorhergesagt.

Ein Acht-Tonner hatte die Mittelleitplanke durchbrochen und war dann umgekippt. Ein entgegenkommender PKW war hineingefahren und hatte sich überschlagen und war auf dem Dach gelandet. Darunter lag ein Motorroller. Einsatzkräfte schnitten von oben her die Karosserie auf und bargen die Verunglückten. Es goss weiter in Strömen. Der von der Sonne aufgeheizte, nasse Asphalt dampfte und setzte Teergeruch frei. Reihen von Spielzeugautos flossen aus dem Rückspiegel.

Ich musste mich nicht beeilen, um zum Hafen von P. zu kommen. Die dritte Fangflotte war draußen und brauchte noch zwei, drei Tage, um wieder einzulaufen. Am Morgen befand sie sich noch in Sektor 124, wie die Fischereifunkstation telefonisch durchgegeben hatte. Die Flotte mit P. als

Heimathafen bestand aus acht Hamenfischkuttern zu hundertzwanzig Tonnen. Der Funker meinte, nachdem die Schiffe in ihrem Fanggebiet ihr Soll nach fünf Tagen erfüllt hätten, gäbe es in ihrer Nähe eine Wellenwarnung. Daraufhin hätten sie ihre Netze eingeholt und sich auf die Rückkehr vorbereitet, aber wegen des hohen Seegangs würde es selbst bei der Höchstgeschwindigkeit von 25 Knoten noch zwei Tage dauern, bis sie wieder zurück wären.

Meine Dienstanweisung lautete, einen Neunzehnjährigen, der sich als Schiffsjunge auf einem der Schiffe aufhalten sollte, wegen räuberischer Erpressung zu verhaften und nach Seoul zu überführen. Ein Informant bei der Fischereigewerkschaft hatte mir diesen Hinweis gegeben. Personalien, Fingerabdrücke und Fahndungsfoto lagen vor, der Haftbefehl für den Gesuchten Dongsu Jo war ausgestellt. Da die genaue Zugriffszeit schon abzusehen war, konnte ich ihn mit Handschellen an der Anlegestelle in Empfang nehmen. Die Kollegen vor Ort hatten vier Bereitschaftskräfte und einen Wagen für den Transport nach Seoul zur Verstärkung zugesichert.

»Bist du nicht da aufgewachsen? Du bekommst fünf Tage Zeit für den Trip. Der Junge kommt von selbst vom Pier, den kannst du gar nicht verpassen. Das ist doch wie Sonderurlaub!«

Der Hauptkommissar hatte wohl meinen Dank erwartet, während er die Dienstreiseformalitäten erledigte. Dongsu Jo war Ersttäter. Er hatte vom Rücksitz aus mit einem Küchenmesser einen Taxifahrer nachts um elf an einem Naherholungspark erst zum Halten gezwungen und dann auf ihn eingestochen. Nur war die Tatwaffe ein stumpfes Küchenmesser und nicht dazu geeignet. Die Spitze hatte sich zwar unterhalb des linken Schulterblatts anderthalb Zentimeter tief in die Daunenjacke des Fahrers gebohrt. Das Messer kratzte sie dabei aber nur an, und Jo hatte aus Unkonzentriertheit überhastet und schwach die kritischen Körperstellen verfehlt. Die Stelle des ungeschickten Stichs zeigte auch, dass es dann schwerfällig und unsauber wieder herausgezogen wurde, man konnte das Zögern dabei erkennen. Der Taxifahrer hatte dem Täter das Messer nach einer Rangelei abgenommen. Es war ein konventionelles Küchenmesser, das Markenetikett noch auf der Klinge. Die Fingerabdrücke auf dem Griff konnten Jo zugeordnet werden. Der Haftbefehl lautete auf räuberische Erpressung, aber ohne das erbeutete Geld wäre der Tatbestand der gefährlichen Körperverletzung zuzuordnen. Es sollte sich herausstellen, dass Jo in P. wohnhaft registriert und auch dort aufgewachsen war. Wir kamen also aus derselben Stadt. Es wurde außerdem wieder Zeit für den *Rechenschaftsbericht zur Wahrung der öffentlichen Sicherheit* mit seinen Festnahmequoten. Der Polizeichef piesackte die Hauptkommissare damit, alle seit Ende des zweiten Quartals aufgrund Arbeitskräftemangels verschonten erfassten kriminellen Subjekte verhaften zulassen.

Ein Kran hatte den umgekippten Laster mittels Stahlseilen auf den Seitenstreifen gehievt, eine Fahrspur war frei geworden. Und durch diesen Verkehrsengpass fuhren die Autos nun. Ich folgte den Rücklichtern des vor mir fahrenden Fahrzeugs aus der Unfallstelle. Eine Thermoskanne, eine Milchflasche, Stofftiere, ein Kinderwagen, und dann waren hinter dem auf dem Dach liegenden PKW noch eine herausgeschleuderte Damensandale und Herrenschuhe verstreut. Der Motorroller darunter hatte chinesisches Fastfood ausgeliefert. Die metallene Essensbox war aufgeplatzt und bis zur Mittellinie geschlittert, und Jjambbong-Nudelsuppen-Portionen und Holzstäbchen lagen auf der Straße verstreut. Um das auf den gegenüberliegenden Fahrbahnrand geschleuderte Fleisch vom Tangsuyuk hatte sich schon eine Meute Dorfhunde geschart. Der ausgelaufene Diesel des Lasters bildete Schlieren in den Fahrspurpfützen, in die schon die Suppenflüssigkeit hineingelaufen war. Der Fahrer vor mir spuckte durch das offene Fenster seinen Kaugummi den Unfallautos entgegen und fluchte laut:

»Vollidioten!«

Eine Verkehrsmeldung gab durch, dass die Aufräumarbeiten bald abgeschlossen seien und sich der Stau langsam auflösen würde. Mittlerweile wurde aber die Wellenwarnung im Süden des Ostmeers in einen Wellenalarm geändert. Alle dort befindlichen fischenden und fahrenden Schiffe sollten weiter auf die Wetterdurchsagen achten, empfahl die Sprecherin. Würde sich die Flotte verspäten, könnte sich meine Dienstreise ein, zwei Tage länger hinziehen.

2

Obwohl unsere Tochter schon zwei Jahre alt war, hatte sie oft Pipi in die Hose gemacht, im Schlaf oder beim Spielen. Immer wenn sie das Gefühl hatte zu müssen und »psch … psch …« sagte, konnte sie nicht allein aufs Klo gehen und sich selbst die Hose runterziehen, sondern klammerte sich an einen Erwachsenen. »psch … psch …«, so passierte das Malheur, als sie einmal vom Spielen im Wohnzimmer sich den Hosenbund haltend verzweifelt zu mir ins Schlafzimmer gelaufen kam. Meine Frau wickelte sie nicht mehr, da sie ihre Neigung sich einzunässen unbedingt austreiben wollte. Daher hatte meine Frau sie immer auf den Arm genommen, wenn sie sich meldete, und ging mit ihr zur Toilette. Manchmal machte ich das auch.

Die Kleine hatte sich noch am Morgen von hinten an die Schulter meiner Frau geschmiegt, die wie immer auf dem Boden sitzend Unterwäsche und Socken in meine Reisetasche packte. Mit ihrem Fingerchen hatte sie dann auf ihre Scham gezeigt, und während sie »psch … psch …« sagte, spuckte sie einige Körner gekochten Reis aus.

»Schaust du mal nach ihr, Schatz?«

Ich nahm das Kind mit ins Bad. Dort war ich auf dem Klo in die Hocke gegangen, hatte ihr von hinten die Hosen heruntergezogen und sie in meiner Armbeuge breitbeinig über der Kloschüssel sitzen lassen. »psch … psch«, ahmte ich nah an ihrem Ohr ein Strullen-Geräusch nach. Aber es tat sich nichts. Ihre Scham war weiß wie Elfenbein, zwei flache kleine Wülste, die man nicht leicht voneinander unterscheiden konnte, und dazwischen sollte der Urin herauskommen. Das Kind konzentrierte sich aber nicht auf sein kleines Geschäft, sondern strampelte lieber. Die Kleine reckte ihr Köpfchen und rieb ihr Bäckchen an meinem Gesicht. Es hatte nach Milch aus ihrem Mund gerochen. Ich machte wieder das Pipi-Geräusch.

»psch … psch…«

Ohne dass der Scham eine Bewegung anzusehen war, ergoss sich dann ein Urinstrahl.

»psch … psch …«

Ich spreizte ihre Beine weiter auseinander. Ein leises Plätschern war zu hören, als der Urin in das Wasser der Kloschüssel prasselte. Die Scham zog sich unmerklich zusammen, und der Strahl brach ab. Sie sah in ihrer Blöße wie ein unscheinbares Stück Haut aus. Mir wurde unwohl bei dem Gedanken, wie oft sich dieses empfindliche Organ zu Lebzeiten noch verbrennen würde. Es kam ein weiterer Urinstrahl, dann zog es sich wieder zusammen, und er versiegte endgültig. Ich schüttelte noch einige Tropfen vom Schoß meiner Tochter.

Im Auto hatte ich nun die auf den nassen Asphalt hinausgekullerten Kuscheltiere und die Milchflasche sowie das kleine Geschäft meiner Tochter vor Augen – was beides miteinander zu tun haben sollte, konnte ich allerdings auch nicht sagen. Vielleicht war es der Milchgeruch. Der Regen war stärker geworden, seitdem ich den Unfall passiert hatte, aber die Autobahn war nicht mehr verstopft. Die rudernden Scheibenwischer ließen die Bäume verschwimmen. Ich widerstand dem Drang, zu Hause anzurufen und zu fragen, ob die Kleine wieder in die Hose gemacht hatte.

Wenn wieder mal eine Dienstreise anstand, hatte ich meiner Frau nie im Detail gesagt, was ich währenddessen eigentlich mache. Es fiel mir schwer, ihr knapp zu erklären, worum es bei meinen Aufträgen ging; ich ließ sie nur Einsatzziel und -dauer wissen. Und stets fragte sie, ob ich Verstärkung hätte. Ich beruhigte sie dann, indem ich ihr sagte, dass mir vor Ort jemand zur Unterstützung zugeteilt würde, selbst wenn ich allein fuhr. »Bitte ruf mich mal an!«, rief sie mir jedes Mal von der Wohnungstür nach. Ich weiß nicht, ob es sie wirklich interessierte, aber sie verzichtete immer darauf, weiter nach den Hintergründen eines Falles nachzuhaken. Es machte mich schon etwas traurig, dass meine Frau nie nachfragte, aber ich konnte es ihr nicht klar machen. Da diese Dienstreise nun fünf Tage dauern sollte, machte sie sich Sorgen.

»Ist das nicht einer deiner harten Fälle?«

»Nein, nur ein jugendlicher Ersttäter.«

»Warum bist du dann fünf Tage weg?«

»Ich fahre in meine alte Heimat, und der Chef hat mir noch ein paar Tage dazu gegeben.«

»Ach so. Na, dann kannst du doch deine Mutter und deinen Bruder besuchen. Du warst schon bei der letzten Ahnenfeier nicht dabei.«

»Ich weiß. Ich werde sicherlich Zeit finden, sie zu besuchen.«

Meine Frau hatte mir dann für meine Mutter eine Kiste mit getrocknetem Torpedobarsch und für meine Schwägerin ein Halstuch und Gesichtscreme mitgegeben. Die Sachen verstaute ich in einer Plastiktüte im Wagen. Ich dachte mir immer, dass es besser für meine Frau wäre, wenn sie gar nichts über die Ermittlungen oder die Kontaktleute am Einsatzort weiß. Ebenso war es legitim, dass ich meine Sorgen für mich behielt, als ich unserer Tochter half, ihr kleines Geschäft zu machen, und dabei ihre Scham gesehen hatte. Das war zwar nicht richtig, machte es mir aber leichter. Ich konnte mit meiner Frau einfach nicht darüber reden, denn sie war meinen väterlichen Gefühlen gegenüber vollkommen unsensibel, was für mich aber eher praktisch war, weil sie mich so immer ohne zu zögern bat, mit der Kleinen aufs Klo zu gehen.

Hinter Daegu kam dann ein wahrer Sturzbach herunter, und Windböen zerrten an meinem Wagen. Die überholenden Autos spritzten meine Fenster voll, die Scheibenwischer drehten durch. Der Verkehrsfunk brachte einen Sonderwetterbericht. Der Wellenalarm im südlichen Gebiet des Ostmeeres war Richtung Osten bis nach Ulleung ausgedehnt worden, und im Küstengebirge der Provinz Yeongdong wurde vor anhaltendem Starkregen gewarnt.

3

Die Fischereianlegestellen im Hafen von P. lagen hinter einem Passagierschiffterminal und einem Containerhafen in einer Felsenbucht, wo sich auch ein Kohlekraftwerk befand. Die Schiffe, die schon innerhalb von Wellenbrechern Schutz gesucht hatten, stießen mit dem Bug aneinander. Da sie unverrichteter Dinge wieder am Kai festgemacht hatten, hatten die Fischauktionshallen und Fischbuden ihre Tore geschlossen. Voraussichtlich sollte das Wetter am Nachmittag noch schlechter werden, daher hatten die kleinen Kutter unter einem Gewicht von 20 Tonnen damit begonnen, den Hafen von H. mit höheren Wellenbrechern anzulaufen. Sie ließen ihre Motoren an, fuhren zwischen den Molenfeuern hindurch, und zwischen ihnen und den einfahrenden Schiffsbesatzungen kam es zum Streit. Leute mit Armbinden, die sie als Vertreter der Fischereigenossenschaft auswiesen, schrien in ihre Handmikros. Der Horizont war wegen der Diesigkeit nicht auszumachen, die Wogen rollten von fern im Schulterschluss heran. Die auf die Containerdocks zuhaltenden Wellenberge prallten gegen die Wellenbrecher und überschlugen sich über Verladekräne, und die, die in die Bucht eindrangen, klatschten gegen die Backsteinmauern des Kraftwerks.

Als die Verbindung zu den ausgelaufenen Fangflotten abbrach, waren die Angehörigen der Seeleute auf dem Vorhof der Fischereikommunikationszentrale zusammengekommen und hatten in Richtung der Funkbude ihrer Wut Luft gemacht.

»He, ihr Arschlöcher, wozu benutzt man wohl diese Funkgeräte?«

»Habt ihr schon eure Rückzugsorder, oder was?«

»Au Mann, diese Scheißkerle waren bestimmt noch nie auf einem Kutter!«

»Und kein Reeder weit und breit! Die sitzen doch alle zuhause in ihren warmen Stuben!«

Dann krächzte von oben ein Megafon.

»Die erste und die zweite Flotte sind in den Gewässern um Gadeok in Sicherheit. Sobald wir Verbindung zur dritten haben, geben wir der Fischereigenossenschaft Bescheid. Wir bitten die Angehörigen der Seeleute in den Büroräumen der Genossenschaft zu warten. Wir versuchen weiterhin, Kontakt aufzunehmen.«

Als der Tag sich dem Ende zuneigte, kamen die aus der Schule kommenden Schüler hinzu. Ein paar Alte in Regenjacken rauchten und schauten wortlos auf die hohen Wellen des Abendmeeres, einer, der besoffen war, trat gegen die Tür der Funkstation.

Ich zückte meine Dienstmarke und ging dort hinein. Einige Lotsen waren dabei, in ihre Funkgeräte zu brüllen, um gegen ein Hintergrundrauschen wie ein auf hoher See tobender Sturm anzukommen. Der wachhabende Funkoffizier nahm mich in Empfang. Der Mann musste mehrere Nächte nicht geschlafen haben, denn seine Augen waren ganz rot, und er sah müde und vollkommen fertig aus.

»Kann man schon sagen, wann die dritte Flotte genau eintreffen wird?«

»Wenn wir das wüssten, warum gibt es dann diese Unruhe? Hören Sie sich das mal an!«

Er gab mir einen Kopfhörer, den ich mir aufsetzte, drückte den Sendeknopf und nahm das Handmikro.

»Dritte Flotte bitte kommen! Dritte Flotte, melden Sie sich!«

Im Funkdienst werden Nachrichten über elektromagnetische Wellen auf bestimmten Frequenzbereichen übertragen. Das undifferenzierbare Geräusch im Empfänger waren allerdings die Windböen, die das Signal überlagerten. Die Funkwellen verfehlten so ihr Ziel oder mussten wie vom Wind zerhackt klingen. Irgendwo da draußen auf hoher See, jenseits dieses unentschlüsselbaren weißen Rauschens, befand sich der Gesuchte Dongsu Jo. Und ich hatte ein Duplikat des Haftbefehls in der Innentasche meiner Jacke.

Wie der Funkoffizier erklärte, bewegte sich die dritte Fangflotte in einer Meereszone, die nicht von den Funkwellen der Station erreicht werden würde. Außerdem hätten die angeschlossenen Seefunkstellen nur eine geringe Reichweite, mit der nur im Umkreis des Flottenverbands ein Kontakt möglich wäre, und von den Kuttern könne man von dort in Richtung Festland keine Signale senden. Ihre Position ließe sich nicht bestimmen, da die Flotte auch von der Funkstelle auf Gadeok, die sich nahe der im Sonderwetterbericht genannten Meereszone befand, und vom Leuchtturm auf Waero nicht gesichtet werden konnte.

»Der Treibstoff macht mir Sorgen. Wegen des gestiegenen Preises für Diesel haben sie nur für acht Tage getankt und sind dann ausgelaufen. Morgen sind sie aber schon den sechsten Tag auf See«, warf er noch murmelnd mit einem resignierten Unterton ein.

»Ich rufe morgen im Lauf des Nachmittags an. Bitte teilen Sie mir dann mit, wie es um die dritte Flotte steht«, bat ich den Funker und ging hinaus. Die Klarierungsstelle befand sich gegenüber der Fischereifunkzentrale und unterstand der Hafenpolizei. Da es keinen Schiffsverkehr mehr gab, war kein Licht im Büro, nur ein wachhabender Polizist hielt auf einem Feldbett ein Nickerchen. Den weckte ich auf und ließ mir von ihm die Einträge über die ein- und ausgelaufenen Fischkuttern zeigen und eine Liste mit den Namen der ausgelaufenen Schiffe und deren Besatzungen aushändigen. Dongsu Jo war Matrose dritter Klasse auf einem der acht Schiffe der dritten Fangflotte der Kategorie Küstenfischerei mit 100 Tonnen namens »Daeyeong«. Er arbeitete als Kombüsenhilfe, aber als solcher zählte er eigentlich als Schiffsjunge zur Schiffsbesatzung und brauchte deswegen einen Matrosenschein. Jos Hintergrund gab aber keine Anhaltspunkte für irgendwelche Seemannstätigkeiten oder eine Ausbildung zum Leichtmatrosen her. Das hieß, er musste den Matrosenschein gefälscht, gestohlen, sich anders ergaunert oder sich ohne ihn eingeschifft haben. Er würde sich also zusätzlich noch wegen des Verdachts auf Dokumentenfälschung und Verstoßes gegen die Seeschifffahrtsordnung verantworten müssen.

Die Nacht verbrachte ich in einer Herberge neben der Funkzentrale. Der Regen ließ nach, aber weit draußen tobten die Naturgewalten weiter. Hergewehte Gischt spritzte gegen die Fensterscheiben. In der Dunkelheit mussten weiße Schaumkronen gegeneinanderschlagen und sich die Wogen zu noch größeren aufschaukeln. Die Funkwellen kamen nicht durch, die Meereswellen verdrängten sie. Wo auch immer sich die dritte Flotte befand, dort war auch der Schiffsjunge Dongsu Jo. Um ihn innerhalb der Dienstreisefrist dingfest machen zu können, war ich nun darauf angewiesen, dass die Schiffe bald heil zurück kamen. Die Fernsehnachrichten vor Sendeschluss vermeldeten für das besagte Meeresgebiet eine Wellenhöhe von über sechs Metern.

Ich schaltete das Licht aus und legte mich hin, da klingelte das Handy. Es war meine Frau. An ihrer Stimme erkannte ich, dass sie erkältet war.

»Schläfst du noch nicht?«

»Ich hab' mich schon hingelegt. Das Meer ist nur sehr aufgewühlt.«

»Wie läuft's im Dienst?«

»Der fängt erst morgen richtig an.«

»Okhee hat vorhin richtig Pipi gemacht! Sie hat beim Spielen »psch … psch …« gesagt, sich dann selbst die Hose runtergezogen und ist auf die Toilette gegangen. Und ich habe dabei geklatscht, bis sie fertig war.«

»Es scheint, unsere Tochter wird langsam groß.«

»Schatz, kannst du morgen anrufen und sie auch loben?«

»Ja, mache ich. Schlaf' gut! Und vergiss nicht, vorher Erkältungsmittel zu nehmen.«

Im Dunkeln spukten in mir die ohne Funkverbindung als Spielball der hohen See abtreibenden Schiffe herum. Erst bei Sonnenaufgang konnte ich einschlafen.

4

Die Erinnerungen an meine Heimat waren immer wie Fesseln für mich, die ich abschütteln musste, oder wie ein Sumpf, in den ich immer tiefer versank, je mehr ich zappelte. Die Jahre meiner Kindheit waren ein vages, zähes Etwas, das sich nicht auslöschen ließ.

Die Kriegsfront hatte sich eines Winters an den Flusslauf in der Vorstadt verlagert, und die Fährverbindungen über das Meer waren gekappt. Zu jeder Essenszeit gab es Scharen von Flüchtlingskindern vor den Türen fremder Leute, die mit ihren leeren Konservendosen lauthals mit dem geradezu herzzerreißenden Ausruf »Wir haben Hunger!« bettelten, solange bis die Bewohner mit dem Essen fertig waren. Einmal saßen den ganzen Tag lang die gekrümmten Leichen Erfrorener auf dem Bahnhofsplatz. Und da waren die Bretterbudendörfer an den Berghängen, die mit Reißnägeln aus Rationskisten zusammengezimmert waren und Granatenhülsen als Schornsteine hatten. Ich konnte mich nicht daran erinnern, womit man damals heizte, aber in den Buden brachen häufig Feuer aus. Ob es etwas in den Kartons aus diesen Kisten gab, das wie Zunder brannte? Jedenfalls gerieten die Latten im Nu in Brand, und angeheizt vom Seewind wurden die Hütten schnell ein Raub der Flammen. So auch eines frühen Morgens beim ersten Vollmond des Jahres. Mein großer Bruder und ich schliefen tief und fest, als Mutter uns mit Backpfeifen weckte. Sie wickelte uns in eine Militärdecke, und wir flüchteten auf den Berggipfel. Der Vollmond hatte hell und mit einem Mondring über der geriffelten Wasseroberfläche geschienen, seine Reflexionen schimmerten herüber. Der Wind drehte dann aufs Meer und trieb das Feuer talwärts. Die Böen schlugen es hoch oder breiteten es aus, hin und wieder ließen sie es in sich zusammenfallen oder verwirbeln und wieder in die Höhe schießen. Einige Menschen, barfuß in ihre Bettdecken gehüllt, schrien klagend nach ihren Angehörigen. Die Feuerwehr kam nur bis zum Fuß des Berges und spritzte Wasser auf die Funken, die auf einen Stadtstraßenzug überzuspringen drohten. Es gab aber keine Rettungswege, sodass die Wagen nicht an die Baracken heranfahren konnten, und das Flammenmeer alles unten im Tal vernichtete. In den verkohlten Holzresten heizte der Wind die Glut an. Die spärliche schwarzgraue Asche schließlich sah wie zerbröseltes Herbstlaub aus. Dann wirbelte sie eine Brise auf, und unser Bretterdorf war verschwunden. Mutter hatte gesagt:

»Schaut nicht zum Dorf, schaut zum Mond, Kinder!«

Nach Tagesanbruch wühlten die Menschen wieder im Müll des Militärlagers und klaubten sich neue Rationskisten zusammen. Innerhalb von nur drei, vier Tagen hatten sie die Hütten wieder errichtet. Die Truppen hatten die Front verlegt, denn der Feind sollte einem Gerücht zufolge die Stadt eingenommen haben. Und man munkelte, Vermittler würden in der Gegend noch Leute in die Schmugglerboote aufnehmen, die die Inseln anfuhren. Weil die Kinder Läuse hatten, trugen sie unter jeder Achsel eine Tüte DDT-Pulver. Meine Kindheit war für mich mit diesem Geruch verbunden, ebenso wie mich meine alte Heimat an das Meer mit den schimmernden Lichtmustern und an eine Zeit voller Grauen erinnerte, in der unsere bloße Existenz in Rauch aufging, so sehr wir uns auch vergeblich daran klammerten. Nach dem Abschluss der Mittelschule hatte ich ihr den Rücken zugekehrt und sie seitdem außer Acht gelassen, außer am Ahnentag von Vater, der an der Front im Osten gefallen war, oder wenn ich einmal im Jahr meine Mutter in einem Sanatorium für Demenzpatienten besuchte. Dann fühlte ich mich wieder in diese Zeit zurückversetzt und fiel ins Bodenlose.

Mutter zeigte die ersten Alzheimer-Symptome, als sie sechzig war. Die Schübe waren ganz plötzlich gekommen. Wegen des massiven Erinnerungsverlusts konnte sie niemanden außer ihren eigenen Kindern mehr erkennen. Sie konnte die Farben der Ampeln nicht mehr auseinanderhalten und verlief sich auf dem Nachhauseweg in ihrer Wohnsiedlung. Oder sie schaffte es nicht, die Wassertemperatur einzustellen und wusch sich daher eiskalt, zitterte dann vor Kälte und war bisweilen inkontinent. »Mutter hat heute Morgen schon wieder in die Hose gemacht! Die ganze letzte Nacht hat sie an der Wand gekratzt und geweint, wir konnten keine Minute schlafen! Die Kinder machen schon Terror, dass die Oma weg soll. Und Alzheimer ist unheilbar!«

Mein Bruder rief mich fast jeden Tag an und erzählte, wie es Mutter erging. An seiner Stimme hörte ich, dass er mit den Nerven total am Ende war. Er verlangte mehr Anteilnahme von mir. Mein Bruder hatte die heimatliche Oberschule abgeschlossen und wurde Hilfsprotokollant in einem Bezirksamt, wo er es zwanzig Jahre später bis zum Vorsteher brachte. Seitdem arbeitete er im Industrieressort der Stadtverwaltung. Er hatte einen Sohn und eine Tochter und bewohnte ein 2-Zimmer-Appartment mit 89 m². Wegen des Zimmers für Mutter konnte er aber seiner großen Tochter, die nun auf die Oberschule ging, kein eigenes Zimmer anbieten, und hatte deswegen das Wohnzimmer, das sie mit meinem Neffen teilte, mit einem Trennvorhang versehen. Für ihn war es unvorstellbar, weiter so lange unter einem Dach mit unserer demenzkranken Mutter zu wohnen, bis sie sterben würde.

Mutter hatte inmitten der Schwärze der Vergesslichkeit Bruchstücke ihres Lebens ausgegraben und sie in die Gegenwart zurückgeholt. In der Umnachtung ihrer Demenz schienen sie ihr nun umso deutlicher ins Bewusstsein gekommen zu sein. Als Mutter mit mir im vierten Monat schwanger gewesen war, ging sie wegen der Hungersnot einmal zum Frauenarzt, um mich abzutreiben. Der war aber nicht in seiner Praxis. Es war Winter, doch der Ofen im Behandlungszimmer war aus. Sie hatte, bis es dämmerte, drei Stunden lang auf ihn gewartet, ging dann nach Hause und hatte mich so behalten.

»Wenn der Doktor damals noch gekommen wäre, hätte er dich herausgeschnitten, in eine Zeitung gewickelt und weggeschmissen. Dann bist du doch dieses Balg geworden!«, hatte sie mir vor einigen Jahren am Gedenktag von Vater gesagt. Dann war sie vor der Ahnentafel umgefallen und weinte lange, heftig und krampfhaft. Wahrscheinlich hatte ihre Demenz an jenem Tag begonnen. Ihre Symptome sollten sich rapide verschlimmern. Einmal erzählte Mutter in ihrem Kauderwelsch, dass sie nach meinem Bruder schon einmal schwanger gewesen wäre und abgetrieben hätte. Dann fand sie in einer Mülltonne ihres Wohnblocks eine handgroße Plastikpuppe, die sie in Zeitungspapier einwickelte und an sich drückte, die Wange an ihr rieb und dabei weinte.

»Ach mein Kleines, ich weiß doch gar nicht, wie du aussiehst …«

Sie hielt die Puppe wirklich für das abgetriebene Baby! Mein Bruder riet ins Blaue hinein, dass die Kliniken wohl vor langer Zeit abgetriebene Föten in Zeitungen einwickelten und in Mülltonnen entsorgten.

»Mizuko, Mizuko, geh weg! Komm nicht zu uns nach Hause!«, hatte Mutter plötzlich einmal gemurmelt und die Puppe von sich geworfen. Mizuko (Wasserkind) war der Name, den sie der Puppe gegeben hatte. Sie kannte aus der Kolonialzeit eine japanische Volkssage, in der abgetriebene Föten so hießen und in einer Zwischenwelt aus Wasser ziellos umhertrieben, weder Jungen noch Mädchen waren und weder sehen noch sprechen konnten und zehn Monate später in die irdische Welt wiedergeboren wurden.

»Mizuko, hast du Angst? Komm doch her!«

Sie nahm die Puppe wieder an sich und weinte. Über solche Dinge hatte sich mein Bruder am Telefon ausgelassen.

»Ich halte das nicht mehr aus! Die Kinder drehen auch langsam durch. Sie tun mir jetzt wirklich mehr leid als Mutter!«

Er ließ Mutter in einem nahe gelegenen Sanatorium unterbringen, das unter Verwaltung eines kirchlichen Trägers stand. Dafür wurde sie mit einer Spritze betäubt und dorthin geschafft. Wir hatten dann ausgemacht, dass er und ich die Krankenhauskosten in Höhe von monatlich 1,2 Millionen Won teilen und seine und meine Frau sie abwechselnd einmal im Monat besuchen würden.

Im Pflegeheim gab es zwar medizinisches Personal, dieses behandelte aber nicht die Alzheimer-Symptome, sondern wurde nur aktiv, wenn die Patienten Durchfall hatten oder sich äußerlich verletzten. Sie nahmen also eigentlich nur Patienten auf und beobachteten sie dann. Der Arzt dort war jedenfalls der Meinung, Demenz wäre keine Krankheit, sondern nur eine besonders ausgeprägte Form von Senilität. Und weil man Alterserscheinungen nicht als Krankheiten bezeichnen könne, läge im medizinischen Sinne praktisch keine Krankheit vor, selbst wenn es dafür Anzeichen gäbe, aber so richtig verstand ich das alles nicht. Es gäbe keine Behandlungsmethoden dafür, sondern nur Verlegenheitslösungen. Er sagte so etwas wie Alzheimer hätte einen progressiven Charakter und würde deswegen voranschreiten, und der physiologische Ausbreitungsprozess wäre unaufhaltbar, eine Rückkehr zur Normalität noch dazu völlig ausgeschlossen und man wäre der Irreversibilität hilflos ausgeliefert. Das waren seine Worte, nicht meine. Während Mutter inmitten dieser Unumkehrbarkeit noch widerstand, die Stunde ihres Todes vorzuziehen, setzte sie in der Zeit, die ihr noch blieb, mit all ihrer Lebenskraft alles daran, die Brüche in ihrem Leben zu schließen. Der DDT-Geruch und die in Flammen stehenden Hütten meiner Kindheit waren für mich zu einem nebulösen Trugbild geworden, aber bei Mutter hatten sie solche Spuren hinterlassen, dass sie sich wieder dorthin zurückversetzte. Seitdem mir nun Mutters Symptome klar waren, überwies ich meinem Bruder die Hälfte der Krankenhauskosten und versuchte, mich nun vollkommen von Zuhause fernzuhalten. Selbst am Ahnentag von Vater suchte ich immer nach einem Vorwand, um nicht hinzufahren. Meine Heimat war mir wildfremd geblieben. Sie war ein tobendes Meer, in dem Mizuko ziellos trieb, oder eine Illusion, die ich nicht betreten konnte. Und Mutter stöhnte in Richtung dieses Meeres, das sie nie erreichen würde.

»Mizuko, hast du Angst? Komm her … Geh weg, komm nicht zu uns nach Hause … Ach, mein Kleines, ich weiß nicht, wie du aussiehst …«

Aber man kann sich seine Mutter ja nicht aussuchen.

5

»Ihr Informant ist gut! Obwohl der Typ aufs Meer verschwunden ist, haben Sie ihn gefunden. Aber haben Sie diesen kleinen Fisch denn immer noch nicht geschnappt? Und dabei sind Sie doch quer durchs ganze Land gefahren. Lassen Sie uns doch auch mal was tun!«, meinte der Kriminaloberrat des regionalen Kommissariats, als ich dort zur Abklärung der Festnahmekooperation vorbeischaute. Dass die Durchführung der Verhaftung Seoul zugeschlagen werden und die Drecksarbeit hier hängen bleiben sollte, würde wohl nicht gerade einen Begeisterungssturm bei ihm auslösen.

»Ich habe Ihnen ja einen Wagen mit vier Mann Verstärkung zugesichert, aber kümmern Sie sich bitte um meine Leute und sorgen Sie dafür, dass sie unterwegs was zu beißen haben. Rufen Sie mich nach Dongsu Jos Festnahme an.«

»Nein, stellen Sie mir bloß zwei kampferprobte Bereitschaftskollegen am Landeplatz zur Seite, um dann zuzuschlagen.«

»Ersttäter, sagten Sie? Gibt es Komplizen?«

»Wohl nicht. Allerdings kann ich noch gar nichts zur Zugriffsituation sagen ...«

»Wie? Sie wissen nicht mal, wann das Schiff einläuft? Heißt das, ich soll meine Leute blindlings und auf Abruf abkommandieren?«

»Wenn es soweit ist, rufe ich Sie an.«

Der Kriminaloberrat kniff die Augen zusammen und musterte mich von oben bis unten.

»Sie rufen mich an, verstehe! Typisch Seouler Schnösel, immer so gewissenhaft!«

Am nächsten Morgen hatte sich die See beruhigt, und die Unwetterwarnung wurde aufgehoben. Am Horizont funkelten Sonnenstrahlen auf den Wellen. Die dritte Fangflotte war immer noch nicht eingelaufen, und die Verbindung zu ihr war weiterhin unterbrochen. Die Schiffe, die bei Gadeok Schutz gefunden hatten, kamen dann gegen zwei Uhr nachmittags in P. an. Ihre Besatzungen ließen sich mit Rettungswagen ins Krankenhaus bringen, während sich die Familienangehörigen der dritten Flotte auf dem Vorhof der Kommunikationszentrale vor Verzweiflung weinend zu Boden warfen. Bevor sie die betroffene Meereszone verließen, hätten sie weder die Position der Flotte ausmachen können, noch hätten sie ihren Kurs gekreuzt, berichtete ein Skipper. Sie hätten ebenso nicht auf Signale geantwortet und konnten in der Dunkelheit wegen der Gischt der hohen Wellen nicht mit bloßem Auge ausgemacht werden. Die dritte Flotte hätte auch nicht eine der Anlegestellen der nahen Inseln Gadeok, Waero oder

Jangdeok angelaufen. Und sowohl der Leuchtturm auf Palchul vor den äußersten östlichen Festlandkliffs als auch die Türme der Inselregion konnten seinem Bericht zufolge ebenso keine Verbindung zu dem Verband aufnehmen. In der Zentrale funkten sie dann hysterisch Türme der Inseln und ein Schiff der Küstenwache nach dem anderen an. Man würde in Bereitschaft stehende Aufklärungshubschrauber zu Suchflügen losschicken, sobald sich der Hochseenebel verzogen hätte, beschwichtigte ein Beamter der Wasserschutzpolizei die Angehörigen. Meine fünftägige Dienstreise könnte tatsächlich vergeblich gewesen sein. Wenn die Luftaufklärung ergebnislos bliebe, konnte ich nicht länger hier im Hafen warten. Der Hauptkommissar würde meinen Aufenthalt bestimmt nicht verlängern. Ich erstattete ihm bezüglich der verschollenen dritten Flotte Bericht.

»Falls dieser kleine Bastard abgekratzt ist, wirst du ihn für tot erklären, und dann wird der Fall eben zu den Akten gelegt …«

»Sollten wir nicht doch erst das Ergebnis der Luftaufklärung abwarten?«

»Aber falls es damit nichts wird, mach' seine Angehörigen ausfindig und komm' dann hoch. Wird schon alles gut gehen. Und denk' an deine familiären Pflichten!«

Im Vorfeld konnten keine Verwandten von Jo am Hafen identifiziert werden. Er war etwa im Alter von zehn mit seinem leiblichen Vater nach Seoul gezogen, aber für die Zeit danach gab es keine weiteren Aufzeichnungen im Melderegister. In seiner Wohngegend dort war er an keiner Schule verzeichnet. Im Register hier gab es einen alten Eintrag bezüglich seiner Mutter und seiner Schwester für eine Liegenschaft am Hafen, deren Nummer sich inzwischen geändert hatte, und es hieß, dass die Schwester nach ihrer Heirat zu ihrem Mann gezogen war und sich abgemeldet hatte. Die Wohnung der Mutter lag nicht weit entfernt von dem Tal, in dem die Bretterbuden meiner Kindheit gestanden hatten. Doch nichts mehr erinnerte an die Szenerie von damals. Nun gab es dort eine Hochhaussiedlung, einen Naherholungspark, ein Geschäftsviertel und unten einen Straßentunnel.

Ich stieg den Berghang hinauf bis dorthin, wo die Wohnblocks endeten. Einige junge Männer, die wohl schon früher Feierabend hatten, spazierten durch den Park zusammen mit ihren Frauen und Kinderwagen und an Flaschen nuckelnden Babys. Es dämmerte, und die Mütter holten ihre Kinder vom Spielplatz ab. Zwei dieser Wohnblocks lagen nahe am Gipfel. Es war jene Sorte Mietskasernen mit ihren 33-Quadratmeter-Sozialwohnungen, die die Bauunternehmer als Auflage für die Genehmigung der übrigen Siedlung errichten mussten. Der ganze Komplex war seinerzeit als Sanierungsprojekt unter der Bedingung entstanden, dass die vorherigen Bewohner eines Elendsviertels, die das der Stadt gehörende Land räumen mussten und deren Quartiere abgerissen wurden, dort ebenfalls wohnen sollten. Weil sie sich die hohe Mietkaution nicht leisten konnten, verkauften die einen ihr Recht, dort einzuziehen, und verließen den Ort, während die anderen dafür einen Bankkredit aufgenommen hatten.

Die Siedlung wurde von einer zweispurigen Hauptstraße in der Mitte geteilt, die sich oben bei den heruntergekommenen Sozialwohnungsbauten auf eine Spur verengte, und dort bei der Einfahrt kam ich durch einen traditionellen Markt. Die maroden Hauswände hatten Rostflecken von den alten durchgerosteten Regenrinnen, und die Farbe blätterte ab, so dass der blanke Beton zu sehen war. Aus den Treppengeländern waren einige Metallstäbe an ihren Schweißstellen herausgebrochen, und der Handlauf knirschte. Auf jeder Etage reihten sich zwanzig Wohneinheiten aneinander, vor denen auf dem Außenkorridor Propangasflaschen aufgestellt waren. Dort roch es penetrant nach gebratenem Fisch.

Dongsu Jos Mutter lag in ihrem Zimmer, seitdem sie vom Vorhof der Fischereikommunikationszentrale zurückgekehrt war, wo sie die ganze Nacht gewartet und auf die Rückkehr ihres Sohnes gehofft hatte. Sie war siebzig Jahre alt. In dem Zimmer stank es nach Verwesung, und auf dem Boden lagen ihre ausgefallenen Haare herum. Sie richtete sich mit beiden Armen vom Boden abstützend auf.

»Wer sind Sie denn? Kommen Sie von der Funkstelle? Ist das Schiff eingelaufen?«

Ich legte einen Beutel Mandarinen und eine Schachtel mit kleinen Schokoladenkuchen, die ich für sie eingekauft hatte, vor sie. Dann stellte ich mich als ein früherer Bekannter ihres Sohnes aus Seoul vor, der auf der Dienstreise nach Hause von dem Unglücksfall der dritten Flotte gehört und sich die Adresse am Hafen besorgt hatte.

»Wann ist denn Dongsu ungefähr zurückgekommen?«

»Das weiß ich nicht mehr. Auch nicht, wann er mit seinem Vater nach Seoul gegangen ist.«

»Trotzdem wissen Sie doch sicher, wann er ausgefahren ist?«

»Etwa zum Dano-Fest ist er plötzlich nachts aufgetaucht, hat sich umgezogen und gesagt, er würde etwa zehn Tage auf See sein.«

Wenn das so war, musste er direkt nach seiner Tat hierher geflüchtet sein.

»Hat er Ihnen Geld gegeben?«

»Das nicht. Aber er brachte fünf Pfund Rindfleisch mit. Ich

weiß nicht, was er damit wollte, das kann ich doch gar nicht alles essen! Das ganze Fleisch ist noch im Kühlschrank.«

Laut Aussage des Taxifahrers hatte Jo 137.000 Won erbeutet, und die fünf Pfund Rindfleisch kosteten ihn bestimmt 80.000 Won.

Rindfleisch! Mein Bruder und ich hatten zuerst am Rindfleisch gemerkt, dass mit Mutters Verstand etwas nicht stimmen konnte. Erst wollte sie, ohne einen Grund zu nennen, Taschengeld von meinem Bruder haben. Und wenn sie keins bekam, stellte sie sich in die Zimmerecke mit dem Kopf an die Wände gelehnt und heulte. Sie verlangte sogar welches von den Kindern, die liefen dann total erschrocken weg. Um meinem Bruder auszuhelfen, überwies ich ihm monatlich 100.000 Won. Und Mutter hatte das Geld gespart und für Rindfleisch ausgegeben und es nach Rib-Eye-Steaks, Roastbeef, Lendenbraten, Nackensteaks, Rinderbrust oder Kalbsnieren sortiert im Kühlschrank gehortet.

»Esst das Fleisch! Auch die Kinder, soviel sie wollen!«

Meine Schwägerin regte sich darüber auf, was aber nichts brachte. Da wurde es ihr zu bunt. Sie nahm das Fleisch und fing an, es in der Nachbarschaft zu verteilen. Mutter bekam das mit und stellte sich wieder weinend in die Ecke. Dann fror sie das Fleisch ein und schickte es auch uns über einen Lieferservice zu, über zehn Pfund. An dem Tag, als es ankam, hatte Mutter meine Frau angerufen:

»Und, habt ihr das Fleisch bekommen? Esst es, meine Kinder, esst viel davon! Aber nicht groß würzen, nur mit Salz und Sesamöl anbraten! Und bald aufessen, nicht einfrieren! Dann schicke ich euch noch mehr.«

Fast wöchentlich schickte Mutter uns ein Päckchen. Alle waren genervt, aber sie ignorierte es. Der Kühlschrank war schon voll damit, und weil meine Frau das Fleisch nicht mehr sehen konnte, hatte sie es einem nahegelegenen Altenheim zukommen lassen.

Das kam mir nun in den Sinn, als die Alte von dem Rindfleisch ihres Sohnes erzählte. Das Mütterchen krümmte sich zusammen, hustete und rotzte in einen Spucknapf. Ich fragte sie:

»Wohnen Sie schon lange in dieser Gegend?«

»Schon vor dem Krieg habe ich in diesem Tal gelebt. Dongsu ist hier zur Welt gekommen. Und seit ich vom Staat diese Wohnung bekommen habe, mache ich mir keine Sorgen mehr. Es brennt ja nicht mehr wie im Krieg.«

Also kamen diese Frau und auch Dongsu Jo aus dem Ort, in dem ich meine Kindheit verbracht hatte. In mir kamen die Bilder der brennenden Hütten jener Vollmondnacht wieder hoch. Aber wenn ich nun mit leeren Händen wieder nach Seoul fahren und Jo wieder bei seiner Mutter auftauchen und hören würde, dass ein Fremder ihn treffen wollte, machte das seine Festnahme nur noch schwieriger; ich war mir plötzlich unsicher, ob ich nicht sogar seine Flucht begünstigen würde. Von der Funkstelle war immer noch kein Anruf gekommen. Da meinte die Alte:

»Wenn Sie ihn treffen wollen, warten Sie am Pier! Wenn er nicht tot ist, wird er dort ankommen.«

Ich schaute hinaus zu den erleuchteten Fenstern der Nachbarblocks. In dieser Höhe konnte man die Hochhäuser talwärts überblicken und die fernen Lichter der Stadt klar erkennen. Und dort drüben erkannte ich den höchsten der Gipfel wieder. Dann musste dieser, auf dem ich gerade war, derjenige sein, auf den wir damals flüchteten.

6

Das Flaggschiff und fünf weitere Kutter der dritten Flotte hatten aus eigener Kraft wieder flott werden, Gadeok anlaufen und dann umkehren können; nur die Daeyeong mit Jo an Bord und das achte Boot nicht. Wie der Flaggkapitän berichtete, hatten sich seine Boote in alle Himmelsrichtungen zerstreut, als sie Richtung Sektor 139 Reißaus nahmen, um aus der Unwetterzone auszubrechen. Danach hätten sie wieder Kontakt untereinander aufnehmen können, jedoch nicht zu den beiden anderen. Unterwegs nach Gadeok hätten sie kaum noch Treibstoff gehabt, und wegen der rauhen See wären die Elektrik und damit die Kühlsysteme ausgefallen, sodass der Fang schon zu stinken angefangen hätte. Um Sprit zu sparen, mussten sie ihre Ladungen wieder ins Meer werfen und leer zurückkommen. Unter den Seeleuten gab es keine Opfer, aber einige Verletzte, und die meisten waren entkräftet. Ein Rettungsteam machte sich unmittelbar nach Gadeok auf.

Als sich der Hochseenebel auflöste, starteten die Aufklärungshelikopter, um nach den beiden verschollenen Fischkuttern zu suchen. Das war am dritten Tag meiner Dienstreise. Selbst wenn eine Maschine diese Boote ausfindig machen würde, wären sicherlich die Motoren defekt oder etwas mit den Crews nicht in Ordnung, sodass Schlepper zum Einsatz kommen müssten, um sie abzuholen, was nochmals zwei Tage beanspruchen würde. Während der ganzen bisherigen Zeit, in der die Daeyeong nichts von sich hören ließ, war ich hin- und hergerissen, ob ich Mutter besuchen oder doch besser das Weite vor ihr suchen sollte.

»Hey, immer noch hier und so beschäftigt? Du brauchst nicht bei mir vorbeizukommen, es wäre besser, wenn du Mutter wenigstens einmal besuchen würdest! Dann siehst du mit eigenen Augen, was ich durchmachen muss!«, drängte mich mein Bruder am Handy. In seiner Stimme schwang der ganze Frust über Mutter mit.

Das Immanuel-Pflegeheim lag auf einer Anhöhe am Hafen, von wo aus man die Piers der Fischerei sehen konnte. Über den Türflügeln des Haupteingangs waren Kreuze aufgehängt und darunter die Worte zu lesen: *Der Heilige Geist erfülle euch!* Im Speisesaal im Erdgeschoss hatten sich Diakonissen zum Abendgebet versammelt. Sie sangen:

Bald, ja bald, oh wie schön,
werden wir auch dort jubelnd eingehn.
Bald, ja bald, oh wie schön,
werden wir auch dort jubelnd eingehn.

Die Kiste mit getrocknetem Torpedobarsch, die meine Frau mir gegeben hatte, gab ich in der Küche ab. Das Zimmer meiner Mutter war die 310. Nach einigem Zögern öffnete ich die Tür. Mutter hatte unten herum nichts an. Die Pflegerinnen mussten sie ausgezogen haben, da sie inzwischen wahrscheinlich dauernd inkontinent war. Der ganze Laminatboden war von Fußspuren mit ihrem Kot überzogen. Ich stand in der Tür, Mutter hockte in einer Ecke des Zimmers und schaute mich ausdrucklos an. Sie erkannte weder ihren eigenen Sohn, noch reagierte sie überhaupt auf das Geräusch einer sich nähernden Person.

»Mutter ...!«

Ich schluckte hinunter, was ich sagen wollte, schloss die Tür und ging zur Heimleitung.

»Machen Sie etwa die Patientenzimmer nicht sauber?«

»Ob wir nicht saubermachen? Hören Sie – dreimal am Tag:

morgens, mittags und abends! Aber zwischendurch wird das wieder so verdreckt, besser geht das nicht!«

Ich öffnete wieder die Tür zu Mutters Zimmer. Nirgendwo konnte man einen Fuß hinsetzen, darum berat ich das Zimmer nicht. Die Haut der Innenseiten von Mutters Schenkeln war schlaff und schrumpelig. Die auf dem Boden verstreuten weißen Haare konnten von ihrem Kopf oder von ihrer Scham sein. Der Gestank war bestialisch. Mutter saß dort mit einem Knie aufgestellt und hielt ein Kopfkissen an ihre Brust gedrückt. Erst als ich genauer hinsah, erkannte ich, dass es oben einen Riss hatte. Und dort füllte sie fortwährend mit einem Löffel Reis hinein, wie in einen Mund. Um das untere Ende hatte sie ein schmutziges Tuch gewickelt. Mutter schaute in das Tuch hinein und tat so, als ob sie Windeln wechseln würde. Das Kissen war von dem ganzen Reis durchnässt und plump. Mutter stand auf, während sie sich an der Wand abstützte, band es sich mit einer Decke um und trug es Huckepack. Sie wiegte ihren Oberkörper hin und her, wie um ein Baby zum Einschlafen zu bringen.

»Schlaf, Sucheol, schlaf! Du hast doch jetzt gegessen.«

Sucheol, das war doch ich! In ihrer geistigen Umnachtung hielt sie das Kissen für mich! Ich brachte es nicht über mich, hineinzugehen. Nach einer Weile nahm Mutter das Kissen herunter, legte es auf den Boden und streichelte es. Dann nahm sie es wieder an sich, legte sich damit hin und weinte schluchzend:

»Komm her, mein Baby Mizuko! Das ist doch kalt …«

Ich beobachtete Mutter noch länger von der Tür aus. Was machte mein Besuch für einen Sinn, wenn sie in ihrer eigenen Welt lebte und mich sowieso nicht wahrnahm?

»Bist du wieder wach, Mizuko? Hast du Hunger?«

Mutter stand auf und füllte Reis in den Schlitz im Kissen. Sie schaute in meine Richtung. Sie lehnte sich mit dem

Rücken an die Wand und ging in die Knie. Ihr Geschlecht war dunkel und trocken, von dort waren Mizuko und ich zur Welt gekommen. Dann erblickte mich Mutter. Ihre Augen wurden plötzlich lebendig, ihre Mundwinkel zuckten, und sie stellte sich auf ihre Knie. Ich wich ihrem Blick aus und schaute stattdessen auf den Kot am Boden. Mutter rutschte mir auf Knien entgegen und sagte mit hoher, zittriger Stimme:

»Bist du Sucheol oder Mizuko? Komm rein! Komm rein! Ach mein Kind, ich weiß doch gar nicht, wie du aussiehst!«

Sie weinte tränenlos, ihre Laute blieben ihr im Hals stecken. Sie warf mir einen mit Zeitungspapier umwickelten feuchten Klumpen entgegen, der in einer kühlen Ecke des Zimmers gelegen hatte. Vergammeltes Rindfleisch. Das Papier war von der ausgelaufenen Flüssigkeit schon ganz aufgeweicht.

»Iss Fleisch, Mizuko! Gute Kalbsnieren!«

Ich schloss die Tür. Unten im Speisesaal sangen die Schwestern immer noch, diesmal begleitet von Patientinnen, die noch nicht ganz debil waren. Es klang wie das Geheul von Geistern.

Bald, ja bald, oh wie schön,
werden wir auch dort jubelnd eingehn.
Bald, ja bald, oh wie schön,
werden wir auch dort jubelnd eingehn.

7

Die Aufklärungshelikopter entdeckten die Daeyeong in Sektor 153. Sie befand sich auf offener See 200 Kilometer weiter östlich der eigentlichen Unwetterzone im 124er, hilflos treibend und mit zerstörten Masten und Kränen. Aufgrund der

Wucht der Wellen wäre ihr Motor explodiert, und der Sprit zur Neige gegangen. Zwei der fünfzehn Matrosen wären beim Einholen der Netze mit den Kränen über Bord gegangen und gälten seitdem als verschollen. Alle anderen wären bewusstlos aufgefunden und auf sein Schiff gebracht worden, das den Kutter nun abschleppen würde, übermittelte ein Fregattenkapitän der Funkstelle. Er gab die Namen der Vermissten durch. Dongsu Jo war nicht dabei.

Die Daeyeong sollte nachmittags um fünf in P. ankommen. Ich rief den Kriminaloberrat an und bat um die zwei Bereitschaftspolizisten am Kai. Von vier Uhr an wartete ich vor einem Fenster im ersten Stock eines Cafés an der Einfahrt zum Fischereihafen. Die beiden Polizisten saßen mir gegenüber und blätterten kichernd in einer Sportzeitung. Ich wies sie an:

»Ich werde ihn überwältigen und ihm die Handschellen anlegen. Gehen Sie bitte nicht vor mir hinaus. Helfen Sie mir, falls er bei der Festnahme Randale macht.«

»Der Zugriff könnte trotzdem schwierig werden.«

»Egal. Ich gehe zuerst raus, Sie halten sich zurück!«

»Sie müssen eine gute Technik haben.«

»Ich habe zwar keinen schwarzen Gürtel wie Sie, aber viel mehr Erfahrung!«

»Naja, der Kerl wird sowieso so ausgelaugt sein, dass er keinen großen Widerstand mehr leistet.«

Bei den Leuchtfeuern am Innenhafen kam von weitem die Fregatte mit dem beschädigten Fischkutter an einer Stahltrosse in Sicht, er hatte Schlagseite nach steuerbord. Da das Kriegsschiff im Innenhafen nicht längsseits anlegen konnte, übernahm nun ein Schlepper diese Aufgabe, der schon im Außenhafen bereitstand. Die Crew der Daeyeong wechselte auf den Schlepper über, der danach den Havaristen durch die Leuchtfeuer Richtung Innenhafen zog und dann am Kai festmachte. Vom Fenster des Cafés aus war alles gut zu sehen. Die Seeleute wankten nacheinander die Planke hinunter und fielen ihren weinenden Familienangehörigen in die Arme. Fotografen scharten sich um sie. Da auch die Daeyeong ihren kompletten Fang wieder ins Meer werfen musste und leer zurückkam, sollten die Fischer ihre Heuer nicht bekommen. Die Familien, die sich vor den Fischauktionshallen versammelt hatten, schrien.

»Man sollte ihnen wenigstens Schmerzensgeld zahlen. Warum lassen sich die Reeder nicht blicken?«

»Diese Gewerkschaftsleute müssen was unternehmen!«

»Der Käpt'n sollte auch dran glauben! Obwohl er vom Sturm wusste, hat er unsere Jungs aufs Meer gelassen!«

Kombüsenhilfe Dongsu Jo kam als letzter, aber seine Mutter war nicht am Landungsplatz aufgetaucht. Er war groß und schmächtig und ging gebeugt. Er hatte ein ärmelloses Hemd an und trug eine Tasche. Seine Arme waren dünn wie Strohhalme. Mit diesen Händen hatte er auf den Taxifahrer eingestochen? Die Messerspitze war an der Daunenjacke abgeglitten, mit einer Einstichstelle, die auf Zaghaftigkeit schließen ließ. Vielmehr waren aber wohl Unterarm oder Greifhand zu schwach, oder der Bizeps konnte den Kraftaufwand im Augenblick des Zustechens nicht durchhalten. Bei seinen schmalen Handgelenken würde ich die Handschellen ganz eng einstellen müssen. Jo betrat den Nudelimbiss gegenüber. Ich wartete weiter am Fenster darauf, dass er aufessen und wieder herauskommen würde.

Anfangs sollte der Fall Dongsu Jo gar nicht mir zugeteilt werden. Er war eigentlich niemandem zugeteilt. Weil der Vorfall so belanglos war, hatten nicht mal die Medien darüber berichtet, und unser Polizeichef hatte ihn weder an die Zentrale weitergeleitet noch weiter beachtet. Dabei hieß es doch, im Dezernat für Schwerkriminalität gäbe es chronischen Personalmangel! Der Fall war schon sechs Monate früher zu Protokoll genommen worden. Aber dann gab es vor kurzem plötzlich jenen Hinweis, dessen Glaubwürdigkeit man für sehr hoch hielt. Außerdem wurden die vorzuweisenden Festnahmequoten bald fällig. Und weil der Hauptkommissar wusste, dass ich aus P. kam, hatte er eben mich losgeschickt. Er hätte sonst auch jeden anderen Ermittler nehmen können. Ich bereute diese Dienstreise in meine alte Heimat zutiefst!

Dongsu Jo kam aus dem Imbiss, ich konnte ihn gut erkennen. Er hatte struppiges Haar, große Augen und eingefallene Wangen. Könnte er nicht das abgetriebene Mizuko von Mutter sein? Dieser unheimliche Gedanke schoss mir durch den Kopf. Irgendwie deckte sich mein damaliger Eindruck von ihr mit der in die Zeitung eingewickelten Puppe. Jo ging bis zum Ende des Kais und bog in die Einfahrt zum Markt ein. Ich sah ihm hinterher, dann war er in der Menschenmenge verschwunden. Noch immer saß ich am Fenster, die Bereitschaftskollegen bohrten nach:

»Verdammt, alle Seeleute sind doch von Bord! Warum sind Sie nicht draußen?«

»…«

»Es laufen doch keine Schiffe mehr ein, oder?«

»Mit meinen Daten muss etwas nicht stimmen! Ich konnte den Typen unter den ausgestiegenen Seeleuten nicht ausmachen.«

»Au Mann, immer diese arroganten Seouler …!«

»Die Informationen waren wohl falsch … Sie können abrücken!«, verabschiedete ich die Polizisten und verließ das

Café. Ich rief den Hauptkommissar an und erzählte ihm eine Story, dass Jo unterwegs zum Sektor 124 am Tag vor dem Sturm von der Daeyeong auf einen Langleinenkutter Richtung Ochotskisches Meer übergesetzt hätte, von dem man nicht wisse, wann es nach P. zurückkommen würde.

»So eine Scheiße! Dass dieses Würstchen uns alles versauen muss! Komm zurück, und dann schnapp dir jemand anderen!«

Damit war meine fünftägige Dienstreise beendet. Im Wagen zurück nach Seoul rief mich meine Frau an. Sie freute sich, dass unsere Tochter sich nun immer ganz allein die Hose herunterziehen und Pipi machen konnte.

»Seitdem du weg bist, kann sie das. Und nie daneben!«

»Na klar, sie ist ja schon groß. Sag ihr immer, wie toll sie das macht!«

»Wie ist es denn bei dir gelaufen?«

»Naja, ging so.«

»Hast du Fisch eingekauft?«

»Nein, keine Zeit.«

»Fahr bitte vorsichtig und nicht zu schnell!«

8

Dongsu Jo, er sollte bis heute mein Unheilsengel bleiben. Meine Begegnung mit ihm hatte noch ein langes Nachspiel. Vier Jahre später wurde er in P. festgenommen, dringender Tatverdacht auf versuchten Raubmord. Während der Haft kamen fünf weitere Delikte mit schwerem Raub mit Betäubungsmitteln, Wohnungseinbrüchen und Straßenraub ans Licht. Und alles bandenmäßig.

Jos Straftaten wurden durch sein Geständnis und mit Beweisen belegt. Er sagte aus, dass er in jenem Sommer auf der Daeyeong war, gerettet wurde und in P. an Land ging, und erhärtend lag seinem Verhörprotokoll die Namensliste der einlaufenden Schiffsbesatzungen mit dem Datum des Polizeieinsatzes am Kai bei.

Ich musste mich einem Disziplinarverfahren stellen. Meine Dienstvergehen waren Strafvereitelung und Berichtsfälschung. Der Hauptkommissar von vor vier Jahren verpasste mir einen Anschiss.

»He, was hast du während der Dienstreise damals eigentlich getrieben? Von wegen Langleinenkutter! Hurensohn!«

Mir fiel darauf nichts ein. Das Gericht legte mir die Nichtverhaftung von Dongsu Jo als *Unfähigkeit im Amt* aus und verdächtigte mich der *vorsätzlichen Begünstigung der Flucht eines Kriminellen.* Zu allem Überfluss wäre einzig aufgrund der Tatsache, dass ein Ersttäter nicht gefasst wurde, den Bürgern durch weitere ausgeübte Verbrechen und der Bildung einer kriminellen Vereinigung erheblicher Schaden zugefügt worden. Es gab nichts, was dagegen sprach, und ich hatte auch gar nichts zu meiner Verteidigung vorzubringen. Ich machte eine Zurückstellungsfrist von drei Monaten durch und wurde dann unehrenhaft entlassen, was eine Streichung meiner Pension nach sich zog.

Als ich die Polizei verließ, vermittelte mir der Polizeichef über seine Beziehungen zum Stadtrat eine Taxi-Lizenz. Er selbst hatte noch ein Jahr bis zum Ruhestand.

»Sie werden es damit zwar ähnlich schwer haben, aber das Gehalt ist immer noch höher als das eines Kommissars!«

Im Trubel des Nachtlebens im Stadtzentrum stolperten die Besoffenen scharenweise blindlings den vorbeifahrenden

Taxis entgegen, und es war schwierig, ihnen auszuweichen. Sie tauchten plötzlich auf, schlugen gegen die Türen und schrien ihre Fahrtziele, als ob sie geradezu scharf darauf wären, einen Unfalltod zu sterben. Wenn die Ziele nicht in der Richtung meines Depots lagen, fuhr ich sie nicht, ebenso nicht, wenn sie volltrunken waren. Um vier Leute für eine Tour zusammen zu bekommen, musste ich ständig rechts ranfahren. Die strömenden Horden zwangen mich, Schlangenlinien quer über alle Spuren zu fahren, und die an den Taxis vorbei torkelnden Figuren erinnerten mich gelegentlich an Mutters Mizuko. Aber ich bahnte mir meinen Weg. Und wenn sie bis zur Straßenmitte vordrangen, wich ich über die Mittellinie aus.

Die Wechseljahre meiner großen Schwester

An Tagen, an denen meine große Schwester zu Besuch war, verbrachte sie den späten Nachmittag am Tisch vor dem Verandafenster sitzend. Gegen Abend wurde sie ziemlich geschwätzig. Eher als *geschwätzig* konnte man ihren Mund als in ständig geöffnetem Zustand beschreiben. Ich hatte in der Sonderausgabe einer Frauenzeitschrift zum Thema Wechseljahre gelesen, dass Frauen in der Menopause am Abend ein äußerst unangenehmes Gefühl verspüren, daher könnte ich vermuten, dass das Abendgespräch meiner Schwester von diesem grundlosen, unangenehmen Gefühl handelte, aber ich wusste es auch nicht so genau. Die Worte, die meine Schwester am Abend von sich gab, waren beinahe nichtssagend. Sie waren undefinierbar wie das Abendrot und unvorhersehbar wie der Wind und klangen fern. Anstatt *klingen* traf es *herumschwirren* eher. Ich konnte auf die Worte meiner Schwester nicht immer etwas erwidern.

»Hey, Flugzeuge sind für mich wie Fische. Schau dir doch mal diese Flossen an«, sagte sie, während sie die Flugzeuge beobachtete, die jenseits des Verandafensters den Abendhimmel hinter der Insel Ganghwa durchflogen.

Sie betrachtete den Himmel über Ganghwa mit den Flugzeugen, die vom Flughafen Gimpo abflogen, bis die Flugzeuge, die im Himmel über der Mündung des Han-Flusses groß aussahen wie Haie, klein wurden wie Karpfen und in der Abendröte verschwanden.

»Hey, genau wie Elritzen. Wie ihre Köpfe strahlen. An ihren Schwänzen ist das Licht jetzt an. Hey, schau doch mal.«

»Hey«, sprach sie mich zwar an, doch sie blickte, mir den Rücken zugewandt, aus dem Fenster. Während sie hinaussah, stand ich vor dem Spülbecken und bereitete das Abendessen vor.

»Hey, wie können sie nur so durchsickern und verschwinden?«

Der Han-Fluss war an seiner Mündung sehr breit, und wenn sich am Abend die Ebbe zeigte, sah man Vögel auf dem Watt. Die Silhouette der Berge, die in Richtung Gelbes Meer zurücktraten und niedriger wurden, flimmerte in der Abenddämmerung. An wolkenlosen Tagen war die Abendröte am leeren Himmel, an dem man nach nichts greifen konnte, intensiv und sah eher wie entleert aus. Sie war so tief, dass die Augen endlos aufgesogen wurden. Die immer kleiner werdenden Flugzeuge verschwanden in dieser tiefen Abendröte, und die im Dunkeln ankommenden Flugzeuge näherten sich Gimpo, nachdem sie aus der anderen Richtung der Abendröte heraus sickerten und aus einem Punkt erwuchsen. Der Himmel hinter dem Verandafenster sah nach den Worten meiner Schwester auch aus wie ein Aquarium, in dem Fische hin und her schwebten.

»Hey, sind da drinnen wirklich Menschen?«

Die Abendröte verglühte, und meine Schwester sah den Abendhimmel an, solange bis jenseits des Flusses in den Stadtteilen Richtung Gimpo die Lichter angeknipst wurden. Und ich brachte Wein und warme Milch an ihren Tisch. Sie leckte Stück für Stück den Rand des Glases ab.

Mit dem Alter wurde sie was das Essen anging ziemlich wählerisch. Von klein auf verabscheute sie den Dunst von gebratenem Fleisch, seitdem sie in den Wechseljahren war, gab sie ihren Kimchi-Eintopf zurück, wenn auch nur ein Fitzelchen Schweinefleisch darin zu finden war. Selbst wenn man das Fleisch vorher herausfischte, konnte sie am Geruch der Suppe allein das Fleisch erkennen. Sie konnte kaum Fleisch oder Fisch essen. Mit fortschreitendem Alter zwang sie sich, es zu essen. Im Frühling schnitt sie Schnittlauch und Hirtentäschel fein, mischte sie zu halben Teilen, mengte weißen Reis darunter und würzte mit Sojasauce und Sesamsalz, im Sommer legte sie auf in Wasser eingelegten Reis eine Salzgarnele und noch eine Lage Meeressalat. Auch in Chilipaste gedippte eingelegte Gurken waren eine Sommerbeilage meiner Schwester. Sichere Beilagen waren mit geschnittener grüner Chili und Sojasauce angebratene Sardellen, Wasser-Kimchi aus Stangensellerie und Lotuswurzel-Pfannkuchen.

Mein vor zwei Jahren verstorbener Schwager war Vorstandsmitglied in einer Stahlverarbeitungsfirma innerhalb einer Freihandelsgesellschaft in Namhae. Er verbrachte sein Leben unter einem Berg von Arbeit vergraben. Als er Abteilungsleiter bzw. Bereichsleiter wurde, übernahm er den Import des Eisenerzrohmaterials und den Export der Stahlerzeugnisse. Nachdem er zum Handelsbevollmächtigten befördert worden war, kümmerte er sich um die Personalangelegenheiten und einen Streik von über zehntausend Arbeitern. Er trug immer die mit dem Firmenlogo bestickte Krawatte und einen Anzug, an dessen Kragen ein Anstecker der Firma befestigt war. Die meiste Zeit arbeitete er im Sitz in Namhae, an Wochenenden oder im Urlaub kam er nach Seoul. Da man an der Südküste weichen und duftenden Sellerie kaufen konnte, brachte er, immer wenn er nach Hause kam, Sellerie oder Sardellen und Meeresprodukte wie Meeressalat und Seetang mit. Meine Schwester gab Blattsenf in den Sellerie, danach machte sie

Wasser-Kimchi und briet grüne Chilis, und würzte sie mit in Sojasauce gebratenen Sardellen. Davon schickte sie mir auch immer etwas. Dadurch dass der Blattsenf durchsickerte, hatte die Brühe des Wasser-Kimchis eine blass weinrote Farbe. Der in Salzlake eingelegte Sellerie war zart, und im Chlorophyll lebten noch der Duft von Erde und Sonnenstrahlen. Da ich alleine lebte, konnte ich nicht alles davon essen und schickte einen Teil per Kurier zu meinem Onkel.

Mein Schwager flog geschäftlich immer auf Firmenkosten nach Seoul. Vor zwei Jahren kam er, als er nach den freien Tagen am Erntedankfest wieder zur Firma zurückkehrte, bei einem Flugzeugabsturz ums Leben. Meine Schwester hatte, als sie jung war, ihren Führerschein gemacht, doch sie fuhr kaum und nur, wenn mein Schwager kam oder ging, fuhr sie bis zum Flughafen und zurück. Auch an dem Tag, an dem mein Schwager starb, brachte sie ihn zum Flughafen und verabschiedete ihn. Das Flugzeug, das von Gimpo losgeflogen war, konnte auf der Landebahn des Zielortes nicht landen, stieß gegen einen nahegelegenen Hügel und stürzte ab. Es geschah nur fünfzig Minuten nach dem Abheben. Von den 150 Passagieren starben 130. Damals fuhr ich meine körperlich instabile Schwester mit dem Auto zur Unfallstelle. Feuerwehrmänner stiegen den Hügel hinauf, luden die verstreuten Gliedmaßen und Rümpfe auf Tragbahren und brachten sie herunter. Der Leichnam meines Schwagers war vergleichsweise komplett. Da auf die Krawatte das Firmenlogo gestickt war, ließ sich seine Identität schnell bestätigen. Laut der Passagierliste, die Angestellte der Fluggesellschaft verteilten, war der Sitz meines Schwagers A-6. Die sechs Passagiere, die in der A-Reihe saßen, starben alle. Und die Passagiere der B-Reihe dahinter auf den Sitzen B-4, B-5 und B-6 überlebten. Der Sitz direkt hinter dem meines Schwagers war B-6. Wir beendeten die Identifizierung des Toten am Unfallort und wurden als Angehörige bestätigt. Dann ließen wir die Leiche meines Schwagers in den Kühlwagen der Ambulanz laden und fuhren nach Seoul. Wir brachen abends auf und fuhren durch die Nacht: Der Krankenwagen fuhr voraus, und ich mit meiner Schwester hinterher. Die Autos der Angestellten der Firma meines Schwagers bildeten eine lange Schlange hinter uns. Im Auto weinte meine Schwester nicht, sie aß und trank auch nichts. Sie putzte sich gelegentlich vorsichtig die Nase, damit man kein Geräusch hörte. Das Geräusch des Naseputzens klang wie Weinen. Als wir ungefähr am Jukjeon-Rastplatz vorbei waren, sagte sie:

»Hey, warum lebt B-6, und A-6 stirbt?«

Ich konnte nicht antworten und meine Schwester fragte weiter:

»Hey, wieso ist das so?«

In ihrem Fragen lag nichts Erfragbares, und die Worte meiner Schwester, deren Ende unter ihrem Schniefen begraben lag, warteten nicht auf eine Antwort. Ich konnte ihr nicht antworten. Dann begann auf einmal ihre Periode. Sie errötete und vergrub beide Hände in ihrem Schoß.

»Hey, was mache ich jetzt? Wieso auf einmal …?«

»Was ist denn los?«

»Heiß … Es hat sich in meinem Körperinneren angestaut und kommt heraus.«

Am Seitenstreifen parkte ich das Auto. Es war nach Mitternacht. Da auch meine Tage nahten, hatte ich Slipeinlagen in meiner Handtasche. Ich schaltete das Leselicht an, nahm eine Slipeinlage heraus und entfernte die Schutzhülle. Neben mir zog meine Schwester den Reißverschluss ihrer Hose herunter und hob ihre Hüfte. Ich zog ihre Hose die Hüfte hinunter. Die

Unterhose meiner Schwester war durchnässt und roch nach Fisch. Plötzlich floss eine große Menge Blut heraus. Neben der Unterhose quoll Blut hervor und bahnte sich seinen Weg die Schenkel hinunter. Ich klappte das kleine Messer auf, das an meinem Nagelknipser befestigt war, und trennte die Verbindungsnaht am Schritt. Sobald ich die beiden Seiten der Unterhose zerschnitten hatte, konnte meine Schwester, ohne dass sie ihre beiden Beine bewegen musste, die Unterhose ausziehen. An der Stelle, an der die Unterhose enger wurde, war am Gummiband auf Höhe des unteren Bauches meiner Schwester ein Fleck. Ich nahm eine Slipeinlage und wischte zwischen ihren Schenkeln. Während ich wischte, spreizte sie ihre Beine. Ich legte die ausgezogene Unterhose und die verschmutzte Slipeinlage in eine Plastiktüte und warf sie auf den Rücksitz. Weder meine Schwester noch ich hatten eine Unterhose zum Wechseln dabei. Ich holte eine dicke Overnight-Binde heraus und befestigte sie in der Hose meiner Schwester. Diese beugte ihre Hüfte wieder. Ich zog ihre Hose nach oben und knöpfte sie zu. Die Binde in der Hose hielt nicht richtig.

»Wir sind fast da, also halt es noch etwas durch. Die Binde ist dick, das geht schon.«

»Hey, tut mir leid …«

Meine Schwester vergrub ihr Gesicht in beiden Händen und weinte. Selbst als die Leiche meines Schwagers mit der Krawatte mit dem aufgestickten Firmenlogo auf der Bahre vorbeigetragen wurde, hatte sie nicht geweint. Sie war nicht in die Nähe der Bahre gegangen, sondern stand abseits und schniefte nur in ein Taschentuch. Aber nun, nachdem wir uns mit plötzlich fließendem Menstruationsblut herumschlagen mussten, weinte sie lange. Gab es einen Grund zu weinen, wenn sie ihre blutgetränkte Unterhose auszog? Weinte sie wegen dem Unterschied zwischen A-6 und B-6? In einer Frauenzeitschrift hatte ich gelesen, dass es, wenn die Wechseljahre nahen, schon bei kleinsten psychischen Erschütterungen zu Zwischenblutungen kommen kann. Dass der plötzliche Tod meines Schwagers in den Fortpflanzungsorganen meiner Schwester einen akuten Eisprung und Blutungen verursachen würde, konnte ich mir nicht vorstellen. Die aus dem Laich entschlüpfte Fischbrut, die die Binnengewässer des Ostmeeres verlassende Fischbrut der Familie mit ihrem Heimatinstinkt, der sie zum Meer Alaskas führt, während sie Tod um Tod erleiden, während sie sich außer Atem winden, schwimmen sie schließlich in das Meer hinaus, dieser Schwarm Fischbrut, kam wie eine Nadelspitze in meinem Herzen auf. Ob daher der Fischgeruch aus der nassen Unterhose meiner Schwester kam? Ihr Weinen war tief und leise, als würde es sich ausbreiten. Ich konnte zwar nicht ins tiefste Innere ihres Weinens eindringen, doch ich spürte, wie es durch eine osmotische Kraft, die tief durchnässte, in mein Herz eindrang.

»Weine nicht. Das ist doch kein Grund zu weinen.«

Ich umarmte sie. In meiner Umarmung zuckten ihre Schultern, und aus ihrem reichen Haarschopf strömte der Duft von Oliven. Bis sie aufhörte zu weinen, konnte ich das Auto nicht bewegen, und wir standen auf dem Seitenstreifen. Die Lichter der Autos, die nachts mit Hochgeschwindigkeit über die Autobahn fuhren, rauschten vorüber. Jedes Mal, wenn ein beladener LKW vorbeizog, wirbelte Erde auf und wischte gegen das Auto. Meine Schwester, die nach einer Weile aufgehört hatte zu weinen, blickte zur Mülltüte auf dem Rücksitz und sagte:

»Hey, wirf sie weg. Sie stinkt.«

»Ist schon ok. Ich hab sie fest eingepackt. Ich werfe sie am nächsten Rastplatz weg.«

»Nein, dort nicht. Wirf sie einfach hier weg.«

»Das geht nicht. Hier ist keine Mülltonne.«

»Fahr zu einem Rastplatz und wir waschen uns die Hände.«

»Gut. Versuch ein bisschen zu schlafen.«

Ich ließ den Motor wieder an und reihte mich in die Fahrspur ein. Meine Schwester verschränkte ihre Arme vor der Brust und kauerte sich zusammen. Es war nicht kalt, doch ich schaltete die Heizung ein.

In dieser Nacht kehrte meine Schwester ohne Unterhose unter der Hose nach Seoul zurück. Ihre Menopause schritt nur langsam voran, aber in dieser Nacht waren es wohl die ersten Anzeichen. Als wir die Mautstelle passiert hatten, sagte sie:

»Hey, wieso kommt so etwas aus dem Körper?«

Ich konnte ihr nicht antworten.

Meine 47 m^2 große Wohnung hatte kein Wohnzimmer und bestand nur aus Küche und Allzweckzimmer. Von der Veranda bis zum Spülbecken waren es etwa zehn Schritte.

Meine Schwester, die vor dem Verandafenster saß und die Flugzeuge am Abendhimmel betrachtete, sagte:

»Hey, wie können sich die einfach so auflösen und verschwinden? Sitzen da drin wirklich Menschen?«

Auch als sie dies sagte, waren ihre Worte sehr fern, und ich hatte ein beklemmendes Gefühl im Herzen. Ich stand vor dem Herd und bereitete das Abendessen, indem ich grüne Chilis in eine Pfanne füllte und sie mit Sardellen anbriet. Die getrockneten Sardellen waren noch nicht ganz mit Sojasauce vollgesogen, doch die grünen Chilischoten sahen schon sehr weich aus. Ich stellte die Flamme auf dem Herd kleiner und schob die Chilis an den Rand, wo die Hitze schwach war. Der leicht salzige Duft der Chilis, die in Sojasauce köchelten, verbreitete sich im Raum.

»Hey, wird das nicht etwas arg salzig?«, sagte meine Schwester, während sie immer noch den Kopf Richtung Fenster gedreht hatte.

»Ich glaube es ist schon etwas salzig.«

Ob sie nur über den Geruch die Salzigkeit erkennen konnte? Was sie sagte, klang so, als roch sie den Abendnebel draußen und nicht das Essen. Auch wenn sie gesagt hätte, dass dem Essen Salz fehlte, hätte das für mich die gleiche Bedeutung gehabt. Jenseits des Rückens meiner Schwester reichte die verglühende Abendröte, während sie nach und nach in die Dunkelheit verbannt wurde, bis zum Rand des Himmels. Die Lichter der Fernleitungsmasten, die über die breiten Felder verstreut waren, versteckten sich in Richtung des Gebirgsansatzes. Als brächte die Zeit die Berge in Richtung untergehende Sonne, wirkten die Berge Minute um Minute weiter entfernt.

»Hey, stell' die Flamme etwas kleiner und tu' noch eine halbe Tasse Wasser hinein. Es darf ruhig etwas Brühe haben.«

Als sie das sagte, verspürte ich die Sorge, dass meine Schwester wie die in der Abendröte verschwindenden Flugzeuge in den sich verdunkelnden Himmel gesogen wird.

An Tagen, an denen sie bei mir übernachtete, schlief sie auf einer ausgerollten Matratze neben mir. Wenn sie ihren BH auszog, schaffte sie es nicht mehr beide Arme hinter den Rücken zu drehen.

»Hey, kannst du das? Ich schaff das nicht mehr.«

Sie meinte, dass sie seit einem gewissen Alter nicht mehr mit beiden Händen bis hinter den Rücken reichen könne. Sie war in diesem Jahr 55 geworden. Ich, die ich fünf Jahre jünger war als meine Schwester, konnte noch beide Arme hinter den Rücken strecken.

»Ja, kann ich.«

»Seit ich in das Alter kam, in dem du jetzt bist, geht das nicht mehr. Ich konnte auch meinem Mann nicht darum bitten mir zu helfen.«

Sie nahm die Träger herunter, drehte die Körbchen hinter den Rücken und öffnete den Haken zwischen ihren Brüsten. Um mir die auf dem Rücken sitzenden Körbchen nicht zu zeigen, saß sie mir beim Ausziehen des BHs immer gegenüber. Auch wenn sie eine Bluse oder ein Kleid mit vielen Knöpfen anzog, schloss sie aus diesem Grund die Knöpfe vor dem Anziehen. Da mein Schwager in einer anderen Stadt arbeitete und die beiden Söhne jung geheiratet hatten, lebte sie quasi alleine. Wie ein Kind, das als Strafe seine Arme hoch hielt, hob sie beide Hände hoch und schob die Ärmel dazwischen. So war schon einmal eine neu gekaufte Giorgio-Armani-Bluse aufgeplatzt.

»Hey, meine Bluse ist gerissen. Ich muss scheinbar mehr üben.«

Sie rief mich an und erzählte mir die Geschichte von der gerissenen Bluse.

»Zieh' Sachen an, die vorne zugeknöpft werden.«

»Sieht ganz so aus, als müsste ich das. Ich habe nun niemanden mehr an meiner Seite. Jetzt kann ich auch meine Arme nicht mehr hinter den Rücken drehen.«

Wenn meine Schwester Kleider einkaufen ging, nahm sie mich manchmal mit und kaufte mir auch ein paar Teile. Beim Aussuchen der Kleidung achtete sie besonders auf die Verschlussart. Sie kaufte nie Kleider mit Reiß- oder Klettverschluss. Auch Kleidung mit Bändern an Kragen oder Bündchen kaufte sie nie. Bei Unterhosen wählte sie nur die mit dem weichsten Gummibund, bei BHs solche, die unten an den Körbchen einen lockeren und doch soliden Bügel hatten.

Manchmal brauchte sie eine Stunde oder länger, um eine Unterhose auszuwählen. Sie mochte nur Kleidung mit Knöpfen oder Trägern. Sie kaufte keine Kleider, bei denen die Knöpfe sehr fest am Stoff angenäht waren und viel Spannung auf den Stoff ausübten. Sie mochte lockere Knöpfe, die so weit wie die Stoffdicke vom Stoff abstanden. Es war nicht einfach für meine Schwester, die mit ihren Händen ihren Rücken nicht berühren konnte, eine am Rücken zu knöpfende Bluse an- und auch auszuziehen. Es kam auch vor, dass sie über eine Bluse, bei der der vierte und fünfte Knopf von oben nicht zu geknöpft war, eine Jacke anzog und in meine Wohnung kam. Ich knöpfte ihr dann die restlichen Knöpfe zu.

Als wir Kleider kaufen waren, fiel mir auf, dass meine Schwester bereits wusste, dass ich einen Mann kennengelernt hatte. Sie rief mich an und sagte, dass sie mir zum Geburtstag eine Garnitur kaufen wollte. Es war mein fünfzigster Geburtstag. Da es einen plötzlichen Kälteeinbruch gab, zog ich über einen Pullover aus Angorawolle meinen Trenchcoat. Wir aßen mit Bonito gewürzte dicke Nudeln zu Mittag und gingen dann ins Kaufhaus. Meine Schwester suchte in der Oberbekleidung einen Kaschmirpullover der italienischen Marke Malo aus. Er war violett mit Rollkragen und kurzen Ärmeln.

»Hey, du hast einen langen Hals, dann ist ein Rollkragen gut. Gefällt er dir?«

Ich nickte meiner Schwester zu. Als der Verkäufer den Pullover einpackte, sagte sie, während sie den Kragen meines Mantels nach außen zog, und den Angorapullover darunter berührte:

»Hey, zieh diesen Angorapullover nicht an.«

»Wieso? Was ist denn mit dem? Du weißt gar nicht, wie kuschelig der ist …«

»Angora fusselt. Kaschmir nicht. Du willst doch nicht, dass Fussel an Männerkleidung hängen bleiben.«

Zur Demonstration entfernte sie ein paar Fussel, die an meinem Schal hingen. Das Leben meiner Schwester war belanglos und von nichtigen Dingen angefüllt. Solch unbedeutende Dinge erdrückten ihr Leben, sie erstickte darin und konnte sich nicht befreien, doch als sie die Fussel an meinem Schal entfernte, musste ich an die Schwere dieser nebensächlichen Dinge denken. Woher wusste sie es wohl? Ich verpackte, immer bevor sie in meine Wohnung kam, seinen Aschenbecher, Rasierer, Socken, Morgenmantel und andere Dinge, die auf einen Mann im Haus hinweisen könnten, und legte sie in die Apfelkiste außerhalb des Allzweckraumes, so dass sie ihr nicht ins Auge fallen können. Hatte sie vielleicht doch etwas entdeckt, was ich nicht aufgeräumt hatte? Oder hatte meine Schwester, deren Sinne geschärft waren für belanglose und nichtige Dinge, in meiner kleinen Wohnung den Geruch von seinen gerauchten Zigaretten oder den Geruch von Männerfüßen gerochen? *Du willst doch nicht, dass Fussel an Männerkleidung hängen bleiben.* Wollte sie mit diesen Worten sogar andeuten, dass sie wusste, dass es ein verheirateter Mann war? Stimmt, seit geraumer Zeit rief sie mich, bevor wir losgingen, jedes Mal an:

»Hey, ist doch ok, wenn ich heute Abend etwa um fünf komme, oder? Ich kann doch bei dir schlafen, oder?«

fragte sie. An Tagen, an denen ausgemacht war, dass er zu mir kommt, sagte ich meiner Schwester ab, indem ich zum Vorwand nahm, dass eine Freundin aus Amerika käme, oder der Sohn einer Klassenkameradin heiraten würde.

Während ich den Kaschmirpullover, den mir meine Schwester gekauft hatte, entgegennahm, fürchtete ich tatsächlich, dass Angorahärchen in seinem Anzug vergraben waren, und er sie bis nach Hause trug. Noch dazu waren die Härchen meines Angorapullovers lang und in einem schreienden Pink gefärbt. Als wir aus der Tür des Kaufhauses traten, fragte meine Schwester wieder in einem kleinlauten Tonfall:

»Fallen dir etwa noch keine Haare aus?«

»Beim Waschen ein bisschen. Und wenn ich meine Tage habe scheinbar auch ein paar.«

»Ist ja an der Zeit. Steck sie mit Haarnadeln hoch, falls sie ausfallen. Haare bleiben auch leicht an Kleidung hängen.«

Sie hatte irgendwie eine Gewissheit, dass irgendein Kerl, der in meiner Wohnung seine Spuren hinterließ, ein verheirateter Mann war.

Sie war sich eigentlich zu Recht sicher. Daher konnte ich darauf nichts erwidern. Sie sprach weiter.

»Du hast einen schönen Nacken, da solltest du dein Haar hochstecken. So siehst du auch größer aus.«

Wenn ich meine Haare nach hinten band, waren sie fixiert und ich konnte keine Haare verlieren. Doch es war unangenehm, wenn er mir über die Haare strich und er mochte es nicht, wenn sich die Haare zusammenballten. Dies konnte ich meiner Schwester nicht sagen. *Wenn ich meine Haare hochstecke und mit Nadeln fixiere, mag es gut aussehen, ist aber unangenehm beim Kuscheln,* konnte ich ihr nicht sagen. Als Preis für den Kaschmirpullover zum Geburtstag, kam ich in die unbequeme Lage, ihr mein ganzes Verhalten gestehen und bestätigen zu müssen. Doch danach verlor sie kein Wort mehr über einen gewissen Mann, der häufig in meine Wohnung kam. Als er das nächste Mal zu mir kam, zog ich den Kaschmirpullover an, aber ich steckte mein Haar nicht hoch.

Da meine Schwester die tiefe Dunkelheit fürchtete, musste, auch wenn sie schlief, eine Stehlampe leicht gedimmt an sein. Sie hatte über der Matratze immer ein gestärktes Baumwolltuch ausgebreitet. Wenn sie sich im Bett hin und her wälzte, machte die trockene Stärke ein knackendes Geräusch. Die Vorboten der Wechseljahre waren bei meiner Schwester langsam, aber langanhaltend. Ihre Periode blieb alle paar Monate aus und sie hatte auch Zwischenblutungen. Ich säuberte das Baumwolltuch für sie und legte eine dicke Overnight-Binde zurecht. Wenn er tagsüber bei mir war und meine Schwester abends bei mir schlief, befürchtete ich, dass die Decke meines Bettes ziemlich zerknittert sein oder irgendeinen Fleck haben könnte. Deshalb tauschte ich sie gegen eine neue aus, bevor meine Schwester zu mir kam.

In der Nacht des ersten Vollmondes im Jahr schlief sie auch wieder bei mir. Hinter den Bergen jenseits des Flusses ging der Mond auf. Sein Schein fiel hell leuchtend bis an die hintere Wand des Allzweckraumes. Zwischen Mond und Fenster war nichts, deshalb glich das Innere des Zimmers dem Inneren des Mondes, und der Mondschein auf der Baumwolldecke meiner Schwester sah kalt aus. Im Mondschein wirkte der Weg zwischen einigen Dingen, wie der Frisierkommode und dem Kalender, der Stehlampe und dem Fernseher weit, und es erschien mir, als bräuchte ich zur Messung des Abstandes ein anderes Lineal, das ich nicht kannte. Da der Vorhang aufgezogen war, und der Mond hell ins Zimmer schien, fühlte sich meine Schwester wohl, obwohl die kleine Birne der Stehlampe nicht angeschaltet war. Sie lag neben mir. Der Mond schien ihre Stirn zu berühren, und im Mondschein konnte ich Flecken erkennen.

In dieser Nacht hatte meine Schwester wieder Blutungen. Ich wachte von einem raschelnden Geräusch an ihrem Platz auf. Sie wollte sich selbst um die Sache kümmern ohne mich zu wecken und zog vorsichtig die Decke zu sich. Schenkel und Hintern meiner Schwester, die ihre Unterhose ausgezogen hatte, waren im Mondschein bläulich.

»Hey, tut mir leid.«

Sie bog ihren nackten Körper wie eine Garnele und schnappte nach Luft. Ich zog die nasse Bettdecke an mich, steckte sie in die Waschmaschine, setzte meine Schwester auf und schob sie ins Badezimmer.

Ich stellte den Heizungsboiler hoch, befestigte eine Overnight-Binde in einer Unterhose und reichte sie ins Badezimmer. Nach getaner Arbeit legte sich meine Schwester wieder an ihren Platz.

»Hey, schließen wir die Vorhänge. Der Mond …«

Ich zog die Vorhänge zu und schaltete die kleine Birne der Stehlampe an. Ich holte eine Steppdecke heraus und legte sie über das Bettzeug meiner Schwester. Sie sagte, als würde sie dummes Zeug dahermurmeln:

»Ich hab geschlafen, dann bin ich aufgewacht und hab plötzlich den Mond vor meinen Augen gesehen. Es war als ob ich sicher ins Jenseits gekommen war. Wo bin ich nur …? Ich wollte jemanden rufen, doch mir fiel niemand ein. Es kam auch kein Laut aus meinem Mund. Da wurde das Innere meines Körpers heiß wie ein Feuerball und zerfloss plötzlich.«

»Ich hab schon verstanden. Das reicht.«

Sie streckte ihre Arme aus und strich mir über die Haare.

»Hast du Schmerzen?«

»Es ist als ob all mein Inneres entflieht.«

Ihr Gesicht, aus dem die Röte gewichen war, war fahl und ihr Atem flach.

»Hey, wenn das passiert, ist es als ob in meinem Körper ein Feuerball aufwallt. Während ein kleiner Funke immer größer wird, scheint er aus einem weit entfernten Ort näher zu kommen und bricht plötzlich heraus. Wie ist es bei dir?«

Wie war es bei mir? Wie Nebel sickerte aus meinem Inneren ein unerträglicher und unerklärlicher Trübsinn und Dunkelheit heraus, die Kapillargefäße meines ganzen Körpers waren verstopft. So wie ein Schwamm, der mit Flüssigkeit vollgesogen ist, tropft, so wie die Luftblase am Auge eines Krebses wabert, ragte es nach und nach, immer ein bisschen weiter heraus. An solchen Tagen lag ich den ganzen Tag alleine mit zugezogenen Vorhängen im dunklen Zimmer. Ich konnte dieses Gefühl in meinem Körper meiner Schwester nicht erklären und konnte ihr Gefühl eines sprühenden Feuerballes nicht nachvollziehen. Nachdem sie wieder eingeschlafen war, schob ich die Hand unter ihre Matratze. Der Zimmerboden war warm.

Liebe Mama,
gestern habe ich den Brief, den mir Papa geschrieben hat, gelesen, und habe erfahren, dass ihr beide getrennt wohnt, weil ihr vorhabt, euch scheiden zu lassen. Da es schon zehn Monate her ist, muss die Trennung ja direkt, nachdem ich nach Amerika gegangen bin, beschlossen worden sein. Ich hasse dich dafür, dass du während dieser zehn Monate nicht einmal etwas gesagt hast, wenn wir telefoniert haben. Während ich deine neue Adresse auf den Umschlag schrieb, habe ich geweint.

Wenn ich sehe, dass ihr die ganze Zeit ohne Liebe, nur aus Gewohnheit, zusammen gelebt habt, bin auch ich traurig und nicht begeistert von meinem Schicksal als Tochter von euch beiden. Du musst wissen, dass auch ich ein Opfer bin. Aber nachdem ihr beide euren Weg von nun an getrennt beschreitet, wird eure Zukunft von Glück erfüllt sein? Es klingt zwar wie die frechen Worte deiner jungen Tochter, aber überleg dir mal die Beziehung zwischen Bekommenem und Verlorenem, zwischen Dingen, die du bekommen kannst, und denen, die du nicht bekommen kannst.

Es ist noch kein Jahr her, dass ich ins Ausland gegangen bin, und bis ich meinen akademischen Grad erlange, liegt noch eine vielversprechende Zeit vor mir. Doch seit ich weiß, dass ihr beide euch getrennt habt, bin ich traurig und fassungslos und kann mich nicht auf das Lernen konzentrieren. Nachdem was Papa in seinem Brief geschrieben hat, teilt ihr alle Besitztümer in unserem Haus 7:3 unter euch auf. Er hat weiter geschrieben, dass ich sieben Zehntel meiner Studiengebühren von ihm, und drei Zehntel von dir bekomme. Wie soll ich denn richtig lernen, wenn ich beschämt bin, dass ich das Geld von euch beiden getrennt bekomme? Du weißt genau, dass ich nicht die Ausdauer habe weiter zu lernen, wenn ich abends Geld verdiene. Mama, denk noch einmal darüber nach, und suche in deinem Erfahrungsschatz nach irgendeiner Lösung. An Papa habe ich einen ähnlichen Brief geschrieben. Ich hoffe, mein Brief wird zu einem kleinen Samen, der das Leben zweier Menschen wieder zusammenwachsen lässt. Mama, ich hab dich lieb.

Deine Tochter Yeonju

Das Papier für den Brief war aus einem Collegeblock herausgerissen, und der Brief in blinder Wut gekritzelt. Ich hatte die alte Telefonnummer behalten, als ich in die neue Wohnung gezogen war.

Yeonju, meinem Onkel und den in Pohang und Gyeongju verstreut lebenden Neffen den Umstand zu erklären, dass ich in eine neue Wohnung gezogen und die Telefonnummer geändert hatte war mir zu viel. Deshalb behielt ich einfach die Nummer. Bis dahin hatte ich immer, wenn ich mit Yeonju telefoniert hatte, nur etwas wie:

»... Ja, geht's dir gut? Ja, mir auch. Ich habe im Fernsehen gesehen, dass es im Osten der USA viel Schnee gab. Fährt das neue Auto einwandfrei? Wieso hast du eins mit Gangschaltung und keins mit Automatik gekauft? Fahr vorsichtig auf den vereisten Straßen. Du schaust nie richtig in den Rückspiegel. Ja, genau. Was soll mit Papa sein? Immer das gleiche: Arbeiten, Golf spielen, trinken, das übliche eben ...«, geschwatzt, ein Gespräch voller Nebensächlichkeiten. Manchmal wollte Yeonju, dass ich ihr nach unserem Gespräch ihren Vater gab. Dann sagte ich, er sei auf Geschäftsreise, sie wisse doch, dass er das häufiger müsse. Er sei auf der Insel Jeju, und wenn er seine Arbeit dort erledigt habe, würde er noch dort bleiben um Golf zu spielen, drückte ich mich vage aus. Scheinbar hatte mein Mann Yeonju von der Trennung noch nichts erzählt.

Am Tisch beim Verandafenster sitzend überlegte ich, ob ich eine Antwort schreiben sollte. Obwohl ich darüber nachdachte, fiel mir kein einziges Wort ein, das ich schreiben könnte.

Unterdrückte Dinge, die ich nicht zu Worten formen konnte, schossen wie die Flut vorbei und lösten sich weiß auf. Das Verhältnis 7:3 hatte ich nicht einmal von meinem Mann gehört. Die Worte verschwanden, und an der Stelle, an der die Zeit verschwunden war, blieb nur 7:3. Ich dachte darüber nach, welches Vorgehen wohl notwendig sei, wenn wir 7:3 aufteilten und verwarf die Gedanken wieder. Ich las Yeonjus Brief noch einmal. Da stand nicht *sieben zu drei*, sondern *7:3*. Dass sie die Zahlen nicht ausgeschrieben hatte, war nicht der eigentliche Grund für meine Wut. Doch es brachte das Fass zum Überlaufen. Ich warf den Brief in den Papierkorb. Ich holte ihn wieder heraus, zerriss ihn und warf ihn erneut weg.

Mir kam die Morgenübelkeit in den Sinn, die in meinem Rachen aufwallte und aufstieg, als ich mit Yeonju schwanger war. Jedes Mal, wenn die Übelkeit, deren Ursprungsort ich nicht ausmachen konnte, aufkam, kehrte sich das tiefe Innere meines Magens nach außen. Normalerweise konnte ich meinen Magen nicht spüren, doch nun konnte ich fühlen, wie die Übelkeit mir die Existenz meines Magens, der an einem weit entfernten Ort in meinem Körper arbeitete, bewusst machte und eine Revolte anzettelte. Wenn die Übelkeit vorüber ging, bekam ich am Nacken Gänsehaut, die ähnlich wie Hirsekörner war, und ich errötete.

Immer wenn ein Geruch an meiner Nase vorbeihuschte, kamen Magersucht und Fresssucht alle auf einmal auf mich zugestürzt und ich konnte weder essen noch hungern. Bei Fettdunst und fischigem Geruch, wenn Fleisch oder Fisch gekocht wird, beim Geruch von garendem Reis, beim Geruch der würzigen Suppe, den kochende Ramyeon verströmen, beim fauligen Geruch, der aus dem Abfluss im Badezimmer kommt, und auch beim Körpergeruch großer Hunde, die an einem Regentag vorbeilaufen, stieg Übelkeit in mir auf. Der fischige Geruch des Morgennebels ging langsam nieder und war schwer, als würde er sich am Körper festklammern. Und plötzlich wollte ich die vage und bleich fischigen Dinge, die Dinge, an denen entfernt Spuren von fischigem Geruch haften geblieben waren, essen und hatte doch in einen rohen Maiskolben oder eine rohe Süßkartoffel gebissen. Wenn ich den fischigen Geruch von Fleisch oder Fisch verspürte, war die Übelkeit so heftig und rund, dass es sich anfühlte, als wälzte sie das Innere meines Körpers um, und wenn ich den urinähnlichen Geruch von Gemüse und unreifen Früchten roch, stieg die Übelkeit scharf und stechend in mir auf wie ein Spieß. Der frische Geruch von rohen Gurken war so heftig und stechend, dass ich, kaum dass ich von ihnen abgebissen hatte, sie schon wieder ausspuckte.

Ich empfing Yeonju etwa Anfang Dezember. Zu Frühlingsbeginn, als ich im vierten Monat schwanger war, war ich oft müde und meine Brüste waren schwer. Die Müdigkeit machte schläfrig, als würde ich in warmes Wasser getaucht. Sie machte schläfrig und es war schwer dagegen anzukämpfen. Die Erinnerung von einem Frühlingstag kam auf, als ich mittags im Park spazieren ging und den Impuls fürchtete in die im Sonnenschein aufgequollene Erde zu greifen. Sonnenstrahlen wanderten durch kleine Löcher in die Erde, und die feinen Strahlen und Schatten blubberten in den Löchern. Die Erde sah aus wie ein weiches Weißbrot. Wenn ich in diese vom Sonnenschein aufgequollene Erde griff, war es so angenehm, als läge man mit dem Körper in weicher Erde, und es war, als schienen die Strahlen bis zwischen Finger und Zehen, in die Achsel und Schenkel, und in die Gebärmutter. Warum sah die Erde aus wie Essen, und wieso war der Impuls in sie hineinzugreifen und hineinzubeißen so glühend? Der wilde Antrieb, der aus meinem Körper geschickt wurde, war ein Aufwallen, das Erscheinungen hervorrief, und das Ziel dieses durchdringenden Impulses kannte Dinge, die nichts waren als unreife Gurke, rohe Süßkartoffel und Erde, doch je deutlicher die Leere der Erscheinungen war, desto glühender war der auf die Erscheinungen gerichtete Impuls des Körpers. Es war mein eigener Körper, der mich zu Dingen trieb, die er nicht aushalten konnte, und zu Dingen, die ich nicht zurück in meine Organe drücken konnte.

An diesem Tag griff ich nicht in die Erde. Jetzt, da die Erinnerung an die Morgenübelkeit fern und kaum spürbar war, war vom Geschmack der rohen Süßkartoffel und des rohen Maiskolbens, in die ich gebissen hatte, keine Spur mehr übrig, doch Yeonjus Brief, der über das Meer zu mir kam, erweckte die Dringlichkeit des fremden Impulses wieder, der in diesen Erscheinungen aufwallte. Die Tatsache, dass Yeonju, das organische Material, ähnlich dem jungen Fisch, der sich damals in meinem Bauch festgesetzt hatte, diesen Brief geschickt hatte, konnte ich nicht glauben. *Yeonju, wo bist du? Ich vermisse dich. Ich möchte dich berühren,* schrieb ich den Anfang einer Antwort, und da ich nicht fortfahren konnte, brach ich ab.

»Tut mir leid …« so begann mein Mann seine Beichte, dass er sich scheiden lassen will. Es klang wie einer der O-Töne aus seinem Alltag.

»… Muss ich schon wieder zum Friseur?«

»… Ich hab einen Bauch bekommen, meine Hose ist zu eng.«

»… Ab nächster Woche bin ich auf Geschäftsreise.«

»… Wegen des Streiks verspätet sich der Schiffstransport. Der Chef wird vor Wut explodieren. Die Streitigkeiten mit der Gewerkschaft sind Aufgabe der Rechtssprechung, ich weiß auch nicht wieso mich der Chef immer weiter quält.«

An der Unterwäsche meines Mannes waren nach einer Geschäftsreise manchmal Frauenhaare. Sie hingen an der Sommerunterwäsche, wie an der Winterunterwäsche. Die Sommer- und die Winterhaare hatten die gleichen Eigenschaften. Sie waren so lang, dass sie bis zur Schulter reichen müssten. Es waren ungefärbte, dicke, glänzende Haare. Der Ernährungszustand sah gut aus, und sie waren kräftig bis in die Spitzen. Die Sommerhaare waren dauerhaft geglättet, in die Winterhaare waren Locken eingedreht. Sobald ich die in den Nähten der

Winterunterwäsche vergrabenen Haare mit den Fingernägeln wegriss, wurden sie auf dem Zimmerboden elastisch und kräuselten sich. In meinen Gedanken tauchte ein Gespenst von einer jungen, gesunden Frau mit nacktem Körper auf. Die Frau in meiner Fantasie war keine Frau mit irgendeinem Namen, vielmehr kam sie mir wie die entfernte Vorfahrin des Klans *Frau* vor oder wie eine Gruppe aller anonymen Frauen, die ich nicht kenne. Die Frau aus dem fossilen Gestein kam zu mir hergerannt und kräuselte sich wie ein Haar vor mir. Gleich darauf löste sich die Erscheinung auf. An der Stelle, an der die Erscheinung schwand, war weder Wut noch Traurigkeit, diese leere Stelle der einsam vergeudeten Zeit war hohl. Als ich zwei Haare mit Klebeband von der Unterwäsche entfernte und in den Mülleimer warf, lief mir ein kalter Schauder vom Nacken den Rücken hinunter.

Auch während mein Mann mit langen, glänzenden Haaren an der Unterwäsche nach Hause kam, und auch während die Haare von glatt zu wellig wechselten, zog ich zu Ahnenfeiern der Verwandtschaft meines Mannes oder zum Todestag seines Großvaters und seines Vaters oder bei der Hochzeit seiner Cousins, Großcousins und Neffen und auch zum Erntedankfest und Neujahr meinen Hanbok an und fuhr mit ihm oder manchmal auch ohne ihn in seine Heimat.

Er kam aus einer kleinen Stadt in den Bergen der nördlichen Gyeongsang-Provinz. In der kleinen Stadt unterstützte der älteste Sohn der Familie, mein Schwager, meine früh zur Witwe gewordene Schwiegermutter bei den Ahnenfeierlichkeiten in drei Generationen. Mein Schwager verkaufte die Felder und das Ackerland, welches er geerbt hatte, um damit für die Wahrung der Würde der Eltern und Vorfahren zu bezahlen. Und er weiß genau darüber Bescheid, wie man seinen eigenen Handrücken kennt, wer aus der Familie welche Karriere macht und wer zu welcher Position aufgestiegen ist. Von meinem Schwager hörte ich in einem Jahr bei einer Ahnenfeier die Geschichte, wie der neugewählte Gouverneur, der früher sein Klassenkamerad in der Oberschule war, seine Cousine dritten Grades geheiratet hatte, die beiden drei Kinder bekommen hatten, von denen der zweitälteste Sohn nun mit dem ältesten Sohn meines Schwagers auf die Oberschule ging.

Wenn wir in die Heimat meines Mannes fuhren, lieh mein Mann immer den neuen 8-Zylinder, den die Firma als Wagen für Gäste benutzte, rief einen Angestellten und ließ ihn fahren. Mein Mann und ich nebeneinander auf dem Rücksitz, fuhren wir in seine Heimat.

»Du siehst mit dem Alter im Hanbok immer schöner aus. Du bist so schön, daher hast du keinen Sohn …«, sagte meine Schwiegermutter vorletztes Jahr am Todestag des Großvaters meines Mannes, indem sie mich, als ich in den Hof ihres Hauses trat, bei der Hand nahm. Ich band meinen Rock in der Hüfte mit einer alten Krawatte fest und briet im Hof Pfannkuchen mit Fisch, Chili und Rindsleber in Perillaöl. Die Männer saßen in der Halle im Kreis und verdammten die Verbesserungsmaßnahmen des Bezirksamtes an den Bewässerungsanlagen und erzählten sich die Jugendsünden der Neffen, die Karriere gemacht hatten und lachten ausgiebig. Jedes Mal wenn ich einen Pfannkuchen mit nicht glattgerührtem Teig in die Pfanne legte, spritzte das Öl. Ich drehte den Kopf, um den Öltropfen auszuweichen.

»Rühr' den Teig noch mehr. Und stell' die Flamme vorher kleiner …«, sagte meine Schwiegermutter, die wegen einer Knie-Arthritis in ihrer Beweglichkeit eingeschränkt war und die, da sie nicht in den Hof hinunterkommen konnte, auf den Holzdielen vor dem gegenüberliegenden Zimmer saß.

In der Familie meines Mannes pflegte man die Tradition, bei der jeder Verwandte nach der Ahnenfeier zum Abschied vom Essen auf dem Altar etwas von allem mitgegeben bekommt. Die Erwachsenen, die Essen zum Mitnehmen erhielten, gaben der Frau des ältesten Sohnes für die Ausgaben bei der Ahnenfeier Geldtüten mit fünfzig- oder hunderttausend Won darin. Damit leisteten sie etwas Beihilfe zu den Unkosten und trösteten die Frauen, die die Feier vorbereitet hatten, hinter der viel Arbeit steckte. Daher musste es immer viel mehr Essen geben, als auf den Altar gestellt wurde.

An diesem Tag briet ich, während der Tag sich neigte, im Hof des Hauses meiner Schwiegereltern Pfannkuchen in Perillaöl. Das Gebratene wurde in zwei Bambuskörben gestapelt. Wenn sich das Tor öffnete und Verwandte hindurch kamen, während ich die Pfannkuchen auf einem mit Butangas betriebenen Grill briet, stand ich auf und begrüßte sie. Einer von ihnen, an dessen Verwandtschaftsgrad oder Generation ich mich nicht erinnern konnte, entgegnete meine Begrüßung mit »Wie kannst du immer noch so jung aussehen? Jetzt könntest du doch langsam mal älter aussehen, oder?«, und eine andere entfernte Verwandte, die in Begleitung eines Jugendlichen kam, sagte zu mir:

»Du bist die Ehefrau des zweiten, Yunshik? Ich hab gehört, Yunshik arbeitet als geschäftsführender Direktor in einem Großkonzern. Schön bist du. Du hast aber schon viel gebraten. Dieses Jahr gab es viel Sonne, daher riecht das Perillaöl gut.«

Da man die Perillasamen auf hoher Flamme röstete, roch es im Haus nach verbranntem Öl. Im Dunst des sprudelnden Öls roch es nach trocknendem Reisstroh, und im Rauch, der aus dem Öl austrat, lag der Geruch der gebratenen Essenz von Sonnenstrahlen. Der Geruch des Öls strömte in meinen Kopf und meinen Körper, doch ich konnte nicht erfassen, was die Substanz dieses Geruches war. Es war ein Geruch, den ich nicht um alles in der Welt begreifen konnte, gegenüber dem ich nicht wusste was ich sagen sollte, der mir selbst während ich aus meinem Körper kaum ein Wort zog, den Mund, kaum dass er sich wieder leicht öffnete, stopfte. Das Öl war klebrig, und wie ich den in Stücke geschnittenen rohen Fisch im Teig wendete und in die Pfanne legte, trat das Gebratene, bevor es gar war, über den Rand hinaus, und Rauch bildete sich. Die Erinnerung an meine Morgenübelkeit an jenem Frühlingstag, als ich Yeonju in meinem Bauch trug und die von den Sonnenstrahlen aufgequollene Erde greifen und essen wollte, kam im Geruch des Öls auf. Auch die Erscheinung irgendeiner Frau, gleich der Frau mit nacktem Körper aus dem fossilen Gestein, trat, als das Haar einer Frau, das in der Unterwäsche meines Mannes vergraben war, sich auf dem warmen Fußboden kräuselte, gleich der entfernten Ahnin der Frau, gleich der Frau aus meiner Fantasie, aus dem Öldunst heraus und verpuffte sogleich wieder. Während ich die Pfanne betrachtete, in der das Öl blubberte, beschlich mich wie eine aufkommende Inkontinenz eine Vorahnung, ähnlich nur der Zeit, die ich verbracht hatte, die sich unaussprechlich wie sie war, auflöste und verschwand. War das eine Vorahnung? Es war keine Vorahnung, und ich wusste kaum Worte, die ich verwenden sollte für den Fall, in dem man erst spät erfuhr, dass etwas schon vorbei war. Meine Schwiegermutter griff nach ihren Krücken, kam in den Hof herab und sagte zu mir:

»Bind' dir die Haare nach hinten. Der Ölgeruch strömt in dein Haar.«

»Ich muss sie sowieso waschen, Mutter.«

»Trotzdem, binde die Haare nach hinten. Wenn du sie nicht zusammenbindest, gehen sie kaputt.«

Ich band meine nach vorne gefallenen Haare mit einem Gummiband nach hinten.

Meine Schwiegermutter litt schon lange an Arthritis und Osteoporose. An ihrem Lebensabend kamen bronchiales Asthma und grüner Star hinzu. Sie schlief den Abend hindurch und starb. In ihrem Bewusstsein wurden Schlaf und Tod nicht unterschieden. Es herrschte eine Atmosphäre, in der die Familie meines Mannes einen heiteren Frühlingstag erwählte, an dem die gefrorene Erde getaut war, um den Tod einer alten Frau, die gestorben war, als schliefe sie im Schlaf erneut ein, friedlich willkommen zu heißen. Ihr in ein Leichentuch fest eingebundener Leichnam war klein wie ein Kind. Als sie in den Sarg gelegt wurde, war noch viel Platz darin. Deshalb türmte der Bestatter beim Ankleiden der Leiche Papierrollen auf und füllte Kopf- und Fußende damit auf. Nachdem sie komplett gewaschen und gekleidet war und Blumenschuhe aus Papier angezogen bekommen hatte, dachte ich an die Leichtigkeit des Todes und den Geruch des Öls am Todestag des Großvaters meines Mannes und weinte viel. Alle Familienangehörigen, die sich zur Trauer versammelt hatten, hielten meine Tränen als Schwiegertochter für verbundener und lobenswerter als die der Töchter. Am Erntedankfest vor ihrem Tod war sie sich wohl gewiss, dass es ihr letztes war, und überreichte von den beiden Haarnadeln aus Jade, die sie zur Hochzeit bekommen hatte, ihrer ältesten Tochter und mir eine, und auch Yeonju, die ihren Abschied von Korea vor sich hatte, schenkte sie ihre beiden Ringe. Seit ihrer Hochzeit ging meine Schwiegermutter zu einem Tempel, der im Dorf über den Fluss war, und nahm manchmal an der buddhistischen Messe teil, was der Familie nicht willkommen war. Auch vor der Hochzeit ihres zweiten Sohns und mir verbrachte meine Schwiegermutter vier Tage in der Halle der Weggefährten Buddhas und am Altar des Berggeistes, um für die Eheschließung zu beten. Nach ihrem Tod hatten die Töchter vor, die 49 Tage dauernde Trauer nach buddhistischen Lehren abzuhalten, doch sie bekamen nicht die Erlaubnis der Familie.

Einen Monat nach Beendigung der Trauerzeit brach Yeonju nach Amerika auf. Am Abend des Tages, an dem wir sie zum Flughafen gebracht hatten, sagte mein Mann *Tut mir leid …* zu mir und eröffnete mir, dass er sich scheiden lassen wolle. Der Zeitpunkt, den er dafür gewählt hatte, schien durchdacht. Dass seine beiden Eltern gestorben waren, und dass die Wunde gegenüber den Blutsbanden durch die Abwesenheit unseres Kindes vermindert wurde, hatte er mit einberechnet. Da ich nicht beantworten konnte, warum wir zusammen leben mussten, konnte ich nicht fragen, wieso wir uns trennen mussten. Die Frage nach dem Warum war so kraftlos, das ich zögerte das Wort über die Lippen zu bringen. Sich zu trennen und das Vergehen der Zeit fühlte sich an, als sei es bewölkt und regnete, und dieser Regentag dämmerte, und der Abendregen fiel. *Daher tut es mir leid …* Sein Gesprächseinstieg, bei dem er diese drei Wörter dem Vorhaben der Trennung vorausschickte, klang angemessen. *Verstehe. Es tut mir auch leid …,* wollte ich erwidern, doch die Worte formten sich nicht. Zu den langen glänzenden Haaren, die an der Unterwäsche meines Mannes klebten, fragte ich nichts, ich glaubte, das war ein gutes Benehmen beim Abschied. Mein Mann verlangte, dass wir uns schon einmal trennen sollten, dass die Prozedur ohne Anwälte geregelt wird, dass wir uns die Kosten von Yeonjus restlichem

Studium und ihrer Hochzeit teilen und unsere Würde als Eltern wahren, dass wir unsere Trennung bis die Scheidung durch war, vor der Firma und der Familie meines Mannes verheimlichten, und dass er mir in der Trennungszeit monatlich zwei Millionen Won für den Lebensunterhalt zahlt und dass wir die Aufteilung unserer Besitztümer gemäß dem Scheidungsrecht später regelten, und ich stimmte in allen Punkten zu. Meine neue Wohnung suchte meine Schwester aus. Sie lag an der Mündung des Han-Flusses. Meine Schwester wohnte in einer Wohnung in Gimpo auf der anderen Seite des Flusses. Zwischen meiner Schwester und mir war nur der Fluss. Das war so praktisch, dass sie, da sie nicht gerne selbst fuhr, mit dem Taxi oder Bus zu meiner Wohnung kam. Von den 47 m^2 großen Wohnungen war noch eine übrig, deshalb zahlte ich, obwohl sie keine Provision hatte, hundertzwanzig Millionen Won. Aus meinem Ratensparen erhielt ich siebzig Millionen Won heraus, die restlichen fünfzig Millionen Won gab meine Schwester dazu. Der Schadensersatz, den sie nach dem Tod meines Schwagers von der Fluggesellschaft bekommen hatte, die Pension meines Schwagers für dreißig Jahre, die er in derselben Firma gearbeitet hatte, die Abfindung für den Tod am Arbeitsplatz, die Lebensversicherung meines Schwagers und das Kondolenzgeld, das an der Beerdigung geschenkt worden war, waren insgesamt über zwei Milliarden Won. Meine Schwester musste den Großteil des Geldes an ihre beiden erwachsenen, verheirateten Söhnen abgeben und auch etwas an die Männer aus der Familie ihres Mannes. Es wäre korrekter zu sagen, dass sie bestohlen worden war, als dass sie es gegeben hätte. Sie tat sich schon immer schwer mit anderen und konnte wegen Geldangelegenheiten nicht streiten. Die beiden Söhne forderten als ihr natürliches Recht ihren Anteil ein, und die Schwiegereltern ließen die alleine gebliebene Schwiegertochter im Stich, als wäre sie ein Nachkomme aus anderem Hause und nahmen das Geld. Wie ich später hörte, hatten die Söhne meiner Schwester bei der Beerdigung ihre Rolle übernommen, und während sie die Trauernden empfingen, hatte die Familie ihres Vaters alle Umschläge mit Kondolenzgeld der Verwandten eingesammelt und behalten.

Nachdem die Feierlichkeiten zum dritten Tag nach dem Tod geendet hatten, griffen sich die beiden Söhne auf dem Weg, der den Berg hinunter führte, ihre Cousins, befahlen ihnen die Hälfte des Kondolenzgeldes herauszurücken und wurden sogar handgreiflich, doch meine Schwester sah nicht einmal hin. Sie lief am Ende des Trauerzuges den Berg hinunter, und ich hielt einen Sonnenschirm über ihren Kopf. Als vorne der Kampf in vollem Gange war, drehte sie sich nach hinten zurück und blickte geistesabwesend auf das rote Grab ihres Mannes, das noch nicht mit Gras belegt war. Außer Grundierung legte meine Schwester kein Make-up auf. Deshalb waren die Altersfältchen auf ihrem Gesicht so deutlich, dass sich die Leute fürchteten. Ihr Gesicht, das zum Grab ihres Mannes schaute, sah gefährdet aus, der Aufmerksamkeit der Welt, die in ihr Gesicht reichte, nicht standhalten zu können. Während ich damals die Grassamen vom Rocksaum ihrer weißen Trauerkleidung entfernte, befürchtete ich, dass sie erneut Blutungen bekommen könnte. Sogar die entfernten Verwandten aus der Familie meines Schwagers griffen ein und der Kampf breitete sich aus. Ich folgte einem Weg, der weit daran vorbeiführte, und brachte meine Schwester den Berg hinunter.

Das Geld, welches meine Schwester mir beim Kauf meiner neuen Wohnung gab, war ein Teil von dem, was sie für sich mühsam aus dem Kampf gerettet hatte. Während des Umzugs kaufte ich zum kleinen Appartement passend Kühlschrank, Klimaanlage, Esstisch und Garderobe im Kleinformat. Das kostete sechs Millionen Won, die auch meine Schwester übernahm. Sie ging in die Filiale, zahlte im Voraus, und die neuen Möbel wurden passend am Einzugstag geliefert. Sie suchte einen Leinenvorhang mit Spitzenbesatz in Weintraubenform an den Rändern aus und brachte ihn am Verandafenster an und kaufte mir auch zwei Flaschen gewürzte Sojasauce zum Anbraten von Sardellen mit grünen Chilis. Die Schürze, die sie mir zum Einzug schenkte, war aus weich gekämmter Baumwolle. Da sie keine Vordertaschen hatte und der Halsausschnitt rund war, sah sie weniger wie eine Schürze aus, die man beim Abwasch umschnürte, sondern eher wie ein Nachthemd oder ein Unterrock.

»Ist das wirklich eine Schürze?«

»Wieso fragst du das? Gefällt sie dir nicht?«

»Sie ist genauso wie ein Unterrock.«

»Dann zieh' sie doch drunter an.«

Meine Schwester, die den Boden feucht aufwischte, lachte, während sie zu mir herauf blickte, wie ich mit umgeschnürter Schürze vor dem Spülbecken stand. Ihr Lachen erreichte mich kaum und machte ein ersticktes Geräusch. Das Ende des Lachens war einsam, es nahm die Kraft aus dem grüne Chili bratenden Arm.

Am Abend, als wir fertig waren mit Auspacken, saßen wir uns mit einem Glas Rotwein am Tisch vor der Veranda gegenüber.

»Hier ist der siebte Stock? 55 m^2?«

»Nein, das ist der achte Stock. 47 m^2.«

»Der Fluss ist so breit. Da wirkt das Appartement so, als hätte es 100 m^2.«

Meine Schwester schwenkte ihr Weinglas im Kreis, roch daran und leckte die rote Flüssigkeit vom Rand.

»Kind, der Wein schmeckt etwas unausgewogen. Probier mal.«

Ich nahm das Glas, befeuchtete das Innere meines Mundes und saugte mit der Zunge am Gaumen. Der Duft des Weines strömte durch meinen Mund. Der Wein hatte etwas, er war kaum vergoren und jung.

»Wie ist er? Nicht kratzig? Aber sehr schwach im Abgang. Dünn und flach. Am Ende fast wässrig.«

Die Anzeichen, dass sie am Vorabend etwas geschwätzig wurde, nahm ich damals zum ersten Mal wahr. Ihre Worte wurden von niemandem verstanden, waren nur für sie verständlich und auch nur für sie gültig. Es waren also Worte, die nichts sagten. Ich konnte nichts einwerfen, während sie sprach.

Am hinteren Ende der Mündung machte der Fluss eine heftige Biegung nach Westen. Man konnte das Meer nicht sehen, doch die Kraft des Meeres griff tief in ihn. Wenn das Meer anstieg, floss das Wasser des Flusses umgekehrt Richtung Stadtkern, und bei Ebbe wurde es Richtung Meer gesogen. Bei der Flut, die den Fluss des Wassers umkehrte, stießen die Gewalt des herunter fließenden Flusses und die Gewalt des in die andere Richtung treibenden Meeres aufeinander und das Wasser des Flusses stand mit weißem Schaum aufrecht. Bei der abendlichen Ebbe, die das Wasser auf einmal nach draußen saugte, hörte man wie der Flussboden mitgezogen wurde. Abends, wenn das Wasser zurückging, das Watt an beiden Flussseiten sichtbar wurde, und der Fluss mit einem Mal ruhig wurde, zeichnete sich der Rahmen der Flussbiegung ab, und auf der weit entfernten Seite, auf der man die Biegung nicht sehen konnte, fing sich die Flut Millimeter um Millimeter wieder zu nähern an.

Am Abend, wenn der Wasserstand sank, war er am breitesten. Die Berge jenseits des Flusses rückten in die Ferne und in der verrinnenden Zeit bahnte sich die Abendröte an. Durch die Ferne, in der der Fluss sich bog, wurde sie langsam dichter, die abhebenden Flugzeuge verschwanden in ihr und die Flugzeuge, die Gimpo anflogen, tauchten aus ihr auf und kamen näher geflogen. Die Flugzeuge, die in der Abendröte in einem Punkt verschwanden, und die als Punkt auftauchenden Flugzeuge sahen alle aus wie Flugzeugföten oder eine Spur, bevor sich etwas gebildet hatte. Die verschwindenden Flugzeuge und die sich nähernden Flugzeuge waren genau gleich.

»Kind, sie sind genau wie Fische. Schau dir doch mal diese Flossen an. Am Schwanz hängen auch Flossen. Wie können sie nur so durchsickern und verschwinden? Sind da drinnen wirklich Menschen?«

Ganz sicher wurde meine Schwester gegen Abend geschwätziger.

Ging er mit Angorahärchen von meinem Pullover an der Unterwäsche nach Hause? Kräuselten sich die Angorahärchen, die seine Frau von der Unterwäsche ihres Mannes entfernt hatte, auf dem warmen Boden ihres Hauses? Nannte ich ihn *er*, war er fern wie die Erinnerung an die vergangene Morgenübelkeit und schien kein Mensch zu sein. Ihn *er* zu nennen fühlte sich an, als wäre er *irgendein* Mann oder *jener* Mann oder *ein* Mann. Ihn *du* zu nennen, dazu waren wir noch ein Stückchen zu entfernt, er schien kein *du* zu sein, dass vor mir lebte. Daher konnte ich nicht anders, als ihn *er* zu nennen. Jedenfalls schien mir dies irgendwie etwas ehrlicher zu sein. Es ging nicht anders.

Ich konnte nicht anders und entschied mich für *er*. Es fühlte sich an, als wäre er ein fremdes Objekt, zu dem mir auch nur die kleinste menschliche Verbindung fehlte, die ein *er* erlaubte, und das ärgerte mich. Da ich es nicht ertragen konnte, ging es nicht anders. Es ging nicht anders, also legte ich mich auf *mein Liebster* fest. Daraufhin schwand mein Groll etwas. Es ging nicht anders, also konnte ich nicht anders.

Am Tag, nach dem ich in mein neues Appartement eingezogen war, traf ich ihn zum ersten Mal. Nachdem ich Yeonju nach Amerika geschickt, und ich und mein Mann uns getrennt hatten, mitten im Prozess des Aufräumens nach der Trennung tauchte er vor mir auf, und ich wusste nicht, wie nahe er mir gekommen war.

Ein paar Tage, bevor ich umzog, entschied sich Yeonjus Universität in Amerika. Da sie für die Einschreibungsprozedur die Unterlagen einer finanziellen Bürgschaft brauchte, trug mir Yeonju auf einen Nachweis über die Beschäftigung ihres Vaters in Englisch und die Nachweise von Einkommen- und Absatzsteuer der letzten zwei Jahre per Express zu schicken. Yeonjus Stimme von der anderen Seite des Ozeans war wegen der neuen Schule und den fremden und wundersamen Versuchungen der Zukunft aufgeregt.

»Mama, diese Uni gehört zur Ivy League, sie ist die Eliteschule im Nordosten der USA. Ihre Geschichte geht weit zurück, deshalb sind alle Gebäude aus Marmor und die Amerikaner sind echt cool. Du musst nächstes Jahr auch mal kommen.«

»Kind, ich weiß auch was die Ivy League ist. Ist der, der letztes Mal den Nobelpreis für Chemie oder Medizin bekommen hat, dort Professor? Ich meine den, der die wahre Natur des Geruchs erforscht hat.«

Dass Gerüche Spuren im menschlichen Unterbewusstsein hinterlassen und Erinnerungen hervorrufen, war das Ergebnis seiner Forschungen, hatte ich in der Zeitung gelesen.

»Das ist medizinische Chemie, Mama. Das hab ich als Hauptfach. Wenn ich in den Master komme, kann ich bei diesem Professor lernen.«

»Hast du auch Geruch als Spezialgebiet? … Ist bestimmt schwer.«

»Und ob, Geruch ist ziemlich kompliziert. Ich muss mich jetzt noch nicht festlegen.«

»Genau, entscheide dich mit Bedacht. Aber sind Schreibtische und Spülbecken in der Wohnung nicht etwas unpraktisch für dich? Du bist doch so klein.«

»Du bist ja eine. Ist das im Moment deine Sorge? Schick mir bitte schnell die Unterlagen. Es müssen Originale sein, also kannst du sie nicht faxen. Schick sie per Express.«

»Alles klar. Muss der Einkommensteuernachweis auch in Englisch sein?«

»Es reicht, wenn die Zahlen und das Einzahlungsdatum gut erkennbar sind, und ein Siegel vom Finanzamt darauf ist. Papa hat doch in letzter Zeit viel Einkommensteuer bezahlt, da müssten die Unterlagen problemlos durchgehen. Geht's Papa gut?«

»Klar. Uns geht's hier beiden gut. Wenn er von deiner Annahme hört, freut er sich. Dein Onkel und seine Nachbarn werden sich sicher alle sehr freuen. Sie wollen bestimmt, dass wir Pfannkuchen braten und feiern. Ich schick dir die Unterlagen so schnell wie möglich.«

Den Nachweis über die Beschäftigung stellt die Firma meines Mannes aus, und der Einkommensteuernachweis braucht auf den Unterlagen, die die Firma bereitstellte, ein

Abzeichnungssiegel des Finanzamtes. Ohne mich entschieden zu haben, ob ich es meinem Mann sagen oder seinem untergebenen Mitarbeiter sagen soll, rief ich in der Firma an. Die Sekretärin meines Mannes nahm ab. Sie war eine flinke und schlagfertige Frau. Und da sie seit langer Zeit zwischen meinem Mann und mir im Büro vermittelte, erinnerte sie sich an meine Stimme.

»Ach, Sie sind es. Wir waren alle enttäuscht, dass Sie letztens nicht zur Party der Frauen von Vorstandsmitgliedern gekommen sind. Ich habe noch ein Geschenk von der Frau des Direktors für sie.«

Ich erwartete, dass sie, wenn ich sie darum bat, das Gespräch an meinen Mann weiterzuleiten, sagen würde, dass er gerade außer Haus sei.

»Ich habe gehört, dass Ihre Tochter zum Studieren ins Ausland gegangen ist. Rechnen Sie damit, dass sie heiratet. Ihr Mann ist auch auf Geschäftsreise im Ausland, da müssen Sie einsam sein. Er hat gestern ein Fax geschickt, dass es sein kann, dass sich seine Rückreise um ein paar Tage verzögert.«

Mein Mann war geschäftlich im Ausland. Ein Glück, dass ich ihr nicht gesagt hatte, dass sie mich mit ihm verbinden soll.

Dass wir getrennt waren, sollte niemand in der Firma erfahren, hatte er verlangt. Seine Forderung war auch für mich praktisch. Ich musste cool bleiben.

»Da mein Mann nicht da ist, wende ich mich an Sie …«, leitete ich elegant zu meinem eigentlichen Anliegen über und bat die Sekretärin um die Unterlagen.

»Ich werde sie morgen zusammenstellen. Ich habe auch ein Geschenk für Ihren Mann, das schicke ich zusammen mit den Unterlagen per Chauffeur in Ihr Haus.«

Wenn sie *Haus* sagte, meinte sie das Haus meines Mannes, in dem ich vorher gewohnt hatte.

»Nein, ich habe morgen etwas in der Stadt zu tun, dann komme ich kurz in der Firma vorbei und hole die Sachen ab.«

So meisterte ich die Krise.

»Ach, tun Sie das? Die Unterlagen sind Sache der Personalabteilung, also rufen Sie morgen, wenn Sie in die Stadt kommen, den Abteilungsleiter Herrn Kim an. Ich gebe ihm Bescheid. Sie kennen doch Herrn Kim?«

»Ja, ich habe ihn, glaube ich, vor langer Zeit einmal getroffen ...«

»Sun – Kil – Kim, Leiter der Personalabteilung.«

Sunkil Kim, das war sein Name. Am Ende unserer Trennung fing die Sache so an. An jenem Tag kam der gelbe Sand. Unter der Veranda, wo die ferne Seite des Flusses zum Himmel neblig war, wirbelte er umher, und die Berge flimmerten im Staub. Die schwere Luft war leer, die leere Luft war schwer. Als ich mit meinem grauen Trenchcoat und dem weißen Schal vor dem Spiegel stand, sah ich wirklich aus wie ins mittlere Alter gekommen. Ich lockerte den weißen Schal und tauschte ihn gegen einen violetten aus. Ich startete das Auto und fuhr zur Firma meines Mannes. Am Fensterplatz eines dunklen Cafés wartete er auf mich. Die dünne Gestalt hatte lange Arme, Beine, Hals und Finger, ich hatte den Eindruck eines Vogels, der auf einem Bein stand. Als wäre er der letzte seiner Art und würde das Aussterben fürchten, war er in sich gekehrt. Die Nachzügler der Winterzugvögel konnten, obwohl es Frühling wurde, nicht nach Sibirien zurückkehren, ließen sich unter fremden Familien nieder und lebten ihr Leben zu Ende, hatte ich in einem Buch gelesen.

Er legte die von mir angeforderten Unterlagen auf den Tisch. Die Finger, die mir die Unterlagen reichten, waren schlank und hatten Altersflecken. Ich schlug die Unterlagen auf. Auf dem Einkommensteuernachweis war bereits das Siegel des Finanzamtes. Er sagte:

»Ihre Tochter ist schon so groß. Ich hatte sie an ihrem ersten Geburtstag auf den Armen, Sie werden sich nicht an mich erinnern …«

Yeonjus erster Geburtstag, da hatten wir ein Mietshaus in Jangwidong. Damals kamen die jungen Kollegen meines Mannes zu uns und tranken. An sein Gesicht vor 25 Jahren konnte ich mich nicht erinnern. Ein fließendes, kraftloses Lachen kam aus seinem Mund und er sagte:

»Ich bin zusammen mit Ihrem Mann eingestellt worden. Wir sind im ersten Jahr durch die öffentliche Ausschreibung angeheuert worden. Nur nehme ich nun Anordnungen von ihm entgegen.«

»Ach so.«

»So hat es sich entwickelt … natürlich.«

Ich fragte mich, ob wohl irgendein Geruch die Erinnerung an sein Gesicht vor 25 Jahren hervorrufen konnte.

Das Gesicht vor 25 Jahren tauchte nicht auf, doch sein Gesicht vor zwei Jahren kam in meinen Geist. Damals, als er mit kurzen, schnellen Schritten zu meinem Mann gelaufen kam und ihm Unterlagen zur Unterschrift überreichte, da dieser zum stellvertretenden Geschäftsführer befördert wurde, und ich als seine Begleitung ihm dorthin folgte, wo er die Ernennungsurkunde bekam.

Damals blickte er meinen Mann, der auf dem Podest des Festsaales saß, finster an und sagte:

»Lassen Sie mich das nachher sorgfältig begutachten.«

Dann gab er ihm die Unterlagen zurück, ohne die Mappe aufzuschlagen. Ich verhielt mich wie die Frau eines Vorgesetzten.

»Wenn Sie mir die Adresse Ihrer Tochter in Amerika aufschreiben, kann ich die Unterlagen mit der Post an die Zweigstelle in New York schicken. Das gehört auch zu meinen Aufgaben als Personalchef.«

»Schon gut. Es gibt noch Sachen, die mitgeschickt werden müssen.«

Er schaffte es fast, seinen seltsamen, peinlich berührten Gesichtsausdruck zu verbergen, und nahm Rücksicht auf die Bequemlichkeit der Frau eines Vorgesetzten. Man konnte in seinem Gesicht lesen, dass er nun als Abteilungsleiter hinter meinem Mann zurücklag, obwohl er im gleichen Jahr eingestellt worden war, während mein Mann erst zum Vorstandsmitglied, dann zum stellvertretenden Geschäftsführer befördert worden war. Er sagte:

»Wenn Ihre Tochter ihrem Vater gleicht, ist sie sicher lebhaft und begabt.«

Das sollte wohl eine Beglückwünschung sein, doch seine Stimme war kraftlos. Das vage Lächeln am Ende seiner Worte ließ mich noch einmal die Gefahr des Aussterbens spüren. Ich erwiderte schnippisch:

»Nein, sie kommt eher nach mir, ist ängstlich und engstirnig. Sie wird deswegen oft benachteiligt.«

Während er ein weinerliches Gesicht machte, brach er in sich zusammen. In meinem Herzen regte sich schlechtes Gewissen. Wieso war ich so?

»Das sind Sachen, die die Sekretärin Ihnen zukommen lässt«, sagte er und legte die zwei Einkaufstüten, die er mitgebracht hatte, auf den Tisch.

Darin waren eine Gucci-Handtasche, die mir die Frau des Chefs geschenkt hatte, zwei Karten für die Ballettvorstellung des russischen Ensembles, die irgendwer dem Büro meines Mannes geschenkt hatte, und zehn Gutscheine fürs Kaufhaus. In der anderen Tüte waren Rippchen von koreanischem Rind von der Insel Ulleung, die der Chef eines Subunternehmens meinem Mann geschenkt hatte. Da ich nicht mehr die Frau von Yunshik Han, dem stellvertretenden Geschäftsführer der Haeyang-Group war, war keine der Sachen meine, doch ich konnte sie auch nicht zurückgeben. Das beschämte mich und er entgegnete:

»Wenn es Ihnen schwerfällt, das zu tragen, kann ich es per Chauffeur in Ihr Haus schicken.«

»Das brauchen Sie nicht, ich bin mit dem Auto da.«

Der Kellner brachte eine Kanne grünen Tee. Mein Gegenüber goss mir ein. Er hatte lange, dünne Finger. Mit der rechten Hand hielt er den Henkel der Kanne, die linke Hand stützte die Unterseite der rechten Hand, und entlang des Randes der Tasse schenkte er langsam den Tee ein. Sein Gesichtsausdruck beim Eingießen des Tees war still und konzentriert wie bei einem Priester, der den religiösen Ritus einer längst vergessenen Zivilisation ausführt. Es war die Ruhe eines Menschen, der ohne einen Mucks die Stürme der Zeit akzeptiert, die sich vor seinem Leben ausbreiten. Ich hatte gehört, die älteren Angestellten würden in der Restrukturierung alle entlassen, und wenn er, der im gleichen Jahr wie mein Mann eingestellt worden war, immer noch auf dem Posten eines Abteilungsleiters war, waren seine Tage in der Firma gezählt, kam es mir plötzlich. Vielleicht hatten seine Hände, die mir Tee einschenkten, und seine Ruhe diesen Gedanken in mir aufkommen lassen. Ich wollte schon fragen, ob seine Frau berufstätig sei, und wie viele Kinder er habe, doch ich ließ es. Beim Firmen-Picknick, bei der Sportveranstaltung oder in der Festhalle bei der Auszeichnung musste ich seine Frau gesehen haben, aber ich konnte mich nicht an ihr Gesicht erinnern. Ich trank von dem Tee, den er mir eingeschenkt hatte. Der weiche, fischige Duft schwebte in meinen Körper. Flach wanderte er ziellos umher und breitete sich aus. Es fühlte sich an, als tauchte er vor mir auf wie eines der Flugzeuge am Abend, das aus einem Punkt in der Abendröte erwuchs und näher kam.

Bevor er noch näher kam, stand ich von meinem Platz auf. Ich schickte ein Nicken in Richtung seines ungeschützten Blickes.

»Danke für die Unterlagen.«

»Solange Ihr Mann nicht da ist, können Sie mich anrufen, wenn Sie etwas für mich zu erledigen haben. Da Ihr Mann zusammen mit mir eingestellt wurde, ist es für mich schwieriger etwas für ihn zu tun.«

Seine Worte hörten sich nicht wie formelle Nettigkeiten an, doch er tat sich schwer sie zu sagen.

Er trug mir die zwei Einkaufstüten bis zu meinem Auto. Als der Wagen ansprang und sich bewegte, senkte er den Kopf der Frau eines Vorgesetzten gegenüber. Als sich sein Oberkörper vorbeugte, kam mir das Bild von einem Vogel, der auf einem Bein stand, seinen Schnabel senkte und sich unter dem Flügel putzte.

Auf dem Weg nach Hause auf der Straße entlang des Flussufers, wirbelte gelber Sand umher. In dem gelben Staub fuhren die Lichter der Heckscheinwerfer wie Glühwürmchen vorbei. Im Verkehrsfunk wurden die gestrichenen Abflüge und Landungen am Flughafen durchgegeben, und es wurde berichtet, dass es zu Störungen im Mobilfunknetz gekommen war. Die Autos, die mehr oder weniger nur den Heckscheinwerfern des Vorderwagens folgten, waren in einer langen Reihe von Blinden und flossen langsam weiter.

Du Vogel mit den langen Beinen, komm nicht zu mir, sondern fliege nach Sibirien. Steh hier nicht so auf einem Bein. Hier ist nicht dein Platz …

Solche sinnlosen Worte fanden in meinen Geist und schwärmten darin umher. Sibirien, Alaska, welch bedeutungslose Wörter. Mir war traurig und unangenehm zumute, dass er kurz an jener Stelle im Parkhaus auf einem Bein stehen musste, bevor er dorthin zurückkehrte, wo auch immer das war, ob dieser Ort in dieser Welt existierte oder nicht. In meiner Traurigkeit war kein Schicksal. Eine Traurigkeit befiel mich, gegen die ich nichts tun konnte, da sie unerwartet auftauchte. Auf der sandverwehten Uferstraße wollte die Traurigkeit, die sich in meinem Fußgelenk sammelte, heftig auf das Gaspedal treten.

So hatte alles angefangen. Aus der Lücke zwischen der Trennung von meinem Mann und dem Ende der Verabschiedung von meiner Tochter war es hervorgetreten. Es hatte nichts mit Schicksal zu tun, und erst recht nichts mit Zufall, doch ich konnte nichts dagegen tun. Auch als sein Körper mein Körperinneres erfüllte und sich darin wand, auch als er noch umhertastete und noch nicht verschmolz, wirkte er auf mich immer wie der Vogel, der auf einem Bein stand.

In meiner neuen Wohnung verging ein Tag, wenn der Fluss zwei Mal seine Fließrichtung umgekehrt hatte. Das Rauschen des Richtung Stadtkern fließenden Flusses war wild und das Geräusch, wenn der Fluss Richtung Meer floss, war einsam. Da sich die auf dem Flusswasser verstreuten Sonnenstrahlen morgens wie abends nicht unterschieden, war die Zeit ohne Takt gleich dem Fluss, wie er zur Ebbe Richtung Meer floss. In der neuen Wohnung war meine Nase nachts ausgetrocknet, mein Atem rasselte und das Niesen nahm zu. Wenn ich nieste, fand etwas Urin seinen Weg nach draußen. Wenn ich Treppen stieg, fühlte ich einen stechenden Schmerz in meinem Knie und meine Hüfte war steif.

»Hey, das ist das *Neues-Haus-Syndrom*«, sagte meine Schwester. Hier soll mein neues Heim sein, dachte ich und kicherte. Ich überlegte, dass das vielleicht die Symptome der Wechseljahre waren.

Ich machte im Fitnessstudio um die Ecke leichten Sport auf dem Laufband und wärmte meine Hüfte auf dem heißen Fussboden der feuerbetriebenen Sauna. Im anderen Raum der Sauna hingen wie auf einer öffentlichen Toilette Raumteiler herunter, und pro Raumteilung war eine Eisenwanne, die wie eine Kloschüssel geformt war, aufgestellt. Die Frauen in Bademänteln ohne Unterhose saßen auf den Wannen. In den Wannen brannte getrockneter Beifuß. Die Trainerin sagte, dass, wenn der Rauch des verbrennenden Beifußes in die Vagina einströmt, die Kontraktion und Sekretion der Scheidenmuskulatur gestärkt wird und die Flüssigkeit aus der Vagina gezogen wird.

»Spreizen Sie bitte Ihre Beine.«

Die Trainerin korrigierte die Posen der Frauen. Die Frauen mit Gesichtsmasken saßen auf den Eisenwannen und dösten oder kauten Kaugummi. Am Tag, nachdem er bei mir war, war meine Vagina innen manchmal wund. Ich setzte mich zwar auch auf die Eisenwanne, aber ohne Effekt.

Seine Sexualität war nicht leidenschaftlich. Er drang tief in meinen Körper ein, als rammte er einen Pfeiler ein, und bewegte seinen Körper nicht lange. Während ich mit gespreizten Beinen seinen Körper empfing, rührte ich mich auch nicht. Das Geräusch, wie draußen vor dem Fenster der Boden des Flusses in der nächtlichen Ebbe weggezogen wurde, war zu hören, und der Vogel, der auf der treibenden Sandbank auf einem Bein steht, war still in meinem Körper. Ich hatte eine Halluzination, wie ich diesen Vogel umarmte, mit ihm in die Strömung geriet und Richtung Meer gespült wurde. Als ich seinen Körper empfing, hatte ich keine Schmerzen, obwohl er meinen Körper ganz ausfüllte, die Stelle, in die er eingedrungen war, war wund, trocken und dürr.

Nachmittags ging ich mit meiner Schwester ins Kaufhaus in der Innenstadt oder wir aßen zusammen zu Mittag. In einer ruhigen Stunde nach ein Uhr gingen wir in ein Restaurant und aßen langsam, als hätten wir alle Zeit der Welt. Meine Schwester mit dem anspruchsvollen Gaumen, brauchte ewig, um etwas aus der Karte auszuwählen. Nachdem sie einen Kellner gerufen und nach Zutaten, Art der Soße und Gargrad gefragt hatte, kam es auch mal vor, dass wir in ein anderes Restaurant gingen. Es gab auch Tage, an denen wir im Kaufhaus einen halben Tag lang Kleider und Make-up aussuchten und ohne etwas zu kaufen nach Hause gingen. In meiner neuen Wohnung ging ein Tag zu Ende, wenn der Fluss zweimal seine Richtung umgekehrt hatte. Ging das Wasser zurück, stand das Wasser niedrig, und der ansteigende Fluss schwoll bis zur Innenstadt mit den Kaufhäusern und Hotels an.

Im Herbst stieg mein Mann vom stellvertretenden Geschäftsführer zum Geschäftsführer auf, und mein Liebster wurde entlassen. Von dem Tag an, an dem mein Mann die neue Position angenommen hatte, ordnete er die ins Alter gekommenen und müde gewordenen Angestellten, und mein Liebster war sein erstes Ziel. Da in zwei Monaten seine Tochter heiraten sollte, bat er meinen Mann darum seinen Platz nur bis dahin zu bewahren: Dieser erwiderte, dass er die Kündigung erst nach zwei Monaten unterschreiben würde. Trotzdem sollte mein Liebster seine Sachen früher packen und die Arbeit an seinen Nachfolger übergeben. Nach dem Abendsex saß er im Schlafanzug am Tisch vor der Veranda und erzählte mir von seiner Entlassung. Seine Stimme war tief und ruhig, als würde er die Angelegenheit eines anderen erzählen. Während ich ihm gegenübersitzend Wein trank, suchte ich auf seiner Unterwäsche nach meinen Haaren. Als er vor ein paar Jahren sein Haus kaufte, nahm er die Rente und bekam keine mehr. Als nun seine Kündigung eingereicht wurde, gab ihm mein Mann fünf Millionen Won aus seiner Brieftasche. Mein Liebster sagte ihm, dass er sie für die Brautausstattung seiner Tochter verwenden werde.

Während er langsam redete, goss ich Wein in sein Glas. Ich hätte es gerne gemacht, wie er damals, als er mir in so einer konzentrierten und ruhigen Pose Tee einschenkte, doch ich imitierte seine Bewegungen nicht. Seinen Blick dem Fluss zugewandt sagte er: »Es ist nicht gerade einfach, eine Tochter ohne Mutter zu verheiraten.«

Da das Flusswasser sich wieder drehte, schien es wieder in Richtung Mündung anzusteigen, und ein weit entfernter Fleck Wasser, der Richtung Landinneres floss, glitzerte im Licht der Abendsonne.

»Wieso ohne Mutter?«, hielt ich meine Frage in meinen Gedanken zurück. Er sprach weiter.

»Ihre Mutter ist gestorben, als sie unser zweites Kind geboren hat. Es ist schon sehr lange her.«

Ich fragte nicht nach seiner Frau, und auch er hatte sie noch nie erwähnt. Entging meine Liebe zu ihm der Unmoral, wenn sie schon vor langer Zeit gestorben war? Und war unsere Liebe zu verzeihen, solange ich nicht wusste, dass sie tot war? Ich konnte diese Frage nicht ertragen und verwarf sie einsam. *Liebe,* als ich von Liebe sprach, tauchte vor meinen Augen das Watt der Ebbe auf, von dem alles Wasser gesogen war. Da der Tod selbst ein von Menschen erfundenes, bedeutungsloses Wort war, war mir zumute, als wäre seine Frau gar nicht tot. Sie lebte und es war, als säße sie in der Sauna in der Nähe auf einer Eisenwanne und sog den Beifuß-Rauch unter ihr auf oder betrachtete die Angorahärchen in der Unterwäsche ihres Mannes.

»Es wird schwierig, die Brautausstattung zusammenzustellen.«

»Es gibt Firmen, die darauf spezialisiert sind. Es ist praktisch, eine zu beauftragen.«

Nachdem er entlassen worden war, kam er auch tagsüber in meine Wohnung. Ich hatte mich ewig lange um meine Haare, die an seiner Unterwäsche hängen könnten, gesorgt, und den Angorapullover nicht angezogen, wenn ich ihn traf. In einem getippten Brief setzte mich mein Mann davon in Kenntnis, dass der Scheidungsprozess Ende des Jahres abgeschlossen sein würde und dass wir uns um Besitz und Familienbuch kümmern sollten. Es blieben noch drei Monate bis dahin.

Im Spätherbst stand der siebzigste Geburtstag meines Schwagers an. Mein Mann, der es nicht geschafft hatte, seine Familienmitglieder über unsere Trennung zu informieren, wollte, dass ich ihn zu der Feier begleite.

»Hör' mal, nächste Woche hat mein Bruder seinen Siebzigsten. Musst du da nicht mit hin?«

Als er mir dies mir am Telefon sagte, klang sein Tonfall so alltäglich wie sein *Tut mir leid …* nachdem er mir eröffnet hatte, dass er sich scheiden lassen will. Die Familie meines Mannes war auf ihre Art mir als Schwiegertochter gegenüber freundlich und benahm sich anständig.

Ich hoffte, dass er in seiner eigenen Familie die Nachricht von unserer Scheidung selbst verbreitete und als vollendete Tatsache bekannt machte, und ich hatte vor bis dahin die Verwandten aus seiner Familie wie meine eigenen Verwandten zu behandeln. So müsste es für jeden am angenehmsten sein. Doch ich konnte am Tag vor dem Fest im Hof des Hauses nicht das Braten der Pfannkuchen in Perillaöl übernehmen. Mein Mann schlug vor mich am Tag des Festes vor dem Rathaus seines Heimatdorfes abzuholen, und ich stimmte zu.

Er saß in einem 8-Zylinder vor dem Busbahnhof beim Rathaus. Er hatte diesmal keinen Fahrer und fuhr selbst. Ich klopfte gegen die Autotür, da öffnete er mir die Hintertür.

»Wieso hast du keinen Hanbok an …?«, fragte mein Mann, und ich antwortete nicht. Auf dem Rücksitz des Autos sitzend, das mein Mann lenkte, fuhr ich zum Haus meines Schwagers. Meine jüngere Schwägerin, die einen Tag zuvor angekommen war, briet im Hof Pfannkuchen. Der Geruch des Perillaöls erfüllte das Innere des Hauses. Mein im Seiden-Hanbok feierlich gekleideter Schwager empfing mit seiner Frau in der großen Halle seine Festtafel. Da meine Schwiegereltern beide verstorben waren, hielt mein Schwager als der älteste Mann der Familie das Familienzeremoniell, für das eigentlich sein Vater verantwortlich war. Alle jüngeren Geschwister gleichen Verwandtschaftsgrads traten vor meinen Schwager und verbeugten sich. Neffen, Nichten, Cousins und Cousinen machten die Verbeugung auf einer im Hof ausgebreiteten Strohmatte. Mein Mann und ich traten nebeneinander vor meinen Schwager und verbeugten uns. Vielleicht war ihm die schwerfällige Verbeugung einer alten Schwägerin unangenehm, und er sagte:

»Oje, was für eine Verbeugung zwischen den Schwagern ...«, und neigte von seinem Sitzplatz aus den Kopf, um meine Verbeugung zu erwidern. Mit einer Frau, deren genaue Verwandtschaftsbeziehung mit meinem Mann ich nicht kannte, trug ich den Esstisch in den großen Raum, schnitt Frühlingszwiebeln im Gemüsegarten, richtete sie mit Fischsauce an und stellte sie auf den Tisch.

Am späten Nachmittag hatte mein Mann etwas Geschäftliches zu erledigen und fuhr zurück nach Seoul. Wir fuhren beide mit seinem geliehenen Wagen vom Anwesen seiner Familie weg und ich stieg am Busbahnhof beim Rathaus aus.

»Du steigst aus? Mach's wie es für dich bequemer ist.«

In diesem Moment wusste ich den Grund, warum er diesmal keinen Fahrer bestellt hatte. Sobald ich ausgestiegen war, ließ er den Motor wieder an und fuhr in Richtung Autobahn.

Es fuhr noch ein Bus nach Gyeongju. Der ältere Sohn meiner Schwester wohnte seit seiner Heirat dort.

Sein erstes Kind hatte bald seinen ersten Geburtstag, und meine Schwester kam für die Feier in das Haus ihres Sohnes. Wir hatten ausgemacht uns in Gyeongju zu treffen. Ihr ältester Sohn, also mein Neffe, war ein junger Mann, bei dem ich mich schwertat, ihn Neffe zu nennen. Nach dem Studium führte er ein lockeres Leben ohne Arbeit, fuhr ausländische Wagen und schmiss Geld mit beiden Händen zum Fenster hinaus. Meine Schwester konnte an seiner Lebensweise nichts ändern.

Nachdem mein Schwager bei dem Flugzeugabsturz ums Leben gekommen war, gab seine Firma seinem ältesten Sohn das Recht, die Kantine in der neu gebauten Fabrik zu betreiben, um die Mühe und Arbeit meines Schwagers zu loben, da er Firmengründer war und am Arbeitsplatz gestorben war.

Die Fabrik war in Pohang, und mein Neffe ließ sich im nahen Gyeongju nieder. Da er keine Erfahrung im Restaurantgeschäft hatte, stellte er einen Geschäftsführer ein, gab das komplette Geschäft in dessen Hände und heimste nur die Einnahmen ein. Die Einnahmen einer Kantine einer Fabrik mit über 5.000 Beschäftigten waren nicht gerade wenig. Mein Neffe interessierte sich angeblich für historische Stätten und buddhistisches Kulturerbe. Er fuhr immer mit mehreren Kameras im Jeep umher und zu Hause richtete er eine Dunkelkammer zur Entwicklung ein. Als mein Neffe in der Armee war, ließ er auf Manöver sein Gewehr in den Fluss fallen, musste für den Schaden aufkommen und schnorrte, als er im Urlaub nach Hause kam, meine Schwester um fünf Millionen Won an. Aus Angst, dass ihr Sohn, der das Gewehr verloren hatte, sogar bestraft werden würde, gab sie freigiebig das Geld. Später hörte ich vom Sohn einer Klassenkameradin, der von der Armee heimgekehrt war, dass einem Soldaten, der seine Ausrüstung verliert, das Militärgefängnis blüht, aber es gebe keine Möglichkeit den Geldwert zu erstatten. Nachdem mein Schwager gestorben war, behielt den Schadensersatz und die Rente für meine Schwester zum größten Teil mein Neffe ein. Er stritt mit den Schwiegereltern meiner Schwester und eignete sich die Hälfte des Kondolenzgeldes an. An dem Tag, als er sich das Geld nahm, rief er seine Mutter an und sagte, dass er deswegen den Frauen nicht die Angelegenheiten der Familie anvertrauen könne.

»Die steht einer großen Frau viel besser. Behalt' sie.«

Im Haus meines Neffen gab meine Schwester am Geburtstag ihres Enkels ihrer Schwiegertochter eine Gucci-Handtasche zum Geschenk. Es war das Geschenk, das mir die Frau des Chefs meines Mannes gemacht hatte, als ich meinen Liebsten zum ersten Mal getroffen hatte, und es war die Handtasche, die er mir an dem Tag überreicht hatte. Da anscheinend nicht das Schicksal mich zu dieser Handtasche geführt hatte, gab ich vor, sie von einer Freundin von einer Auslandsreise mitgebracht bekommen zu haben, und gab sie meiner Schwester. Es war eine mit Emaille überzogene Handtasche für den Sommer.

»Ah, das ist der Jackie-Style.«

Die junge Schwiegertochter meiner Schwester hängte die Handtasche um ihr Handgelenk und betrachtete sie von allen Seiten. Es war das Modell, das dadurch bekannt wurde, dass es Jacqueline Kennedy in ihrer Zeit als First Lady immer zu öffentlichen Anlässen getragen hatte, mit weichen Kurven und langem Träger. Als ich die Frau meines Neffen so vor dem Spiegel ansah, bekam ich den Eindruck, die Gucci-Handtasche hätte ihren ursprünglichen Platz gefunden. Das Kind, das ein Jahr wurde, war ein Sohn. Schnell im Wachstum ging er schwankend drei, vier Schritte und war mit Brabbeln beschäftigt. Am Esstisch redete mein Neffe unaufhörlich über die Bedeutung der Weihung des Hwangnyong-Tempels, die Vergleichs- und Regelschönheit des Seokkatap, die Schönheit des Reliefs mit der fliegenden Flötenspielerin und die Bedeutung der Form der dreistöckigen Pagode des Kameun-Tempels im Entwicklungsprozess der koreanischen Pagoden. Meine Schwester und ich hörten nur zu. In der Küche und im Wohnzimmer hatte er Fotos von Artefakten aus Gyeongju an eine Pinnwand gehängt.

Beim Abendessen blieb dem Kind das Auge einer Miesmuschel im Rachen stecken.

Das erstickende Kind konnte nicht einmal weinen, lief rot an und wand sich. Die junge Schwiegertochter schrie aus

Verzweiflung, und mein Neffe rief den Notarzt. Meine Schwester umarmte das Kind, öffnete den Mund und langte mit der Hand hinein. Das Muschelauge kam nicht heraus, und das Kind strampelte mit Armen und Beinen. Meine Schwester hielt beide Füße des Kindes in einer Hand und hob es mit den Füßen nach oben in die Luft. Sie schlug mit ihrer Handfläche stark gegen den Rücken des Kindes. Ich fragte mich, in welcher Ecke sie eine solche Kraft und Flinkheit versteckt hatte. Sie schlug wieder auf den Rücken des Kindes, da spuckte es das Muschelauge samt noch nicht verdauter Milch aus und brach in Tränen aus. Mit der herausgespuckten Milch benässte das Kind den Rocksaum meiner Schwester. Mein Neffe rief noch einmal den Notruf und gab Entwarnung. Das Kind weinte lange in einem kräftigen Ton. Während meine Schwester es im Arm hielt und wiegte, betrachtete sie das Innere seines Mundes. Darin kamen drei winzige Vorderzähne heraus, die sich durch die rosa Kauleiste bohrten. Es waren weiße, kleine Zähne.

Meine Schwester langte mit den Fingern in den Mund des Kindes und tippte auf die Zähne, da blickte sie wie besessen noch einmal in den Mund des Kindes.

»Kind, schau dir mal die Zähnchen an, die sind wie Reiskörner.«

Sie bedachte das Innere des Mundes des Kindes mit einem langen Blick, als beobachtete sie heimlich weit entfernte Dinge. In ihrem Gesicht breitete sich ein Lächeln aus, aber in kürzester Zeit änderte es sich zu einer unbeschreiblich traurigen Miene. Das war das traurigste Gesicht, welches ich je an ihr gesehen hatte.

»Die können so wie Gras sprießen.«

Bevor wir zurück nach Seoul fuhren, ging ich zusammen mit meiner Schwester auf den Südberg in Gyeongju. Wir gingen von Samneung aus den Bergpfad entlang, der Wind pfiff und es war kühl, daher stiegen wir nicht bis zum Gipfel hinauf, sondern nur bis auf halbe Höhe und kehrten um. Eine Informationstafel, die in Samneung angebracht war, teilte uns mit, dass es sich um Königsgräber handelte, in dem die drei Könige, die den Nachnamen Park trugen, begraben waren: Der achte Shilla-König Allada, der 53. König Shindeok und der 54. König Gyeonmyeong. Zwischen dem achten und dem 54. König waren siebenhundert Jahre vergangen, doch die Gräber waren genau gleich und auch die Sonnenstrahlen des Herbstes, die vom Hügelgrab herunterfielen, waren gleich. Da die Kiefern, die das Grab umringten, in die Höhe ragten, war der Wald schattig, und die Lichtstrahlen brachen zwischen den Kieferzweigen hindurch.

»Das sind die berühmten Kiefern aus Gyeongju.«

Meine Schwester betrachtete die durch die Kiefernzweige hindurch fallenden Herbstsonnenstrahlen wieder mit einem weit schauenden Blick auf ferne Dinge. Ich ließ meine Schwester zwischen Bäumen auf der sonnenüberfluteten Wiese posieren und machte ein Foto. Im Sichtfenster umspielten die Sonnenstrahlen ihr Haar und ihre Schultern. Es waren die Herbstsonnenstrahlen, die zur Zeit des achten König Allada durch die Zweige der Kiefern fielen.

»Lächel' mal.«

Meine Schwester lächelte gequält, und ich knipste bevor ihr Lächeln wieder verschwand.

Wir gingen den Bergpfad etwa fünfzehn Minuten hinauf, da fingen an auf nach vorne hin offenen Plätzen, auf die die Sonnenstrahlen senkrecht fielen, Buddhastatuen aufzutauchen. Die in Fels eingemeißelten Buddhastatuen standen nicht frei und erinnerten eher an Reliefbilder. Der Dhoti und das breite

Lächeln waren nicht von Menschen eingemeißelt, sondern sie sahen so aus, als wären sie von selbst aus dem Felsen gewachsen. Den Linien folgend sammelten sich die Herbstsonnenstrahlen, und es war, als wollten sie das Innere des Felsens untersuchen. Vor der Statue Buddhas, der seine leeren Handflächen zur Welt unterhalb des Berges auszubreiten schien, sagte meine Schwester wie im Selbstgespräch:

»Hey, schau dir dieses Gesicht mal an. Schau dir die Handflächen mal an. Wie kann man so malen, als ob es heraussickern wollte?«

Ich war in diesem Moment etwas angespannt, da ich befürchtete, dass sie wieder Blutungen hatte, doch mit ihr war nichts.

Im Souvenirladen am Eingang zu den Wanderwegen kaufte meine Schwester ein Informationsbüchlein. Es war ein zur Erklärung der Ruinen für Touristen vom Museum von Gyeongju herausgegebenes Buch. Gyeongjus buddhistische Heiligtümer und Königspaläste wurden darin vorgestellt und auch vergangene Geschichten aus Dörfern zu verschiedenen Themen waren aufgezeichnet. Meine Schwester, die das Buch durchblätterte, hielt es vor mich und sagte:

»Hey, schau dir das mal an. Das unter der Graswurzel ist das Land der Seligkeit.«

Ich betrachtete die Seite, die mir meine Schwester hinhielt.

Zu Lebzeiten des berühmten Mönchs Wonhyo lebte in einem Bergdorf am Rande Gyeongjus ein Krüppel mit Namen Schlangenglück (Sabok). Als seine Mutter starb, rief der Krüppel Wonhyo und führte die Beerdigung durch. Er sagte zu Wonhyo: »Unsere alte Kuh, die die Sutren geschleppt hat, ist tot.« Die beiden hoben die bunt geschmückte Bahre an und gingen den Berg hinauf. Der

Krüppel pflückte eine Graswurzel, da erschien unter der Stelle eine ruhige feine Welt. Der Krüppel ging mit dem Sarg in diese Welt hinein und beerdigte seine Mutter dort.

So stand die Geschichte in dem Buch. Ich fand die Worte *unsere alte Kuh, die die Sutren geschleppt hat,* lustig und kicherte. *Sutren* stand da. *Kuh* stand da.

»Wieso wird Periode eigentlich mit dem Zeichen für Sutra geschrieben?«, fragte ich plötzlich meine Schwester.

»Hey, was fragst du für Sachen?«, antwortete sie. Im Dorf am Berg neigte sich der Tag, und die Flugzeuge, die aus Richtung Pohang abflogen, versanken im Abendrot. Meine Schwester blickte lange in den Flugzeuge verschlingenden Himmel.

»Gehen wir runter. Es ist kalt.«

»Willst du meinen Schal?«

»Schon ok. Hast du den Kaschmirpullover von mir an?«

»Hmm, ich hab' ihn auch gerade drunter.«

Wir stiegen den Berg hinab und gingen zum Bahnhof in Gyeongju. Wir warteten auf den Schnellzug nach Seoul, da rief Yeonju auf meinem Handy an. Mit rastloser Stimme sagte sie:

»Mama, die Oberschule, in die ich in Seoul gegangen bin. Meine ehemalige Klassenlehrerin hat mich angerufen. Sie hat mitbekommen, dass ich an einer Elite-Uni in Amerika eingeschrieben bin und ein Banner mit meinem Namen aufhängen lassen. Dein Name und Papas stehen da auch drauf. Mama, geh mal in die Schule. Und mach ein Foto.«

»Ok, ich geh' auf jeden Fall hin. Und ein Foto mach' ich auch.«

Ich dachte daran, wie weit das Flusswasser unter meiner Wohnung jetzt ungefähr zurückgegangen war.

Ich dachte an diese stockfinstere Dunkelheit, bevor ich das Licht anschaltete, nachdem ich die Wohnungstür geöffnet hatte. Bevor wir in den Zug einstiegen, ging ich in eine Apotheke, kaufte eine Overnight-Binde für meine Schwester und steckte sie in meine Handtasche. Ohne dass meine Schwester etwas davon mitbekam, ging ich auf die Toilette und rief ihn an.

»Ich bin gerade in Gyeongju. Wenn wir jetzt losfahren, kommen wir etwa um zwölf an. Kommst du heute Nacht?«

Er antwortete ohne Zögern, als hätte er darauf gewartet.

»Ja, ich komme.«

Als wir an Daegu vorbei fuhren, wurde es dunkel. Auf den düsteren Feldern schwirrten Glühwürmchen. Als der Zug einen Fluss überquerte, war vor dem Fenster am Flussufer die Gestalt eines großen Vogels, der auf einem Bein stand, zu sehen. Vor mir war meine Schwester erschöpft eingeschlafen.

Ferne irdische Welt

Gong. Aufbrausende Jubelstürme von den Zuschauerrängen, mitreißend. Aufblendende Scheinwerfer. In ihren Lichtkegeln diagonal auf dem Boden des Rings der Schriftzug *NIRVANA*. In der roten Ecke beim N der Champion Deuksu Kim, in der blauen beim A ich, sein Herausforderer. Ein Klaps vom Cutman, und raus ging's. Schlagartig verengter Blick, nur noch Kopf und Oberkörper meines Kontrahenten, der sich erhob, im Visier. Sonst keine Wahrnehmung, nicht einmal der Anfeuerungen.

Ich ging zur Mitte vor. Rechte Schulter hinten, Schlagarm bereit zur rechten Geraden, Körper von der linken Hand gedeckt. Seinen Kopf hinter der Rechten, hielt der Champ seine lange Linke von sich. Kim drehte links herum und wechselte die Auslage. Schwer einzuschätzen, ob er mit einer linken Geraden oder einem rechten Haken kommen würde. Wechselte er die Haltung, passte ich meine Deckung an. Ich in der Angriffshaltung einer rechten Geraden, folgte ihm. Dann drehte er sich, ich wich zurück. Ich drehte mich, er wich zurück. Seine Hände in Angriff oder Verteidigung, änderte ich meine Haltung entsprechend. Ich wechselte die Auslage, er passte sich an. Auf dem R wich ich mit dem Kopf Kims linker, hervorschießender Geraden aus, genau im richtigen Augenblick, keine Ahnung wie. Er wollte mit links nachsetzen, ich beugte mich vor, um ihm einen Aufwärtshaken zu verpassen. Mit einem halben Schritt zur Seite, dann einem schnellen halben zurück und einem ganzen vor trieb Kim mich in eine Ecke. Er mit einer Salve aus einem linken und rechten Haken und einer Links-Rechts-Kombination. Die Menge tobte, ein fernes Donnergrollen. Ich mit einem Jab konternd nach links aus der Ecke des Gegners mit dem N befreit. Meine Ecke am anderen Ende des Schriftzugs nicht zu sehen, zu weit weg. Kim sich unter meiner rechten Geraden duckend, die strahlenförmig Schweißtropfen ins Leere verteilte. Ein linker Cross von ihm, ich nach hinten wegpendelnd. Dann Kims Gerade, pariert mit einem Jab, unsere schweißnassen Handschuhe krachten zusammen, Nebel stob auf. Sein Körper war im Halogenlicht nur noch verschwommen zu sehen.

Deuksu Kim war groß, seine Reichweite auch. Für einen Haken oder Aufwärtshaken musste ich darin vordringen, um seinen Geraden auszuweichen, außerhalb bleiben. Oft zaghafte Vorstöße in seine Halbdistanz. Wieder auf dem R, endlich mit einem linken Jab Treffer an Kims Kinn, nicht sehr stark, aber er schwankte kurz. Ich wollte Eins-Zwei nachsetzen, da schlug der Gong – Ende der ersten Runde! Ich wurde mir meiner Umgebung bewusst und ging zurück in meine Ecke.

»Fütter' den Hund!«

Der Meister hatte den ganzen Tag nichts gesagt, nur diesen einen Satz. Aber an den Tagen, wenn ich zum Pier unseres Dorfes in der Bucht hinunterging und für einen halben Tag den jungen Frauen nachschaute, die mit den Anglern auf die Insel kamen, sagte er nicht einmal diesen Satz und fütterte den Hund selbst. Unser Tempel stand auf der Insel Pung im Westen der Hallyeo-Wasserstraße am Südmeer, und hieß Haemang, *Meeresblick*. Die Insel war nicht weit vom Festland entfernt, aber weil sich dort vielleicht nicht mehr als etwa zehn

Haushalte befanden, gab es keine Fährverbindung, und außer wenn mal gelegentlich das Kontrollschiff der Regionalbehörde oder Motorboote mit Anglern anlegten, tat sich an dem Pier nie etwas. Rundherum fast nur Steilküste, und die Gezeiten höhlten den Fels immer weiter aus. Der Tempel schmiegte sich an die südliche Bergflanke. Von ihm aus konnte man einen Weiher mit einer mächtigen Trauerweide darin mitten auf der Insel thronen sehen. Laut unbestätigter Quellen soll an dieser Stelle vor über sechshundert Jahren bereits ein Tempel errichtet worden sein, aber die alte Anlage wurde von einer Sturmflut bis auf die Grundmauern vernichtet. Lediglich die fünfstöckige Pagode, von der die Spitze fehlte, stand noch im Hof. Der Meister stieß auf diese verlassene Tempelruine, als er noch ein junger Bettelmönch war. Unter seiner Regide wäre danach der neue Komplex entstanden, mit einem Tor am Haupteingang, der fast siebzig m^2 großen Dharma-Halle für die Lehre und dem Wohnquartier mit drei Kammern. Aber das hatte ich nicht mitbekommen, das war fünfundzwanzig Jahre her. Doch im Haemang-Tempel war eines sicher: Morgens und abends musste der Hund gefüttert werden!

Ein alter Fischer aus dem Dorfes unten in der Bucht, der schon vor langem gestorben war, hatte mir einmal erzählt, der Meister hätte mich auf dem Festland an einer Straße neben Eisenbahngleisen aufgelesen und in einem Tuch auf dem Rücken getragen, als er auf die Insel zu diesem verwaisten Tempelgrund gekommen war. So kam ich also direkt nach meiner Geburt irgendwie in ein Mönchsgewand, und fand mich unvorhergesehen in der unkomfortablen Lage als Diener eines alternden Mönches im Tempel auf dieser Insel wieder.

Die Lehrhalle von Haemang hatte ein Fußwalmdach, war schlicht und schnörkellos, die Ziegel fügten sich sauber und harmonisch aneinander. Die Linie des Dachfirsts war sanft geschwungen, und die leicht nach oben gebogenen Grate des Vordachs wiesen streng in Richtung des weiten Meeres gen Himmel.

Die alte Weide mitten im Weiher unterhalb des Tempels hatte ihre Wurzeln unter Wasser. Einsam und verlassen von allen anderen Bäumen, warf sie nun all ihr Laub über dem Wasser ab. Die zum Ende des Herbstes hin verwelkende Weide kehrte die Farben der sich in ihren Blättern versteckenden Zeit nach außen, und in dem Moment, als sich diese Farben auflösten, fielen die Blätter aufs Wasser. So verwandelte der Solitär seine Umgebung in sein eigenes prächtiges Königreich. Vor der abendlichen Opferzeremonie hatte mir der Meister aufgetragen, den Hof vor der Dharma-Halle zu kehren, und zwar jeden Abend, selbst wenn kein Blatt zu finden war. Das war des Meisters Lehrsatz: Zuerst den Hof kehren und dann den Abend kommen lassen. Während ich kehrte, ließ die vom Abendrot überströmte Trauerweide ihre Blätter auf das Wasser fallen. Sie schien in Flammen zu stehen. Dieser Baum gehörte nicht dieser Welt an und auch nicht dieser Zeit. War er vielleicht nur auf diesem Berg notgelandet, um sich völlig belangloser Schicksalsfügungen anzunehmen? Und ich war jäh in diese sich vor mir ausbreitende Welt gestürzt. Aber warum bloß? Was sollte das alles? Der Meister saß immer lange in der Lehrhalle, in die Betrachtung der Trauerweide versunken. Eines Abends, als das letzte Blatt vom Baum hinabgeschwebt war, hörte ich auf zu kehren, ging zum Meister und fragte ihn:

»Meister, sind Sie nicht vor langer Zeit zu diesem Tempel gekommen? Und hatten Sie mich dabei in einer Decke auf dem Rücken getragen?«

Der Meister schaute zuerst noch weiter mit einem sanften Lächeln in Richtung des Baumes, dann wich es aus seinem Gesicht. Er wurde ernst und sah mich durchdringend an.

»Du hast wohl gerade nichts zu tun!«

Da erschien unter der Hallenveranda der Hund, ein alter, träger Mischling. Er war uns eines Herbsts vor drei oder vier Jahren zugelaufen, wahrscheinlich von Fischersleuten ausgesetzt, die in eine Stadt gezogen waren. Ebenso war unklar, wem der Köter gehört hatte oder warum er nicht aufgegessen worden war. Er war namenlos; der Meister hatte verboten, ihm einen Namen zu geben. Er bellte weder, wenn die Winterstürme Äste abknickten, noch beim Ruf eines Kauzes. Für gewöhnlich lag er faul ausgestreckt unter dieser Veranda und leckte sich die Vorderpfoten, oder er trottete manchmal gemächlich dort entlang, wo ich den Hof gerade gefegt hatte. Der Hund näherte sich, und der Meister wies mit dem Kinn auf ihn.

»Füttern!«

Ich ging in die Küche und füllte etwas angebrannten Reis in den Fressnapf. Der Hund wollte aber nicht fressen. Seitdem hatte ich den Meister nicht mehr nach der Tragedecke gefragt oder wie ich auf die Insel gekommen war.

Der Ordensname meines Meisters war Nangak, *Der sich sehr um Erleuchtung Mühende.*

»Ein guter Name, nicht wahr?«, hatte der Meister einmal lachend gemeint, aber weil ihm der Name heilig war, durfte ich ihn kein einziges Mal über meine Lippen kommen lassen.

So verbrachte also der Abt des Haemang-Tempels den ganzen Herbst damit, in der Dharma-Halle sitzend der Weide zuzusehen, wie sie all ihre Blätter verlor. Und immer bevor er sich ihr zuwandte, verneigte er sich dreimal in Richtung der

Buddha-Statue. Der Weiher war nun von ihrem karfunkelroten Laub bedeckt, und das nackte schwarze Geäst schimmerte in der Abendröte. Als ich beim Hofkehren einmal zur Halle schaute, leuchtete mir auch das beschienene Gesicht des Meisters in denselben Farben wie das gefallene Weidenlaub entgegen. Da bekam ich einen Schrecken und fürchtete, der Hof würde wie ein fliegender Teppich abheben und den Meister, die Halle und die Weide mit sich nehmen, die Insel verlassen und zu seinem eigentlichen Bestimmungsort fliegen. Der Meister kam erst zur Wohnbaracke, als es in der Halle stockdunkel geworden war. Er fiel in einen tiefen Schlaf, nachdem ich seine Hüfte massiert hatte.

»Da ich nun einmal gern schlafe, kann ich nicht im Sitzen meditieren. Daher dieser Name«, hatte er doch einmal gesagt und dabei noch schallend gelacht, befreit und aus vollem Halse. Aber irgendwie hatten sein vom Abendrot beleuchtetes Gesicht und sein Gelächter ebenso wie die Weide überhaupt nichts mit mir zu tun. Dass ich eine Mönchskutte trug und den Tempelhof kehrte, dafür konnte ich doch nichts, ich gehörte nicht in diesen Tempel! Der Meister, die Trauerweide und der Hund waren eigentlich nicht auf meiner Seite. Aber was sollte das alles? Warum um alles in der Welt musste mir so etwas passieren? Als der Meister schlief, hetzte ich für mehrere Stunden hinaus auf den finsteren Berg. Dort schlug ich dann auf einen von einem Ast hängenden, mit Sand gefüllten Seesack ein. Es war mir nicht klar, dass man das Boxen nannte. Ich konnte nur einschlafen, wenn ich völlig fertig war. Als ich nach Mitternacht zurück ins Wohnquartier kam, schlief der Meister immer noch friedlich. Die jungen Frauen, die tagsüber vom Pier spazierten, erschienen im Dunkeln nackt vor mir. Sie trugen Sonnenbrillen, schwatzten und kicherten im Sonnenschein. Sie folgten

Männern und versteckten sich mit ihnen hinter den Felsen, und ihr Boot legte wieder ab. Alle Mädchen verschmolzen im Dunkeln zu einem einzigen kreischenden nackten Körper. Solche Dinge, die nichts mit mir zu tun hatten, brachten mich um den Verstand. Ich masturbierte und wurde dadurch wieder hellwach, also ging ich auf die Veranda hinaus und sah den Vollmond zwischen den blattlosen Ästen schweben. Der kahle Baum hatte sich zwischen ihn und den Weiher gestellt. Da verspürte ich wie noch leise pochende Zahnschmerzen den Drang, in die Welt hinauszugehen. Der alte Hund war bereits seit zehn Tagen bei den Dorfleuten, und vielleicht hatten sie ihn nun doch aufgegessen. Jedenfalls kam er nicht mehr zurück. Auch nicht, bis ich ein Jahr später den Tempel verließ.

Gong. Der Hallensprecher gab die zweite Runde frei. Wieder mein Tunnelblick. Deuksu Kim stieß mit einer rechten Geraden vor. Eine Reichweite groß wie ein Ozean! Im Diagonalgang feuerte er pausenlos Gerade ab. Ein einziger dieser Schläge könnte alles beenden. Er ließ eben als Distanzboxer den Gegner erst herankommen, wich dann zurück und teilte weit aus. Dabei war er sich so sicher wie nur einer sein kann, der den Titel seiner Gewichtsklasse schon fünfmal verteidigt hatte. Sieben Monate vorher hatte ich die Kontrolle in die Leichtgewichtsklasse nicht geschafft. Obwohl ich viele Tage gehungert und beim Schattenboxen sehr geschwitzt hatte, blieb ich über sechzig Kilo. Mehr war nicht drin, denn da ich von klein auf bergauf und bergab gerannt war, machten die Knochen das meiste meines Körpergewichts aus. So wurde ich ins Leichtweltergewicht eingestuft. In der fremden Klasse kam ich mir ungelenk vor, und nun war ich auch noch in diesen Ring gestiegen, in dem für mich unbekannte Gewalten tobten.

Ich vor Kims Geraden hin- und herpendelnd, und immer, wenn seine Hände flogen, einen Schritt vor, rechter Haken, linker Haken, Aufwärtshaken, Aufwärtshaken, Jab. Er mit reflexartigen Ausweichschritten mich aus seiner Distanz drängen wollend, war mit Rückschritten auf eine schnelle Kombination mit einem Wirkungstreffer aus. Ich ging zum Körper und gab's ihm mit meinem ganzen Gewicht aus der Hüfte: Aufwärtshaken, Aufwärtshaken, Haken, Rechte, Linke. Ich drang vor, er wich zur Seite aus. Ich konnte in seiner Halbdistanz keinen Fuß fassen, war ständig in Bewegung.

Dann auf dem I mit Kim im Clinch, keine Ahnung, wer damit anfing. Zuerst fühlte ich seine heiße, schweißnasse Haut, sein Atem stank nach Hund. Ihm musste es genauso gehen. Mein Amateurtrainer hatte immer gesagt:

»Boxen ist entfesselter Kampfgeist! Kampfgeist ist Aggressivität! Aggressivität heißt, sich darauf zu konzentrieren, heiß zu bleiben!«

»Der Blick ist wichtig. Man muss die Aggressivität in deinen Augen sehen können! Und du musst die Aktionen deines Gegners augenblicklich erkennen und reflexartig reagieren! Du musst erkennen, was dein Gegner als nächstes vorhat! Lässt du auch nur eine Sekunde nach, bist du tot! Schau mit dem Gong nur noch auf seinen Kopf und Rumpf!«

Dass Deuksu Kim fünffacher Titelträger war, hatte ich erst von meinem neuen Trainer gehört. Er hatte damals Videos seiner Kämpfe analysiert und mich auf Tricks hingewiesen, wie ich seine große Distanz unterlaufen könnte. Ich selbst hatte mit Kim weder im noch außerhalb des Rings jemals etwas zu tun gehabt. Meine Aggression ihm gegenüber entsprang eigentlich nur der Tatsache, dass er der große Champion war, aber sie war nicht so groß, wie mein Trainer es sich wünschte.

Mit dem Gong zur ersten Runde hatte ich nur noch Kims Oberkörper im Blick gehabt, mit Aggressionen bis zum Anschlag. Mein leichter Jab an sein Kinn vorhin hatte mich angeheizt und in Spannung versetzt. Aber außer, dass er der Champion war, weil er schon einige andere Boxer besiegen konnte, hatte ich nichts gegen ihn. Von dem Moment an, als wir in diesen Clinch gingen und ich nur seine glitschige Haut fühlte, empfand ich kein bisschen Feindseligkeit mehr. Ich bekam seinen Schweiß ab, er meinen, unser Schweiß vermischte sich. Ich wollte einen Rückschritt machen, da kamen meine Aggressionen zurück, die ich schon glaubte, verloren zu haben.

Der Ringrichter kam hinzu und schrie »Break!«. Wir gingen einen Schritt auseinander. Ich dann mit Jab, Jab, Aufwärtshaken voran. Kim wich zurück. Ich um die Spitze des V von NIRVANA, außerhalb seiner Distanz, sah Kims offene linke Flanke. Ich hatte mir vorgenommen, wenn ich schon durch seine Faust fallen würde, dann nur nicht zwischen den Schenkeln des V!

NIRVANA – das war ein von der Medizinischen Fakultät der Ulseo–Universität entwickeltes Präparat bei Erektionsstörungen. Die Kapseln waren auf den Gebieten Erektion und Ejakulation den europäischen Erzeugnissen überlegen, schon direkt nach der Einnahme zeigte sich der gewünschte Effekt. Nach seiner Einführung hatte es auf dem koreanischen Binnenmarkt innerhalb eines Jahres einen Anteil von sechzig Prozent erreicht. Die Entwickler wurden am Tag des Lebens zeremoniell geehrt, und der Direktor des Pharmaunternehmens erhielt den Nationalen Verdienstorden für Industrielle Dienstleistungen in Gold. *NIRVANA* proklamierte umgehende Standhaftigkeit und Sprengkraft mit Ausdauer als Image für sich. Der Pharmazeut sponserte die Preisgelder aller

Titelkämpfe und ließ auf dem Ringparkett von der roten bis zur blauen Ecke den Markennamen in lateinischen Buchstaben anbringen. Dabei war es egal, wie oft die Boxer angezählt wurden, solange sie bis zur zwölften Runde durchhielten. Und wenn sie zu Boden oder K. O. gingen, sollten sie das auf dem V tun, damit die Fernsehkameras den ganzen Schriftzug einfingen – wobei sich das hartnäckige Gerücht hielt, die Marketing-Manager hätten die Trainer dazu bestochen.

Ich trieb Kim in Richtung des R und gab ihm aus der Hüfte einen kurzen Haken in die Magengrube. Er verlor seinen Laufrhythmus, stolperte zurück. Ich setzte nach, wieder mit einem Jab, Haken, Jab in seiner Halbdistanz und stieß plötzlich gegen eine aufragende pechschwarze Felswand. Kim war nicht zu sehen! Die Felswand öffnete sich, dann der Blitz einer explodierenden Sonne. Der Blitz verschwand, wieder die Felswand. Deuksu Kim, ich konnte Deuksu Kim nicht mehr sehen! Aus dem Dunkeln Sprechchöre: »Mach ihn kalt! Mach ihn kalt!« Ich schlug hinein, nach dem unsichtbaren Kim – ins Leere! Kim war weg. Meine Beine wollten mich nicht mehr halten, ich schwankte. Dann noch ein Blitz, und Felswand über Felswand. Gellendes »Mach ihn kalt! Mach ihn kalt!«. Strauchelnd trat ich mit dem linken Fuß in eine andere Welt, aber meine Halt suchenden Füße waren unendlich weit von mir weg.

Da war Kim wieder. Der Referee zählte gerade fünf. Das nahm ich wahr, aber an die Sekunden davor konnte ich mich nicht erinnern. Ich kam auf die Beine und fand meinen Rhythmus wieder. Linke, Rechte, Jab, Jab ging ich voran. Dann der Gong – Ende der zweiten Runde. Mit hängenden Armen ging ich quer über den *NIRVANA*-Schriftzug in meine blaue Ecke.

Die Lichter des Meeres zerfielen schon bei ihrer Geburt. An den Tagen, an denen der Wind schlief, ließen sich die Wellen sanft vom Strom der Zeit tragen, und an solchen, an denen sich die Wellen vom Wind aufschaukelten, folgten die über ihnen brechenden Lichter auch nicht dem Ruf des Windes. Sie wurden geboren und zerfielen einfach. Dann und wann durchstieß eine auf- und abtauchende Walherde, die gegen die Strömung in die offene See hinauszog, dieses Lichtermeer.

Die Anlegestelle der Insel Pung war aus Stahlbeton und lief zwanzig Meter weit in dieses Meer hinein, das den Lichtern solche Sorgen bereitete. Da die Einwohnerzahl der Fischer zurückgegangen war, hatte man den Außenposten der Fischereifunkstelle und die Schiffsmeldestation in die Nähe ihres Dörfchens in der Bucht verlegt, und die Stromversorgung des Leuchtfeuers am Ende des Piers gekappt. Der Windpfeil auf der Spitze des Leuchtfeuers pendelte mit dem kommenden Wind hin und her. Auf dem menschenleeren Betonsteg kopulierte ein Pärchen pechschwarzer freilaufender Ziegen, und Möwen pickten flatternd in den Netzhaufen auf der Suche nach etwas Fressbarem. Vom Tempel bis zum Dorf dauerte es zu Fuß dreißig Minuten. Dort besorgte ich dann so alle fünf Tage Gemüse und Salat, Instantnudeln, Schnaps, Mückenspiralen und anderes mehr. Da es im Dorf keinen Laden gab, verkauften die Leute alles selbst. Immer wenn ich ins Dorf hinabstieg, blickten die Ziegen, die sich am Leuchtfeuer niedergelegt hatten, meckernd auf das weite Meer hinaus, während der Windpfeil über ihnen auf einen unbekannten Ort im weiten, vom Licht überfluteten Meer zeigte. Und wenn ich sie so sah, kam ich mir genauso eingeschränkt vor wie sie es waren. Aber wie konnte das sein? Die Welt war ein ferner und fremder Ort für mich geblieben, in dem ich nicht Fuß fassen konnte und zu dem ich keine Verbindung hatte.

Und genauso sollte ich mich später fühlen, wenn ich im Ring einen Kopftreffer von einer rechten Geraden abbekam, und plötzlich diese Felswand vor mir auftauchte. Das war aber noch gar kein Ausdruck dafür, wie sehr mich die Aussicht von der Bucht fertig machte. In der Dämmerung ließ ich das erlöschende Meer hinter mir und beeilte mich stets zum Tempel hinauf zu kommen, die auf den Kliffen sitzenden, lauthals quäkenden Vögel im Rücken. Dem Sog dieser Umgebung konnte ich mich nur dann entreißen, wenn ich wie wild voranstürmte. Ich war immer den ganzen, drei Kilometer langen Pfad von der Bucht zum Tempel hochgelaufen.

Der gesuchte Kriminelle Ilshik Jang betrat den Pier, auf dem sich die Ziegen gepaart hatten, und stieg zum Tempel hinauf. Er war zwar wie ein Angler gekleidet hier vom Boot gestiegen, dann aber nicht wieder zum Festland zurückgefahren. Hier an der Anlegestelle gab es schließlich keine Polizeikontrollen. Ob Jang zuvor mit dem Meister Kontakt aufgenommen hatte, um im Tempel unterzutauchen, wusste ich nicht; nach den Angelegenheiten des Meisters hatte ich nie gefragt. An diesem Abend jedenfalls sah er aus wie ein Angler auf Tempelbesichtigung, der sich in der Dharma-Halle herum trieb, und kam dann zu mir heraus, als ich dabei war, den Hof zu kehren. Er war groß und ging gebeugt, hatte einen dichten, auf sein spitzes Kinn zulaufenden Bart und den Schirm seiner Mütze tief hinunter gezogen. Er hatte die kalte und unheimliche Ausstrahlung eines Reptils.

»Wo finde ich den Abt?«

»Was wünschen Sie von ihm?«

»Ich bin zum Angeln gekommen und habe das Boot zurück verpasst. Könnte ich hier übernachten? Fragen Sie doch bitte Meister Nangak.«

Er kannte bereits seinen Namen!

»Wie Sie sehen, ist dieser Tempel nicht für Gäste ausgelegt. Am besten, Sie gehen in das Dorf.«

»Dort gibt es keine Unterkunft.«

»Haben Sie denn den Meister schon im Voraus benachrichtigt?«

Er antwortete nicht. Der Meister kam vom Schlafquartier in den Hof herunter. Jang brach unsere Unterhaltung abrupt ab und ging ihm entgegen. Daraus, wie er vom Meister empfangen wurde, konnte ich schließen, dass sie keine Unbekannten füreinander waren. Der Meister nahm ihn mit hinter die Dharma-Halle in den Schrein des Berggottes. Zur Vorbereitung der Abendzeremonie wischte ich den Hallenboden. Aber an diesem Abend ließ der Meister die Andacht ausfallen. Erst weit nach Mitternacht kam er zum Schlafen aus dem Schrein heraus.

Seitdem wohnte dieser Jang mit im Tempel. Auf Anweisung des Meisters tapezierte ich die Wände des äußeren Zimmers der Schlafhütte und putzte es, damit er dort einziehen konnte. Jeden Abend befeuerte ich von nun an seinen Zimmerkamin außen für die Fußbodenheizung mit Brennholz. Jangs Habseligkeiten bestanden nur aus nagelneuen Anglerutensilien. Am Tag nach seiner Ankunft nahm der Meister ihn in die Lehrhalle mit, wo sie lange hockten und Sutren rezitierten. Danach schärfte der Meister sein Rasiermesser, rasierte ihn und gab ihm eine Mönchskutte. Ich hatte den Meister nie etwas über Ilshik Jang gefragt, und von sich aus sprach er nie von ihm. Er erlegte mir nur auf, dass ich ihn mit demselben Respekt wie einem Mönch gegenüber behandeln sollte. Da es in diesem gottverlassenen Tempel keine Meditationshalle gab, bedeutete das für mich also nichts als demütige Pflichterfüllung und

Feuermachen. Es wurde mir dann doch schon ein wenig lästig, zusätzlich noch frühmorgens Jangs Kamin anzuheizen, weil er ein Rückenleiden hatte. Er hatte kein Handy und bekam keine Post. Er trug zwar ein Mönchsgewand, tauchte aber nie zu den Morgen- und Abendandachten auf. Ab und zu hatte er auch einen Trainingsanzug an und hinkte irgendwo auf dem Berg herum oder ging hinunter in die Bucht an die Anlegestelle zum Angeln. Dann brachte er seine gefangenen Fische zum Tempel, entgrätete sie und aß sie roh; der Meister schimpfte vermutlich wegen seiner Schmerzen nicht mit ihm.

Als ich auf dem Festland war, um traditionelle Medizin für diesen Scharlatan zu besorgen, bekam ich schließlich mit, dass Ilshik Jang als Top-Terrorist wegen unzähliger Vergehen mit dringendem Tatverdacht auf Anstiftung zur Verschwörung, Bildung einer terroristischen Vereinigung, Verübung von Brandanschlägen auf öffentliche Gebäude, Widerstand gegen die Staatsgewalt in besonders schweren Fällen und Gefangenenbefreiung gesucht wurde. Der Meister hatte mich mit 500.000 Won für die Arzneikosten losgeschickt. Wie er aber an so viel Geld kommen konnte, war mir unerklärlich, denn der Tempel hatte keine Einnahmen etwa in Form von finanziellen Opfergaben, wie sie bei Bittgebeten für Aufnahmeprüfungen gespendet werden. Und Jang war wiederum auch nicht so geschwächt, als dass er nicht selbst hingehen könnte. Der Meister hatte mir nur aufgetragen:

»Erzähl' dem Doktor genau die Symptome, dass der Patient sich nicht bewegen kann, und dass du stattdessen gekommen bist.«

Ein Anglerboot ließ mich kostenlos zum Festland mitfahren. Die Luft der ganzen Bucht, in der der Fischereihafen lag, war gesättigt vom stechenden Geruch von Fischen, Fischbraten und Müll. Am Hafen herrschte viel Trubel. Jangs Fahndungsplakat hing auf einer Infotafel der Hafenmeisterei, und es hatte nur ihn ausgeschrieben. Unter dem Titel *Gesucht als Rädelsführer einer terroristischen Vereinigung: Ilshik Jang* war sein Konterfei in Farbe. Das Foto zeigte ihn auch mit spitzem Kinn, stechendem Blick und dichtem Kinnbart, dazu die Beschreibung *spitzes Kinn mit Bart in Form eines Ziegenbarts, kann aufgrund eines Rückenleidens nur gebeugt gehen.* Darunter waren weitere Angaben zu seiner Person und seine mutmaßlichen Vergehen aufgeführt: Jang war achtundzwanzig und damit drei Jahre älter als ich, und hatte ein Jurastudium an der Ulseo-Universität abgebrochen. Er hatte eigenhändig Broschüren seiner *Theorie der Wandlung vom Haben zum Nichthaben* herausgegeben und dann an Schulen, Kirchen und Abendschulen im ganzen Land verteilt. Die Kernaussage darin war, dass die Menschheit leicht von einer Gesellschaft des Habens zu einer des Nichthabens übergehen könne, und dass Haben und Nichthaben sich nicht unterscheiden würden. Zur Umsetzung dieses Ziels sollte die Strategie dienen, Polizeiwachen mit Pflastersteinen anzugreifen und die dortigen Pistolen zu stehlen, um damit die Waffenarsenale von Reservisten regionaler Sicherheitskräfte aufzubrechen und an Karabiner heranzukommen, und schließlich die großen Lager mit den schweren Waffen auszuheben. Jangs Revolutionstheorie zufolge wäre die breite Volksmasse der fruchtbare Boden, aber nur wenige Auserwählte dafür geeignet, als Speerspitze der Bewegung vorangehen zu können. Das Plakat besagte außerdem, dass Mitläufer seiner hierarchischen Organisation landesweit vier Polizeireviere mit Molotowcocktails beworfen und zwei davon einen Tag lang besetzt gehalten hatten.

Außer zur Überbringung von Briefen des Meisters an andere Äbte, oder wenn ich für Verwaltungsangelegenheiten zum

Hauptkloster bestellt wurde, hatte ich eigentlich nie die Gelegenheit dazu, aufs Festland zu kommen. Dort stank es immer nach Fisch und Bratfett. Die Bedienungen aus den Kneipen saßen in den Hausnischen und pinkelten, und die Kutter fuhren unermüdlich zwischen den Molen und mageren Fischgründen hin und her, in jenem weiten, von Lichtern überfluteten Meer. Mir wurde schwindelig, während ich Jangs Fahndungsplakat las, irgendwie lösten sich Insel, Meer und Land in weißen Nebel auf. Die stark geschminkten Bedienungen der Spelunken gingen in der Dämmerung auf die Piere hinaus und warteten auf die einlaufenden Fischer.

»Dies ist eine Medizin, die die entzündeten Nerven beruhigt und hohes Fieber senkt. Zusammen mit dem Judendorn aufkochen und dann trinken, und das Zimmer muss immer geheizt sein«, sagte mir der alte Arzt, als er mir die Rationen für zwei Monate in Beutelchen abpackte.

Im Sommer warfen die saftigen Blätter der Weide immer einen Schatten auf das Wasser des Weihers. Bei einer Brise zitterte das Laub, sodass das Sonnenlicht in die Krone drang und der Baum von innen heraus zu strahlen schien. Wenn die Blätter zitterten, flackerte auch das Licht auf dem Wasser. Im Sommer jenes Jahres wimmelte es auf der Insel nur so von Zikaden. Alle Zikadenvölker der Welt schienen um die Wette zu zirpen. Dieser vollständig bedeutungslose Lärm ließ einem überhaupt keinen Raum und keine Ruhe. Ein seit dem Frühjahr sich im Tempel aufhaltender Wandermönch grummelte nur, als er verschwand:

»Zur Hölle mit diesen Mistviechern …«

Der Meister hatte ein Schweigegelübde abgelegt, während der Sommer so dahinging, saß der Meister auf der Veranda vor der Halle und betrachtete die grün leuchtende Weide. Im

Herbst starben die Zikaden dann allesamt, aber diese absolute Stille im Tempel war genauso erdrückend wie das Gezirpe. An dem Tag, als es verstummte, sprach der Meister nur diesen einzigen Satz:

»Der Baum lehrt uns den Weg, aber dieser Weg hat nicht mit dieser Welt zu tun.«

Aber das war sowieso nicht für mich bestimmt. Ilshik Jang ging jeden Tag in die Bucht zum Pier, um zu angeln, oder schaute den springenden Walen auf dem Meer zu, wo er vielleicht über den weiten Weg vom Haben zum Nichthaben mittels Steinen und Feuerwaffen grübeln mochte. An dem Tag, als er dann gar nicht zum Tempel kam, brachte ich Jang die Medizin in einer Thermoskanne ans Meer hinunter. Sein Kinnbart wurde nass vom Kräutersud, und beim Schlucken zuckte der Kehlkopf seines mageren Halses, an dem man die Adern sehen konnte. So lief ich immer vom Tempel zum Pier und zurück, und stieg, wenn es dunkel wurde, bergauf und prügelte auf den Sandsack ein. Ich konnte nicht eher einschlafen, bis ich mich völlig verausgabt hatte.

Gong zur dritten Runde. Ich bekam meinen Tunnelblick. Ich schritt in den Radius von NIRVANA. Schon kam Deuksu Kim mit Drohgebärden auf mich zu, feuerte pausenlos aus der Distanz linke und rechte Geraden ab. Er wollte wohl in dieser Runde alles klar machen, weil ich in der vorigen zu Boden gegangen war. Ich schlug mit Jab, Jab, Aufwärtshaken, Aufwärtshaken dagegen.

»Nah an den Mann gehen! Er hat eine große Reichweite. Bleibst du draußen, gehst du drauf! Nicht lange zielen, viele kurze Schläge! Das zeigt große Wirkung!«, hatte mein Cutman auf mich eingeredet, als er mir in der letzten Pause den

Mundschutz herausnahm und Wasser einflößte. Kim suchte in halben Rückschritten die richtige Position, um mir aus der Distanz einen Wirkungsschlag zu verpassen. Ich stieß vor, Kim drehte sich in der Hüfte, und ich bekam seinen langen seitlichen Schwinger ab. Beim Rückzug seines Arms flog ihm meine Serie Aufwärtshaken, Aufwärtshaken, Haken, Haken entgegen. Meine Distanz lag in seiner. Noch erwischte er mich nicht, wenn er lang austeilte, aber die Luft glühte schon. Diesem Druck war ich permanent ausgesetzt. Bei jedem meiner Treffer spritzte ein feiner Schweißregen von den Handschuhen, einen Regenbogen im Halogenlicht bildend. Ich mit einem Schritt hindurch. Im Ring blieb die Zeit stehen. Sie war ohnehin belanglos. Die Regelung, dass eine Runde drei Minuten dauerte, gab es sowieso eigentlich nur für die Zuschauer. Zeit existierte nicht. Oder sie war so weit wie das offene Meer, keine Chance zu entkommen. Aber ich konnte in jedem Augenblick dieser nicht wahrnehmbaren Zeit sterben, jedes Mal dort, wo Kims unzählige Gerade explodierten.

»Die letzten 30! Los – kämpfen, kämpfen!«, rief hinter mir laut mein Cutman mit dem Zeichen, jetzt noch einmal auf Kim loszugehen. Sein Geschrei holte mich in die Wirklichkeit zurück, in der sich die Zeit endlos dehnte. Mehr noch, dieses Zeitmeer wollte über die Ufer treten!

Kims fliegende rechte Gerade, ich wegdrehend. Da, seine bloße rechte Seite! Ich mit einem harten 90-Grad-Haken hinein, spürte jeden Knochen meiner Hand. Kim für einen Moment wackelig, wankte zurück. Ich ihn mit einem Schritt gestellt, zwei schnelle Aufwärtshaken an sein Kinn. *»Eins-Zwei! Eins-Zwei! Mach ihn kalt! Mach ihn kalt! Mach ihn kalt!«* von den Rängen. Kim drohend näher, aber nicht in seinem Laufrhythmus. Dann Kim in meiner Halbdistanz, und ich einen trockenen kurzen Haken in seinen Unterleib. Jubelgeschrei. Kim fiel auf das N, krümmte sich vor Schmerzen und sah aus wie ein beim Braten zusammenschrumpelnder Tintenfisch. Wie ich ihn so sah, verflogen meine Aggressionen, und ich fühlte mich so ausgepumpt, dass meine Beine nachgeben wollten. Bei sieben stand Kim wieder auf. Gerade wollte ich noch mal zuschlagen, da ertönte der Gong, Ende der dritten Runde. Ich wieder zurück in meine Ecke.

Jangs Rückenschmerzen hatten sich noch verschlimmert, ich war nun alle zwei Monate einmal auf dem Festland in der Bucht unterwegs, um seine Medizin zu besorgen. Das Poster mit seinem Fahndungsfoto flatterte mittlerweile vom Meereswind zerfleddert auf der Infotafel der Hafenmeisterei. Jang konnte weder zu einem Arzt auf dem Festland gehen, noch konnte der Meister einen auf die Insel holen. An kalten oder nassen Tagen konnte Jang sich überhaupt nicht rühren. Ich half ihm immer auf den Nachttopf, brachte dann seine Fäkalien weg und säuberte den Nachttopf anschließend wieder. Er war ausgemergelt und so leicht wie eine Fliege, wirklich sehr besorgniserregend. Er schied den unverdauten Kräutersud als Durchfall wieder aus, schwarz und bestialisch stinkend, genauso wenig auszuhalten wie das Zikadengezirpe im Sommer.

»Das sind nun mal die vier Leiden: Geburt, Alter, Krankheit, Tod«, hatte der Meister einmal gesagt, als Jang auf dem Nachttopf saß, und er über seinen Kopf streichelte.

In jenem Winter war sehr viel Schnee gefallen. Jede Nacht kam neuer hinzu, sodass ich immer vom Glitzern des weißen Waldes ringsherum geblendet wurde, wenn ich morgens die Türen aufschob. Alle Wege waren zugeschneit, und es kamen keine Anglerboote mehr. Ich schippte jeden Morgen im Hof den Schnee, und danach kehrte ich den Boden noch mal. Jang verbrachte den Winter in seiner Kammer, auf dem geheizten Boden liegend. Der Meister schaute ab und zu vorbei.

»Hältst du noch durch?«

»Gerade eben so … Im Frühjahr gehe ich auf 's Festland!«

»Bleib doch hier. Denkst du immer noch, Steineschmeißen verändert die Welt? Nur sich selbst zu verändern bringt Wandlung. Schau diesen Baum an!«

»Wie kann man die Welt mit einem Baum vergleichen?«

Ihre Gespräche gingen immer um dasselbe: Bäume und Steine. Aber nachvollziehen konnte ich das nicht. Der Neuschnee funkelte atemberaubend von draußen herein, der Weiher war zugefroren, und durch die weiße Haube auf der Krone der Weide spitzten schon die ersten Triebe. Da hatte ich mich entschlossen, den Tempel zu verlassen, noch bevor ihre Blätter sprießen würden.

Als ich wieder auf dem Festland zum Arzt gehen sollte, um Medizin zu holen, zeigte ich Jang Ilshik an. Mir lag eigentlich nur daran, ihn dorthin zu schicken, wo er hingehörte. Nur hatte ich nicht schon immer das Gefühl gehabt, der Tempel, die Weide und diese schillernden Farben des Meeres würden nicht zu mir gehören? Da würde es bestimmt nichts ausmachen, wenn ich auch ihnen den Rücken zukehren würde. Der Polizeiposten lag neben der Fischereifunkstelle. Zwei Beamte in Gummilatschen, die ihre Gürtel abgelegt hatten und Schach spielten, waren da. Aber ich zögerte und fragte nur nach einem Weg. Dann ging ich wieder und fuhr mit dem Liniendorfbus zur Polizei in der nächsten Stadt. Dort erzählte ich an der Rezeption alles: wie Ilshik Jang auf die Insel gekommen war, von seinem Ziegenbart und seinem Rückenleiden. Ich zeigte dem Kommissar die Medizin, die ich von dem

Arzt bekommen hatte, woraufhin dieser auf einmal hellhörig wurde und seinem Vorgesetzten Bericht erstattete, und dieser wiederum telefonisch einem anderen Präsidium. Der Kommissar dankte mir für meinen Patriotismus und nannte mich *verehrter Bruder*. Er versprach mir, meine Personalien diskret zu behandeln.

»Bitte gehen Sie schnell zum Tempel zurück, verehrter Bruder! Sonst machen Sie sich noch verdächtig, wenn Sie länger weg bleiben. Gehen Sie wie sonst auch zurück, bereiten Sie die Medizin zu und verabreichen Sie sie.«

Ich beeilte mich zum Tempel zurückzukommen. Ich feuerte das Suppenstövchen mit Holzkohle an und bereitete wie immer die Brühe zu. Jang schien an diesem Tag weniger Schmerzen gehabt zu haben, denn er humpelte mit einem Stock auf dem Hof herum. Der Meister säte auf einem Beet Chinakohl aus. Gegen Abend rückte eine Polizeieinheit an, sechs Zivilfahnder in Anglermontur. Vier versperrten das Eingangstor und den hinteren Ausgang zum Bergpfad, zwei kamen von vorn auf die Lehrhalle zu. Ich bereitete die Abendandacht vor und kehrte den Hof.

»Wir wollen nur mal den Tempel besichtigen, dann gehen wir wieder.«

Zwei Polizisten näherten sich Jang, der auf einem Terrassenstein hockte. Die Schriftzeichen auf dem Wandpfeiler hinter ihm lamentierten *Won-a-jo-deuk-wol-go-hae – Ich träume, bald den Ozean der Leiden zu überwinden.* Jang trug seine Mönchskutte, und einer der Polizisten stellte sich dicht neben ihn.

»Sie sollten sich rasieren, Bruder.«

Jang schaute verdattert.

»Was machen Ihre Schmerzen, Bruder?«

Er erhob sich.

»Na, wenn das nicht der gute alte Ilshik Jang ist!«

In dem Augenblick, als er sich umdrehte, trat ihm der Polizist kraftvoll in den Bauch. Jang erbrach den Kräutersud, den er zu sich genommen habe und brach über dem Stein zusammen. Die Polizisten entledigten ihn seiner Mönchskutte und steckten ihn in einen Polizeikampfanzug. Sie rissen einen Streifen aus der Kutte und knebelten ihn damit. Den Meister griffen sie im Gemüsegarten auf. Die Polizisten behandelten ihn nicht so respektlos, verlangten aber von ihm mitzukommen.

»Ziehen Sie sich bitte um, wir fahren nach Seoul. Ihre Kutte ist zu auffällig.«

Da wurde mir erst bewusst, dass auch er wegen Unterschlupfgewährung und Fluchthilfe eines Terroristen zur Rechenschaft gezogen werden würde. Die Polizisten brachten den Meister und Jang zum Anlegeplatz, um sie in ihr Anglerboot zu verfrachten. Ich folgte ihnen. Als sie die Leine losmachten, sagte der Meister zu mir gewandt:

»Geh' ins Nirvana ein!«

Am darauffolgenden frühen Morgen verließ auch ich den Tempel und die Insel mit dem Berg. Ich hatte nicht die Absicht gehabt, Boxer zu werden. Aber da ich dort aufgewachsen war, was konnte denn ich in dieser Welt schon anderes als meine nächtliche Einschlafhilfe zum Beruf zu machen? Und ich verfügte nun einmal über ein großes Lungenvolumen und eine ausgezeichnete Kondition, da ich von klein auf den Berg rauf und runter gerannt war. Zwei Jahre später hatte ich mein Debüt als Profiboxer.

Am Morgen dieses Titelkampfes im Leichtweltergewicht nahm man meine Körpermaße ab, und ich bekam im Pausenraum eine Massage, als mir der Artikel einer Tageszeitung über den Fall Ilshik Jang ins Auge fiel. Jang war zu lebenslänglicher und der Mönch Nangak zu zwei Jahren Haft verurteilt worden. Jangs Blick war durchbohrend, aber man konnte nicht sagen, wohin er schaute.

Gong. Tunnelblick. Auf zur vierten Runde in die Mitte des Rings. Deuksu Kims beide Links-Rechts-Kombinationen abduckend voran. Innerhalb seiner Reichweite meine, seine außerhalb meiner. Zum R gedreht mein linker Jab – daneben. Beim Zurücknehmen der linken Hand in die Deckung plötzlich die schwarze Wand. Eine Felswand und ein Gewitterblitz übereinander, dann noch eine Wand. »Mach ihn kalt! Mach ihn kalt! Mach ihn kalt!«, ein fernes Donnergrollen. Meine Beine, weit weg von mir. Meine Faust in das Dunkel zu Kim, der nicht zu sehen war. Noch ein Gewitterblitz. Langgestreckt fiel ich auf den Boden. Er gab nicht nach und fühlte sich angenehm an. Im Dunkeln erschien vor mir die mit Unkraut überwucherte Ruine des Haemang-Tempels mit der saftigen grünen Laubkrone der Trauerweide im Sommer. Der Referee zählte bis zehn, ich konnte nicht aufstehen. Ich lag mitten auf dem Schriftzug *NIRVANA*, zwischen den Schenkeln des V.

Gangsanmujin, Panorama des Lebens

Der Schrankenwärter stoppte mit einem Pfiff auf seiner Trillerpfeife alle einfahrenden Wagen vor der Hauptpforte des Krankenhauses. Da die Leichenhalle keine eigene Ein– und Ausfahrt hatte, kam der Trauerzug Richtung Friedhof durch die Hauptpforte heraus. Der Wärter salutierte dem Ende des Zuges hinterher und ließ dann die anderen Autos passieren. Ich parkte meinen Wagen im dritten Untergeschoss der Tiefgarage und machte mich auf zur Lobby. Das neu errichtete Gebäude roch noch etwas penetrant. Eine Putzkolonne schrubbte Flecken vom Fliesenboden.

Es war die erste Poliklinik eines Konzerns, der in die medizinische Industrie investierte. Sie war nicht nach klinischen Fächern wie Innere und Äußere Medizin oder Pädiatrie, sondern nach Körperteilen oder Organen systematisiert. Im Zentrum der Lobby wies eine Infotafel auf die Stockwerke hin, in die man je nach Körperteil oder Organ gehen musste. Die Räume für das Gebärmutter– und Brust-Screening waren im Erdgeschoss, Leber- und Herz-Center im ersten und die Abteilungen für Niere, Lungen und Wirbelsäule im zweiten Stock.

Auf einer Reihe Sofas im Flur vor den Zimmern des Gebärmutter- und Brust-Screenings warteten einige Frauen unter einem langen Werbebanner für ein aus Deutschland importiertes, bereitstehendes Hochpräzisionslasergerät. Alle Frauen waren im gleichen Alter und ähnelten sich wie alte Schulfreundinnen auf Klassentreffen oder Besucherinnen eines

Fitnessstudios. Sie schwatzten und kicherten, strickten oder lasen, ihre mitgebrachten Kinder machten Kaugummiblasen. Eine von ihnen holte einen Handspiegel hervor, korrigierte ihren Lippenstiftstrich und drängte schimpfend ihren Sohn ab, der sich an ihren Arm klammerte. Ich ging an ihnen vorbei ins Treppenhaus zum Leber-Center im ersten Stock.

Wann ich die ersten symptomatischen Anzeichen wie leichte Übelkeit bekommen hatte, wusste ich nicht mehr. Ich war mir sowieso anfangs nicht sicher, ob sie nicht reine Einbildung waren, oder von wo sie herkamen, vom Rachen oder doch von dort, wo der Darm anfängt. Das Gefühl war erst langsam hinaufgekrochen, etwa als ich einmal frühmorgens von der Nachtschicht nach Hause gekommen war, oder als ich mir sonntagabends zum Historiendrama im Fernsehen ein Fläschchen Wein gegönnt hatte. Und dann flaute es bald darauf einfach so wieder ab. Und wenn es sich so schleichend ausbreitete, biss ich die Zähne zusammen und unterdrückte es eben. Dabei musste ich gähnen, und wenn ich wieder den Mund schloss, kamen mir die Tränen. Aber selbst, wenn mir schlecht war und ich den Mund weit öffnete und mit den Fingern vom Bauch an aufwärts herumdrückte, konnte ich nichts erbrechen, sondern nur gähnen oder aufstoßen. Bei der üblichen Vorstandssitzung an einem Montagnachmittag konnte ich zwar die Flatulenzen zurückhalten, dafür musste ich mit einem ekelhaften Geschmack aufstoßen. In meinem Bauch blubberten Gase, die sich dann auf irgendeine Weise als Blähungen oder Aufstoßen bemerkbar machten, also nicht anders, als würde mir schlecht werden: Ich musste gähnen, furzen oder rülpsen.

Als ich aber beim Zahnarzt war, um mir für einen gezogenen Backenzahn einen Ersatz einsetzen zu lassen, überkam mich überfallsartig die Übelkeit. Der Zahnarzt, der wie bei einer Straßenbaustelle in meinem Unterkiefer herumbohrte, verlangte ständig von mir »aaa« zu sagen. Beim weiten Mundöffnen drehte sich mir vor Schmerz der Magen um, und wenn ich zugleich die bis zum Hals aufsteigende Übelkeit mühsam unterdrückte, stieg die Magensäure bis in den Mund hinauf. Wenn ich nach jeder Spülung wieder den Mund weit zum »a« öffnete, wollte eine wildgewordene, auskeilende Bestie in mir durchgehen, so stark rebellierte der Brechreiz. Der Arzt musste seine Arbeit mehrmals unterbrechen. Weil mir partout schlecht war und ich dauernd würgte, schob mir die Arzthelferin einen Kieferspreizer ein. Damit konnte wenigstens nichts mehr herauskommen, auch wenn es noch so wahnsinnig in meinen Gedärmen tobte. Die Arzthelferin wischte mir den herunterlaufenden Speichel und die Tränen ab. Während der Zahnarzt das Implantat mit einem Akkuschrauber festzog, warf er ein:

»Sie scheinen etwas an der Leber zu haben. Lassen Sie sich doch einmal gründlich untersuchen. Bei dem heutigen Stand der Technik haben Sie den kompletten Check in zwei Stunden hinter sich.«

Der Neffe meines Direktors war Filialleiter einer Lebensversicherung. Um meinem Chef das Gesicht zu wahren, schloss ich einen Vertrag über monatlich 100.000 Won ab, wobei ich zunächst eine Ganzkörperuntersuchung machen lassen und dafür 50 Prozent Rabatt auf die Kosten bekommen wollte. Am letzten Tag der Rabatt-Gültigkeitsfrist, der zudem der letzte meines Sommerurlaubs war, ging ich hin. Die Blut- und

Urinuntersuchungen, die Lungenkernspinaufnahmen und die Magenspiegelung dauerten einen ganzen Tag, und am nächsten unterzog ich mich einer PET-Untersuchung. Mit diesem PET-Scanner der neuesten Generation könne man garantiert feststellen, ob Organe oder Körperteile von bösartigen Zellen befallen wären, und in fünf Tagen würde der Internist mit mir die Diagnose besprechen, meinte die Arzthelferin danach und nannte mir einen neuen Termin.

»In fünf Tagen, das wäre dann nächsten Montag.«

Die Hafenarbeitergewerkschaft beendete den Streik, den sie eine Woche vorher ausgerufen hatte, daher ging nun die Arbeit in den Terminals weiter. Dort musste die ganze Zeit die Winterbekleidung im Mittelpreissegment, wie Pullover und Parkas, innere Oberbekleidung, Socken und Handschuhe in Containern im Freien gelagert werden. Es war so viel Fracht, dass es zwei ganze Tage in Anspruch nahm, alles zu verladen, obwohl noch ein mobiler Kran zur Unterstützung dazugeholt wurde. Der Dampfer kostete eine zusätzliche Gebühr für die weitere Liegezeit, und die Ankäufer reklamierten bereits. Ich schickte einen Ressortleiter nach Incheon und fuhr selbst nach Busan zum Pier Nummer 4, um mich um die Verladearbeit zu kümmern. Abends ging ich zusammen mit den Arbeitern unseres Werks am Hafen einen trinken.

Dass die Temperaturen in Buenos Aires und San Diego nicht fielen, war großes Glück. Wenn nun die Ware etwa eine Woche später eintreffen würde, hatte das wohl keinen großen Einfluss auf das Saisongeschäft. Die langfristige Wettervorhersage, die der Filialleiter in Chile herausgegeben hatte, klang optimistisch; und es war auch nicht schlecht, dass der Wechselkurs am Ende seiner Talfahrt angekommen war. Bezüglich der Lieferverzögerung aufgrund der Streikvorfälle in Busan faxte ich der Importfirma in Chile eine Entschädigungsvereinbarung. Wirklich ein Glück, dass die Ware noch vor Kälteeinbruch in Südamerika ankommen würde! Nachdem ich den letzten Container aus Busan auf den Weg gebracht hatte, fuhr ich nach Seoul zurück. Der Direktor spendierte einen Umtrunk als Dank für meinen großen Einsatz und beauftragte mich, den Prognosebericht für die Verlegung des Umschlaghafens nach Pyeongtaek vom nächsten Jahr an zu erstellen. Ich schickte einen Teamleiter nach Pyeongtaek, um die Lage vor Ort zu sondieren. So vergingen die fünf Tage. Meine Übelkeit war, genau wie das Gähnen und Aufstoßen, wie weggeblasen, warum auch immer.

Auf der Anzeigetafel vor dem Leber-Center leuchtete ein Name und ein Termin auf: *Changsu Kim (m, 56), 9.30 Uhr*. Das war ich. Eine Krankenschwester öffnete die Tür zum Behandlungsraum und rief mich auf. Ich ging hinein und nahm vor dem Schreibtisch des Doktors Platz. Dieser betrachtete gerade Fotoaufnahmen auf dem Computerbildschirm. Seine Finger, die die Maus bewegten, hatten Haare. Dann sah er mir direkt ins Gesicht.

»Was machen Sie beruflich?«

»Ich arbeite in einer Firma, die Kleidung herstellt.«

»In einem Produktionswerk?«

»Ja, aber ich bin für den Export zuständig.«

»Ist das ein großes Unternehmen?«

»Also, der Umsatz im Mittelpreissegment ist schon ziemlich hoch.«

»Haben Sie dort eine hohe Position?«

Das kam mir alles komisch vor, warum stellte er mir solche Fragen? Der Doktor starrte auf einen Punkt auf dem Bildschirm.

»Da ich bald in Rente gehe, habe ich noch vor, es bis in den Vorstand zu schaffen.«

»Sie werden viele Dinge zu regeln haben, so viel kann ich Ihnen jetzt schon sagen.«

»…«

»Sie sind etwas spät dran. Es wäre besser gewesen, Sie wären sechs Monate früher gekommen …«

»…«

»Ihre Leber hat Krebs. Er hat bereits Metastasen zum Magen-Darm-Trakt ausgebildet. Hatten Sie denn keine Beschwerden?«

»Ab und zu ist mir schon schlecht, und danach muss ich gähnen und aufstoßen …«

»Ein Leberzellkarzinom zeigt lange keine Symptome. Daher ist das ziemlich gefährlich.«

»Wie weit ist er denn fortgeschritten?«

»Das Klinikteam hat sich gestern die Aufnahmen des leitenden Oberarztes angesehen und ist zu einer eindeutigen Diagnose gekommen. Bis jetzt ist der Tumor langsam gewachsen, aber er wird sich wohl bald schneller ausbreiten. Beim PET gibt es keine Fehldiagnosen.«

»Muss ich stationär behandelt werden?«

»Sie werden in drei oder vier Monaten ins Krankenhaus müssen. Machen Sie sich von da an auf einen langen Kampf gegen den Krebs gefasst. Dann sollten Sie Ihr Umfeld auch darauf einstellen, dass Sie sich schon vorher alle drei Tage regelmäßig ärztlich untersuchen lassen müssen. Planen Sie längerfristig. Zunächst sollten Sie Ihre Arbeit aufgeben, und dann ist es am wichtigsten, dass Sie von Ihrer Familie Unterstützung bekommen.«

»…«

»Lassen Sie außer Ihrer Familie niemanden wissen, dass Sie Krebs haben. Es gibt Krebspatienten, die bei der Regelung ihrer Angelegenheiten mit Benachteiligungen zu kämpfen hatten, wenn Außenstehende davon etwas mitbekamen. Das habe ich schon von vielen gehört.«

Der Doktor zückte einen Notizblock und schrieb einige Verhaltensregeln auf: Verzicht auf Alkohol, Zigaretten und Sex, viel durchgehenden Schlaf, leichte, kurze Spaziergänge, ohne zu ermüden, viel fermentierte Sojabohnenpaste sowie Blaumakrelen, Makrelenhechte, Gelbschwänze und ähnliche Fische mit blauem Rücken essen. Vorbei an der Reihe wartender Frauen für das Gebärmutter- und Brust-Screening verließ ich die Klinik.

In der Schachtel waren noch sieben Zigaretten übrig. Nach dieser wollte ich mit dem Rauchen aufhören. Die paar mehr oder weniger spielten nun auch keine Rolle, egal ob sie mein Leben noch mehr verkürzten. Sieben ganze Zigaretten für den Rest meines Lebens kamen mir so gesehen dann doch ausreichend vor. Der tief inhalierte und wieder ausgeatmete Tabakrauch waren mir friedvolle und vertraute Atemzüge.

Damals nach dem Krieg war meine ganze Familie von ihrer Zuflucht in Busan wieder nach Seoul zurückgekommen, und ich ging in die Grundschule. Weil in dem Schulgebäude die Volksarmisten stationiert waren, hatte man es während der Rückeroberung von Seoul bombardiert und schwer beschädigt. Daher gab es auf dem Sportplatz ein Zelt der U.S. Army, in dem in drei Schichten unterrichtet wurde. Es war Winter, und innen gab es einen Eierbrikettofen. Hinten hatte die Zeltplane einen Riss, von dem es kalt hineinzog. Alle anderen Kinder saßen um den Ofen herum, nur mein Platz war immer der ganz hinten am Riss, und die Lehrer ließen es nicht zu, dass die Kinder die Plätze tauschten. In die M1-Patronenhülsen, die auf dem Boden hinter dem Nachtdienstzimmer verstreut lagen, steckten wir unsere Bleistiftstummel hinein, um damit schreiben zu können, aber im Winter froren unsere Hände von dem eisigen Messing.

Einmal auf dem Nachhauseweg von der Schule trieb der Wind auf der Straße eine von den Amis weggeworfene Lucky Strike-Schachtel vor sich her. Sie hatte dieses Aussehen mit einem blutroten bis purpurroten Kreis und einem schwarzen Ring darum. Es war genau dieses Rot, das in meine Kindheit geprallt war und solch ein Chaos angerichtet hatte. Die Farbe, die so strahlend und doch so unwirklich in die Welt leuchtete und dabei die Menschen so empfindungslos aus derselben Welt hinausbeförderte, kullerte dort einfach auf der Straße herum. Ich hob die Schachtel auf und nahm sie mit, schnitt die roten Kreise mit der Schere aus und klebte sie auf meinen Kreisel und den Einband meines Schulheftes. Die Farbe leuchtete so sehr, dass sie schon biss, aber durch die unerreichbare Reinheit ihrer Grundfarbe blieb sie mir auch irgendwie fern. Genau so war das Logo der Marke immer noch in den Werbungen der Wochenzeitschriften abgebildet. Warum mussten mir diese Erinnerungen jetzt nach über fünfzig Jahren wieder hochkommen, vielleicht weil es die letzten Zigaretten meines Lebens waren?

Mit zu diesen Eindrücken von früher gehörten die Körperdüfte der in den Straßen auf den Jeeps der Amerikaner mitfahrenden jungen Frauen in ihren kurzen Röcken und halbärmeligen Blusen. Mochten sie mittlerweile das Zeitliche gesegnet haben oder zu alten Damen um die achtzig geworden sein – sie durchbrachen mein Vergessen, obwohl sie eigentlich nichts mit der Farbe der Luckies zu tun hatten. Oder hatte mich das Parfüm der im Klinikwarteflur sitzenden Frauen am Morgen auf sie gebracht? Ich war mir nicht sicher, aber irgendwie deckte sich das Rot von vor fünfzig Jahren mit dem Duft vom Jetzt, und daher tauchten die Frauen von damals wieder auf. Sie rochen wirklich gut, trotzdem hatten meine Mutter und ihre Schwestern sie *Ami-Flittchen* genannt. Wenn ich die Hände bettelnd den Jeeps entgegenreckte, um Schokolade zu bekommen, kam mir dieses Parfüm entgegen, penetrant und einlullend, abstoßend und anziehend zugleich. Aber offensichtlich führte dieser Duft der jungen Frauen Mutter und den Tanten in einschneidender Weise ihren eigenen trostlosen und grauen Alltag vor Augen. Und wo für mich schon der Geschmack der von der Straße aufgesammelten Schokolade so erstaunlich war wie das erlangte Augenlicht für einen Blinden, hatten mich die nackten Arme und Beine der duftenden Frauen regelrecht eingeschüchtert.

Der Doktor hatte zwar darüber gesprochen, dass ich mit meinem Umfeld ins Reine kommen sollte, aber diese Erinnerungen an die alte Zeit trugen nicht gerade dazu bei. Ich rauchte die eine Zigarette bis zum Filter hinunter und drückte sie dann im Aschenbecher aus. Nun waren noch sechs übrig.

Vom Alkohol nach dem Krebsbefund hatte ich einen Kater bekommen, was ich zum Anlass nahm, mich für zwei Tage krankschreiben zu lassen. Im Licht der im Bogen wandernden, hereineinscheinenden Morgensonne blieb ich bis mittags im Bett. Anschließend aß ich Pancakes aus dem Elektroofen mit Sirup. Ich überlegte erst, den Doktor anzurufen und zu fragen, ob Kaffee erlaubt ist, aber dann machte ich einfach welchen. In vier Monaten wäre es Winter. Ich ließ meine Haushälterin kommen, um meine Winterkleidung aussortieren zu lassen. Sie sollte sie in einem Ramyeon-Karton zu einem städtischen Recycling-Center bringen. Die Haushälterin fragte überrascht:

»Sind die Sachen denn nicht in Ordnung?«

»Noch vor dem Winter werde ich in wärmere Gefilde auswandern.«

»Darf ich mir dann davon etwas mitnehmen?«

»Wenn es Ihnen nichts ausmacht, dass sie schon getragen wurden …«

Ich rief die Personalabteilung meiner Firma an und erkundigte mich nach den Kündigungsformalitäten. Die Artikel der Winterkollektion waren bereits komplett verschifft, ich hatte alle Aufgaben für die Transaktionen erledigt. In einem Monat würde der Exporterlös auf das Firmenkonto eingehen; dem Leiter der Buchhaltung oblag es im Übrigen, die Außenstände einzutreiben. Durch einige Arbeitsplatzwechsel vorher belief sich meine Betriebszugehörigkeit bei dieser Firma auf sieben Jahre, demzufolge würde sich meine Abfindung im Rahmen von 50 Millionen Won bewegen. Das Unternehmen hatte außerdem den Vorruhestand eingeführt. Das hieß, wenn Büroangestellte ab fünf Jahre vor der Rente die Kündigung einreichten, würden sie die Hälfte des Lohnes, den sie im Moment bekamen, als Bonus zur Abfindung erhalten. Dieses System war zwar ganz gut, aber es verleitete die hochdotierten Angestellten geradezu zum Jobverzicht. Da ich nun bis zum Rentenalter eigentlich noch zwei Jahre hatte, würde mein Entschädigungsbonus 84 Millionen Won betragen.

Die Firma ließ regelmäßig Ende August alle Angestellten von einem Betriebsarzt gründlich untersuchen. Die Angestellten, die man dabei mit einer verschleppten Krankheit ertappte, wurden nach einer Karenzzeit von sechs Monaten gefeuert.

Also musste ich noch Mitte August kündigen, um den Vorruhestands-Bonus zu bekommen. Dazu gewährte die Firma allen Angestellten einen Jahresbonus, und das selbst dann, wenn jemand schon nach dem 1. Oktober ging. Für das laufende Jahr hätte ich einen Bonus von 15 Millionen Won bekommen können. Darauf würde ich aber verzichten müssen, um stattdessen meinen Vorruhestands-Bonus zu retten, beides konnte ich nicht haben. Es war schon Anfang August, zwei Wochen hatte ich noch Zeit.

Schließlich blieb mir nichts anderes übrig, als alle Firmenangelegenheiten zügig zu regeln. Zwei Tage nach meiner Krankschreibung fuhr ich in die Firma und gab meine Anträge auf Vorruhestand und meine Kündigung ab. Der Leiter der Buchhaltung meinte, nachdem er einen Blick auf die Formulare geworfen hatte:

»Herr Kim, wenn Sie Anfang Oktober gehen, könnten Sie zur Abfindung noch den Jahresbonus dazubekommen.«

»Ja, stimmt … Aber ich sagte ja schon, dass ich auswandere. Ich brauche Zeit, um das zu regeln.«

Ich ging noch zum Büro des Direktors, um mich zu verabschieden, doch er war nicht da. Daher schrieb ich ihm einen kurzen Brief, den ich bei der Vorzimmerdame hinterlegte und fuhr nach Hause. Als ich die Firma verließ, betrug die Summe aus Vorruhestands-Bonus mit 84 Millionen Won und Abfindung mit 50 Millionen Won insgesamt 134 Millionen Won.

»Lassen Sie außer Ihrer Familie niemanden wissen, dass Sie Krebs haben. Es gibt Krebspatienten, die bei der Regelung ihrer Angelegenheiten mit Benachteiligungen zu kämpfen hatten, wenn Außenstehende davon etwas mitbekamen« lautete doch der ärztliche Rat. Wahrlich keine leeren Worte.

Ich löste das Rezept für die vier Medikamente ein, die mir der Doktor verschrieben hatte. Der Apotheker packte sie in eine Plastiktüte. Zusammen mit ihren Verpackungen wogen sie bestimmt anderthalb Pfund. Ich sollte das Pülverchen dreimal täglich eine Stunde vor den Mahlzeiten, die Tropfen dreimal am Tag dreißig Minuten danach, die roten Tabletten einmal am Tag eine halbe Stunde nach dem Mittagessen und das Schlafmittel nur dann einnehmen, wenn ich nachts nicht einschlafen konnte. Der Apotheker schrieb mir alle Einnahmezeiten und Dosen auf. Sein Memo befestigte ich zuhause mit Magneten an der Kühlschranktür, und einen zweiten Zettel, auf den ich alles ganz klein noch einmal abgeschrieben hatte, steckte ich mir ins Portemonnaie.

Durch die Einnahme des Schlafmittels fühlte ich mich nach dem Aufwachen am nächsten Morgen ziemlich benommen. Ich war dermaßen benebelt, dass ich nichts richtig wahrnehmen konnte. Alles erschien mir wie durch einen dichten Nebel von einer tranigen Funzel erleuchtet. Von fern kam das schleichende Verlangen, eine zu rauchen, und es wurde immer stärker. Zu Mittag aß ich wieder Pancakes mit Sirup. Auf Empfehlung des Doktors sollte ich ja diese Blaurückenfische essen, daher hatte ich auf Vorrat Makrelenkonserven gekauft. Aber ungewürzt schmeckten sie einfach zu fischig, daher konnte ich nicht allzu viel davon hinunter bekommen.

Nach dem Mittagessen ging ich spazieren. Die Sonnenglut war nach der Regenzeit im August um diese Tageszeit besonders erdrückend. Der Straßenasphalt und die Hochhäuser gleißten im alles überströmenden Licht, die Straßenzüge blähten sich in der bleiernen Hitze auf.

Vom Hintereingang meines Wohnblocks aus erstreckte sich ein Park, der zu einem Museum führte. Ich folgte dem Weg zum Museumsvorplatz entlang eines Kanals mit Uferbepflanzung. Am Rande eines Teiches, auf dem Wasserlilien blühten, saßen Senioren auf Bänken um einen Tisch und spielten Chinesisches Schach. Einer von ihnen in einer Ramie-Sommerjacke fächelte sich Luft zu und sinnierte geistesabwesend vor sich hin. Etwas entfernt nahm ich auf einer anderen Bank Platz und schluckte ein paar rote Pillen. Hinter mir hörte ich von einem Tennisplatz aus das Schlagen der Bälle, es war klar und kraftvoll. Das Auftreffen der Bälle auf dem Boden klang massiv und hell, obwohl sie eigentlich nur hohl waren. Auch die den Bällen hinterher hetzenden Laufgeräusche vernahm ich deutlich, oder wenn die Schuhsohlen plötzlich auf dem Bodenbelag quietschten. Das Medikament, das ich gerade eingenommen hatte, enthielt wohl Aufputschmittel. Jedenfalls hörte ich diese Bälle so deutlich, als würden sie mir in den Ohren stecken bleiben.

Der Teich unter der prallen Sonne war über und über mit Wasserlilien in voller Blüte bedeckt. Sie blühten in Rottönen, oder es hatte zumindest den Anschein, denn es gab Schattierungen von Weiß oder einer anderen blassen Farbe, die anfing ins Rote überzugehen. Diese Farben hatten sich im endlosen Farbraum als blühende Blumen manifestiert. Es gab auch Wasserlilien mit gelben Blüten, und ein an einer Stelle des Ufers aufgestelltes Schild *Gelbe Seekanne (Nymphoides peltata)* besagte, dass es einheimische waren. Ihre Farbe variierte nicht. Festgelegt auf ihre vollkommen gesättigte Gelbheit hatten sie ihren langen Weg schon hinter sich. Als ich in eine dieser Blüten hineinschaute, hatte ich auch den Verdacht, dass die Medikamente mit Stimulanzien und Halluzinogenen versetzt sein mussten. Denn mir wurde schwindelig, die gelben Blütenstände drehten sich wie wahnsinnig im Kreis.

Ich konnte mich nicht daran erinnern, wann ich Wasserlilien eigentlich das erste Mal gesehen hatte. Waren es Blumen, die ich irgendwann schon einmal gesehen hatte? Oder sah ich sie heute zum ersten Mal in meinem Leben? Aber war das nicht eigentlich dasselbe? Schließlich vergisst man alle gesehenen Blumen sowieso wieder. Wie dem auch sei, für mich gehörten die Farben der wirbelnden Wasserlilien hier am Teich zu den ersten Blumen meines Lebens. Innen bei den Staubblättern brüteten die Sonnenstrahlen, dort schien es zu wabern. Der von den Blütenblättern ausgehende Schein spiegelte sich auf dem Wasser. Enten paddelten langsam zwischen den Laubblättern hindurch. Die Wirkung der Medikamente breitete sich weiter in meinem Körper aus. Meine Schultern wurden immer schwerer, und von der drückenden Hitze bildeten sich Schweißtropfen auf meiner Stirn. Unter der Sonnenglut sah das Wasser im Schatten der Laubblätter erfrischend aus. Naja, weder von Wärme noch von Kälte bekam ich etwas mit, höchstens den Modergeruch des Wassers, wenn eine Brise darüberstrich.

Am Museumsgebäude war ein langes Banner *Sonderausstellung: Keramiken aus Gaya – 2. bis 4. Jahrhundert* herabgelassen, bei jedem Luftzug schimmerte es im Sonnenlicht. Während eines Klassenausflugs auf der Oberschule hatte ich einmal das Nationalmuseum in Gyeongju besucht. Das Banner hier schimmerte und glitzerte wie damals die Schatzkammer von Silla. Das wunderbare Gefühl beim Glitzern von damals hatte ich zwar verloren, ich konnte mich aber noch daran erinnern, dass ich es hatte. Danach war ich nie wieder in einem Museum gewesen. Aber was machte es schon, nicht zu wissen, welche Formen Gayas Keramiken hatten, welches Geschirr und welche Gefäße das waren, solange das Banner dieser

Sonderausstellung über das Steingut dieses alten Reiches mit dem Sonnenlicht und dem Wind spielte? Neben mir hörte ich das neckische Gelächter der Schach spielenden alten Herren nach einem verbotenen Zug. Und es schien beim Tennis einen Wechsel zum Doppel gegeben zu haben, denn die Laufgeräusche hatten sich vervielfacht.

So gegen drei kam ich wieder nach Hause. Der Vorhang zur Veranda war nicht zugezogen, das Sonnenlicht überflutete das Wohnzimmer und trocknete die Reste in den Makrelendosen auf dem Esstisch in der Küche aus. Zwei Stunden waren vergangen. Wie der Doktor gesagt hatte, war ich nur solange spazieren, dass ich nicht ermüdete.

Einmal ging ich nach der Einnahme der Tropfen eine halbe Stunde nach dem Mittagessen zur Bank und kündigte den Ratensparvertrag. Eigentlich sollte ich erst im nächsten März die 100 Millionen Won ausgezahlt bekommen, wenn der Vertrag regulär ausliefe. Aber da ich noch vor dem Winter in stationäre Behandlung kommen würde, wäre es zu aufwändig, mich vom Krankenbett aus darum zu kümmern. Daher hatte ich nun die vier Monatsraten bis Dezember in Höhe von 2,5 Millionen Won auf einmal im Voraus eingezahlt und den Vertrag zum 31.12. auflösen lassen. Denn die Kundenberaterin hatte mir erklärt und mir mit dem Taschenrechner vorgerechnet, dass ich, wenn ich zunächst diese vier Monatsraten auf dem Sparbuch gutschreiben lassen und dann am 31.12. kündigen würde, ohne die Zinsen mit eingerechnet 500.000 Won mehr ausgezahlt bekommen würde, was ich aber nicht ganz verstanden hatte, weil es zu kompliziert war. Jedenfalls betrug der auszuzahlende Gesamtbetrag abzüglich der drei fehlenden Raten inklusive Zinsen 96,5 Millionen Won.

»Soll ich Ihnen einen Scheck ausstellen?«

»Bitte nur einen Barscheck über 50 Millionen Won, und überweisen Sie den Rest auf ein neues Konto.«

Die Kundenberaterin händigte mir den gewünschten Scheck und das neue Kontobuch aus.

Ich hatte den Notizzettel mit der neuen Kontonummer meiner Ex-Frau verlegt, von der ich mich vor vier Jahren hatte scheiden lassen. Meine Tochter hatte sie mir noch letztes Frühjahr am Telefon durchgegeben, aber nun war sie weg. Als ich mich von meiner Frau trennte, waren wir übereingekommen, dass ich die Wohnung übernehme und sie dafür eine Ausgleichszahlung von 300 Millionen Won bekommen würde. Ich konnte ihr damals aber den Rest von 40 Millionen nicht bezahlen. Daher hatte ich meiner Frau vorgeschlagen, dass ich ein Vier-Jahres-Ratensparen abschließen und ihr dann nach Ablauf der Frist zusammen mit den Zinsen 50 Millionen geben würde. Meine Frau erklärte sich unter der Bedingung einverstanden, dass ich ihr einen Schulschein unterschreiben würde. Falls ich den Zettel weiterhin nicht finden sollte, wollte ich meine Tochter anrufen und ihr den Scheck über 50 Millionen Won zukommen lassen, damit sie ihn weitergibt.

Abends machte ich mich daran, meine Wertpapiere abzustoßen, gesunde Elektro- und Autoaktien mit Wachstumspotential. Ich beobachtete die Börsencharts immer im Internet. Während der letzten zwei Monate schwankten die Kurse zwar, dennoch stiegen sie stetig, und das Handelsvolumen hatte sich vergrößert. Es war schade, solch vielversprechende Aktien gerade jetzt zu veräußern, aber wer weiß, wie sie sich bis zum Ende des Jahres entwickeln würden? Bis dahin waren es noch achtzehn Wochen. Ich erkundigte mich telefonisch bei der Aktiengesellschaft. Der Berater meinte, dass der Profit trotz Schwankungen am optimalsten wäre, wenn man die Gesamtvolumen der Aktien in achtzehn Tranchen aufteilen und wöchentlich eine davon verkaufen würde. Ich beauftragte ihn dann mit dem Verkauf und war damit einverstanden, dass Wochentag und Uhrzeit der Transaktionen im Ermessen der Firma lägen. Er sagte, die Gesellschaft überweise die Erträge binnen achtundvierzig Stunden nach jedem Verkaufszeitpunkt. So würde sich mein Anlagekonto Woche für Woche sukzessive auflösen.

Daran zu denken, meine Ex-Frau weiterhin als *meine Frau* zu bezeichnen, war für mich eigentlich schon etwas verwunderlich und skurril. Denn obwohl die Bezeichnung *Ex-Frau* ja auf eine gescheiterte Beziehung schließen ließ, wusste ich nicht, worin sich meine geschiedene Frau von einer Fremden unterschied. Ich war nie der Meinung, dass die zwischenmenschlichen Bande, die man gemeinhin zur Ex–Frau hat, leichter sein sollten als die zu der Frau, mit der man gerade verheiratet war, denn auch diese beruhten auf einer Beziehung, die in die Brüche gehen könnte. Und in der Tat konnte man behaupten, alle Stadien während des Prozesses von einer Ehefrau zur Fremden würden Bande darstellen.

Ich rief meine Tochter an und bat sie, zu mir zu kommen, aber sie entgegnete, sie wäre sehr beschäftigt und würde mich morgen irgendwann nach der Arbeit besuchen. Von der Krebsdiagnose und meiner Kündigung hatte ich ihr bis dato noch nichts erzählt. Sie hatte vor drei Jahren geheiratet. Ihr Mann war Anwalt, der eine multinationale Firma bei gerichtlichen Prozessen und Vertragsverhandlungen vertrat, während sie seit dem Abschluss ihres Marketingwissenschaftsstudiums im Management eines Vier-Sterne-Hotels tätig war und dazu ihre eigene PR-Agentur leitete. Ende letzten Jahres stand ein Artikel mit ihrem Foto in der Zeitung; der Umsatz ihres Hotels belegte den ersten Platz in der betreffenden Branchenkategorie. Meine geschiedene Frau hatte ich das letzte Mal auf der Hochzeit unserer Tochter gesehen, und auf dem Hochzeitsfoto standen meine Frau und ich und die Eltern des Schwiegersohnes einvernehmlich zu beiden Seiten des Brautpaars, dem Anlass angemessen in prächtigen traditionellen Hanboks.

Meine Tochter kam erst abends nach zehn.

»Papa, der Parkplatz war so voll, da hab ich mein Auto an der Hauptstraße geparkt.«

Sie hatte immer Bammel, ein Knöllchen zu bekommen. Sie trug ein rückenfreies, ärmelloses Kleid und duftete nach einem schweren Parfum. Ihr ovales Gesicht mit der etwas dicken, leicht hängenden Unterlippe ähnelte dem meiner Frau. Ebenso wie sie hatte sie eine zarte Haut und deswegen schon früh Augenfalten, die sie sich aber bereits hatte wegoperieren lassen. So erinnerte mich ihr Aussehen zwar bloß äußerlich an meine Frau, aber schon diese vagen Anzeichen einer Verbindung waren mir zu aufdringlich und unheimlich.

»Siehst du Mama ab und zu?«

»Ich habe sie an ihrem letzten Geburtstag zum Mittagessen eingeladen.«

Meine Tochter hatte meine Frau, seitdem diese wieder verheiratet war, nie dort besucht, wo sie nun mit ihrem neuen Mann wohnte, sondern traf sie immer außerhalb. Ich holte den Umschlag mit dem Scheck aus der Schublade und hielt ihn ihr entgegen.

»Gib ihr das bitte.«

»Was ist das?«

»Das ist der Rest der Ausgleichszahlung. Sag ihr, es tut mir leid, dass es so lange gedauert hat. Ich hätte dafür gern eine Quittung mit der Post.«

»Warum überweist du das nicht einfach?«

»Ich hab' die Kontonummer verloren.«

Meine Tochter nahm ihr Handy aus der Handtasche.

»Ich rufe Mama an und frage sie danach«, sagte sie, und dann: »Ich bin jetzt bei Papa zuhause. … Papa wollte dir noch was vom Scheidungsgeld überweisen, aber er hat deine Kontonummer verlegt. … Gib sie mir doch gerade mal. 50 Millionen? … Die genaue Summe weiß ich nicht …«

Sie war aus zwei Gründen sauer, das konnte ich aus ihrem Unterton heraushören, dass sie so spät noch raus musste, obwohl ich das mit einem Telefonat auch selbst hätte erledigen können, und dass sie die finanziellen Angelegenheiten ihrer geschiedenen Eltern regeln sollte.

Sie hielt mir einen Zettel mit Bankname und Kontonummer hin.

»Überweis' es dahin.«

»Alles klar. Danke dir.«

Meine Tochter stand vom Sofa auf und ging aufs Klo. Zum ersten Mal nahm ich wahr, wie laut die Spülung eigentlich war. Ganz so, als ob der Wasserstrom das ganze Wohnzimmer vom vierzehnten Stock bis nach ganz unten mit sich in die Dunkelheit reißen würde. Wenn dann das Wasser leise rauschend verschwand, kam als letztes das laute Gluckern. Meine Tochter setzte sich wieder.

»Hast du mit dem Rauchen aufgehört, Papa?«

»Ja, so vor fünf Tagen.«

»Dann wäre Jogging erst mal gut.«

»Ich mache schon kurze Spaziergänge.«

»Kommt die Haushälterin regelmäßig?«

»Ja, alle zwei Tage. Und mir schmeckt auch, was sie kocht.«

»Du solltest sie länger behalten. Es ist nicht einfach, jemanden zu finden, der so fleißig ist.«

»Ich habe eher Angst, dass sie von sich aus geht.«

»Dank ihr mache ich mir keine Sorgen um dich, obwohl du allein wohnst.«

Nach dieser Haushälterin hatte sich meine Tochter damals nach der Trennung umgehört. Sie erkundigte sich auch immer nur nach ihrem anstatt nach meinem Befinden.

An diesem Abend bat ich sie, noch etwas zu bleiben, und erzählte ihr von dem Leberkrebs und der Kündigung. Während sie mir zuhörte, schaute sie mich ganz aufmerksam an. Dass sie ihrer Mutter wie aus dem Gesicht geschnitten war, machte es nicht leicht für mich, ihren Blick auf mir ruhen zu sehen.

»Geh doch nochmal in eine andere Klinik. Der Mann einer Schulfreundin von mir ist ein Spezialist.«

»Beim PET soll es aber keine Fehldiagnosen geben.«

»Soll ich Mama davon erzählen?«

»Naja … wenn du willst.«

Die Tochter holte wieder ihr Handy heraus. Ich hielt sie ab.

»Später, wenn ich nicht dabei bin …«

Sie hörte auf zu tippen und klappte ihr Handy zu.

»Und meinem Bruder?«

»Er sollte es schon wissen, aber kann er das verkraften?«

»Egal. Er ist schließlich der Stammhalter …«

Mein Sohn war fünf Jahre älter als sie. Nach dem Uni-Abschluss hier studierte er in den USA weiter. Er hatte schon immer eine ausgezeichnete Kombinationsgabe gehabt und war sehr wissbegierig. Er war mit den Plänen hinübergegangen, Mathematik auf Master zu studieren und danach eine

Professur–Laufbahn einzuschlagen. In einem seiner Briefe von vor einigen Jahren nannte er *Eine vergleichende Abhandlung über das Nichts bei Laotse und den Geist bei Archimedes* als sein Promotionsthema, aber worüber er da forschte, hatte ich nicht verstanden. Das Massachusetts Institute of Technology (MIT) lehnte seine Arbeit ab, sodass schließlich nichts aus seinem Doktorgrad wurde, und er daher angehalten wurde, den Lehrstuhl zu verlassen. Jetzt hatte er die amerikanische Staatsangehörigkeit und lebte in der Koreatown von Los Angeles. Dieser Sohn vom Status eines Akademikers, der über zehn Jahre am MIT studiert hatte, führte jetzt einen Kleinhandel für Getränkeabfüllungen. Und neulich schrieb er, er hätte in der Nähe seines Ladens noch eine kleine Reinigung eröffnet. Er war mit einer irischstämmigen Frau verheiratet und hatte zwei Kinder mit ihr. Er schrieb nicht regelmäßig, aber ließ dann immer durchblicken, dass er finanziell nicht klarkam und auf Unterstützung hoffte, und das, obwohl ich mich wegen meiner Wohnung verschuldet hatte und durch die monatlichen Ratenzahlungen selbst nicht flüssig war. Zur Zeit meiner Scheidung hatte ich bei einer Exportfirma für Plüschtiere gearbeitet. Der damalige Chef war ein Schulkamerad von mir, und ich hatte ihn gebeten, mir einen Vorschuss vom Ruhegeld auszuzahlen, von dem ich dann das Scheidungsgeld für meine Frau finanzierte. Etwas später hatte ich über meine Tochter erfahren, dass meine Frau die Hälfte davon meinem Sohn geschickt hatte.

»Sag' es Chang-shik ruhig mit dem Krebs. Aber macht euch bitte keinen Kopf deswegen … Sag' ihm auch, dass ich alles weitere eins nach dem anderen in die Wege leiten werde.«

Meine Tochter ging um elf. Als der Morgen graute, nahm ich mein Schlafmittel ein und ging ins Bett.

Am 5. September riss ich das Kalenderblatt für August ab.

Spät nachmittags überwies ich von der Bank in der Nähe des Hinterausgangs des Wohnblocks meiner Frau das Geld, 50 Millionen Won. Danach ging ich noch durch den Park in Richtung des Museums spazieren. Durch die schon tiefer stehende Sonne konnte ich weit in das geräumige Unterholz des Wäldchens sehen. Die Luft war nach der Hitze des Sommers trocken und leicht. Immer wenn ich einatmete, sog ich einen dünnen scharfen Luftzug bis auf den tiefsten Grund meiner Lungen, jeder einzelne von ihnen wie lange Nudeln, die man einsaugend hinunterschluckt. Die Schach spielenden alten Herren war zwar nicht da, aber vom Tennisplatz vernahm ich Ballgeräusche, und zwischen schnellen tappenden Laufgeräuschen hörte ich auch den Ausruf des Bedauerns einer Frau. Da es bald Zeit zum Abendessen war, kamen die jungen Mütter, um ihre Kinder vom Spielplatz abzuholen. Die Abendstunden verflogen immer nur so. Wie ein auf mich zurasender Zug schrammte die Zeit an mir vorbei und spaltete sich in zwei Richtungen auf. Mir kam es so vor, als wäre ich aus dem Zug der Zeit, der in Richtung Zukunft fuhr, ausgestiegen und von einem Zug, der in die entgegengesetzte Richtung fuhr, mitgerissen worden. In meinem Körper schwebte anscheinend deshalb ein Zug, in den ich nicht einsteigen konnte, in eine andere Richtung, weil Krebs kein von außen eindringender Krankheitserreger ist, sondern eine Lebensform, die in einem selbst entsteht und sich ausbreitet. Oder war diese Empfindung doch bloß eine Nebenwirkung der Medikamente? Die Blüten der Wasserlilien auf dem Teich vor dem Museum hatten sich zusammengezogen und sahen im Trüben wie Sockel von Öllampen aus. Wenn über dem Boden das Licht verlöschte, verbrachten die Perigone geschlossen die Nacht. Ich konnte ja nicht hineinsehen, aber bestimmt riegelten sie sich so vom

Hier und Jetzt ab, und dann entzündeten sich Flammen in ihnen, und die Blumen erblühten wieder in einer anderen Zeit. Der Wind verwischte den Schatten des über das Wasser ragenden Baumes. Die Enten kamen aus dem Wasser, schüttelten sich, und empfingen den Abend, indem sie mit den Schnäbeln ihr Gefieder in Ordnung brachten, und wenn gelegentlich kleine Fische zwischen den Wasserlilien aus dem Wasser sprangen, funkelten in der Abenddämmerung Nadelspitzen auf.

Man hatte das Museumsbanner *Sonderausstellung: Keramiken aus Gaya* durch *Sonderausstellung: Malerei des Späten Joseon* ersetzt. Obwohl zwischen den Epochen immerhin über 1.500 Jahre lagen, dauerte der Austausch der Banner nur wenige Tage.

Ich war zu dünn angezogen, darum spürte ich die Kälte der aufkommenden Nacht. Die Worte meines Doktors fielen mir ein, der gemeint hatte, schon bei einer leichten Erkältung würde sich mein Gesundheitszustand rapide verschlechtern. Um das zu vermeiden, ging ich ins Museum. Es war mein erster Museumsbesuch seit meiner Klassenfahrt nach Gyeongju, eine Zeitspanne so lang wie zwischen Joseon und Gaya. Eine halbe Stunde vor Schließung gab es keine anderen Besucher mehr. Die Sonderausstellung zur Joseon-Malerei war in Halle 1. Dort hing das Landschaftsgemälde Gangsanmujindo. Es war von einem anderen Museum entliehen und länger als acht Meter, weswegen man hier die Stellwände entfernt hatte, wie eine Informationstafel erklärte.

Von einem Künstler namens Yi Inmun hatte ich noch nie gehört. Wie sich aus dem Titel schließen ließ, stellte das Gemälde über die gesamte Länge ein Panorama dar. Ein Moiré aus Gebirgen und Flüssen tat sich vor mir auf, aus denen, die mir bekannt vorkamen, solchen aus meinen Träumen und solchen, die ich noch nicht einmal dort gesehen hatte. In jeder Talmulde gab es Dörfer, an die sich ausgedehnte Felder schmiegten, und an deren Rändern wiederum Gebirgsmassive. Da schwebten die unscharfen Konturen nebelumhüllter Gesteinsformationen, und hinter den sich in der Weite verlierenden Gebirgszügen begann das Meer. Der daraus ausströmende trübe Dunst umhüllte den Fuß anderer entfernter niedriger Gebirge. Genau diese Nebel gebaren die wachsenden und sich mehrenden Partikel einer mir noch unbekannten Zeit.

Mich fröstelte, und ich merkte, dass ich leichtes Fieber bekam. Vom Sofa aus betrachtete ich das Gemälde einmal von links nach rechts und von rechts nach links. Endlos entfalteten sich die Flüsse und Gebirge und entschwanden, um sich dann wieder auszuweiten. Zum ersten Mal betrachtete ich ein Gemälde so intensiv.

Ob der Meister ein Abbild dieser Welt gemalt hatte, oder das eines Traumes im Mutterleib, und ob er sie mit Tusche oder mit seinem Atem gemalt hatte – wer weiß? Aber es war wohl die Landschaft, in die ich nur allein hinübergehen konnte: Eine Landschaft, in der Zeit und Raum endlos sind.

Die Lampen erloschen, das Aufsichtspersonal kam und bat mich, die Halle zu verlassen. Kurz nach sieben war ich wieder zuhause. Das war wieder einer dieser leichten Spaziergänge.

Ich wusste nicht, ob meine Frau schon immer Christin gewesen war. Und ehrlich gesagt, hatte es mich auch nicht sonderlich interessiert, ob und welcher Glaubensgemeinschaft sie angehörte. Zuerst vermutete ich ja, der Grund ihrer Religiosität wären diese Regenwürmer, wegen der sie sich in eine Paranoia hineingesteigert hatte. Ich konnte es immer noch nicht fassen, weil es einfach so absurd war.

Sie war ja schon immer sehr kleinmütig gewesen. Bei Grün ging sie nicht über die Straße, wenn sie schon von weitem ein Auto kommen sah. Und seitdem sie vor langer Zeit, auf der Rückkehr von der Beerdigung meines Schwiegervaters unterwegs auf der Autobahn nach Seoul einen Unfall gesehen hatte, bei dem ein Taxi von einem Sattelzug gerammt wurde und sich überschlug, stieg sie in keinen Wagen mehr.

Sie hatte außerdem Angst davor gehabt, dass unsere Wohnung zu hoch lag. In der ersten Zeit nach unserer Heirat mussten wir erst öfters umziehen, weil sie es nicht höher als im vierten Stock aushielt, und ein Balkon musste immer von einem Vorhang verdeckt sein.

Und dann, an einem Sommerabend nach einem heftigen Schauer einer langen Regenzeit, hatte meine Frau im Badezimmer geschrien. Sie lag bewusstlos, halbnackt und unten ohne auf dem Boden. Ich rief einen Krankenwagen. Die Notärztin presste ihren Bauch und massierte sie, dann hatte sie erbrochen und Kot ausgeschieden und kam zu sich. Sie hatte kalten Schweiß am ganzen Körper und atmete schwer. Sie verbarg das Gesicht hinter ihren Händen und weinte.

»Schatz, in der Badewanne ...«

Dort waren zwei fette Regenwürmer. Der eine kroch die schrägen Fliesen hoch, der andere schaute mit dem Kopf wackelnd aus dem Abfluss und wollte sich hindurchzwängen. Waren die etwa von ganz unten durch die Rohre bis in den vierten Stock gekommen? Und kamen sie einfach so, ohne ein Ziel? Oder hatten sie dort das helle Licht des Abflusses im vierten Stock sehen können? Und mussten sie, wenn sie bei jedem Duschen oder Wasserablassen abstürzten, wieder von ganz unten anfangen hochzukriechen, bis sie es schließlich schafften? All ihre Segmente waren angeschwollen und dunkelrot. Ich nahm sie mit einer Zange heraus, steckte sie in eine Plastiktüte und schmiss sie weg.

Aus dem Abfluss des Spülbeckens kam auch einmal ein Regenwurm heraus, gerade als meine Frau am Herd stand und Eintopf kochte. Sie fiel in Ohnmacht und verbrühte sich dabei ihre Oberschenkel, als sie den heißen Sud verschüttete. Daraufhin musste wieder der Krankenwagen kommen. Schließlich goss ich Schädlingsbekämpfungsmittel in die Abflüsse von Waschbecken und Badewanne. Aber obwohl keine Regenwürmer mehr kamen, hatte mich meine Frau wieder gedrängt umzuziehen. Sie meinte, in den Abflussrohren würde es vor Regenwürmern nur so wimmeln, und hatte sich dabei wieder heulend die Hände vors Gesicht gehalten. Sie konnte aber keine neue Wohnung finden, da sie weder in eine höhere Etage noch in eine näher am Boden umziehen wollte.

Es war wohl doch nicht wegen der Regenwürmer. Schon vorher war sie jeden Sonntag in die Kirche gegangen und hatte dort immer, ohne ein einziges Mal zu fehlen, bei Trauerfeiern von Gemeindemitgliedern als Beileidsbezeugung im Chor mitgesungen. Aber seit diesen Regenwürmern war ihr Weinen häufiger und heftiger geworden. Meine Frau weinte auch während eines Fernsehberichts über ein Scheidungskind armer Eltern, das von Zuhause ausgerissen war, in einem Treibhaus Unterschlupf gefunden hatte und dort von einem Kampfhund totgebissen wurde. Sie konnte nicht einmal die Sendung bis zu Ende schauen, sondern musste nach nebenan gehen und dort weiterheulen, es war herzzerreißend und aufdringlich. Und dabei rief sie nach dem »Vater! Vater!« im Himmel, auch mehrmals hintereinander. Ihr Heulen war so ausgiebig und lang anhaltend, dass sie erst dann mit einem langen Schluchzer aufhörte, wenn sie sich total verausgabt hatte – wie ein ausgebranntes Gebäude, das am Ende von selbst in sich zusammenfiel.

Sie weinte wie ein Kind, das sich verbrannt hatte, als die Amerikaner Luftangriffe auf Bagdad flogen, als die streikenden Arbeiter die Frontlinie der Polizei durchbrachen und die Bereitschaftspolizisten mit Eisenstangen traktierten, als zwei Mittelschülerinnen von einem amerikanischen Panzer überrollt wurden, als der Serientäter von Hwaseong seinen sechsten Mord begangen hatte, als das Sampung-Kaufhaus eingestürzt war und die Rettungskräfte eine verstümmelte Leiche bargen, als bei dem U-Bahn-Brand in Daegu hunderte Leute starben oder als eine Trostfrau im Alter von neunzig Jahren gestorben war. Sie klang dabei immer richtig verzweifelt. Einerseits drückte es ihre Hilflosigkeit aus, andererseits machte es die, die es hören mussten, genauso hilflos. Irgendwie schien sie daran Gefallen zu haben, sich durch die Nachrichten der Fernsehsender zu zappen, um Stoff zum Heulen zu finden, als wollte sie geradezu alle Leiden der Welt auf sich nehmen. Sie war einfach nicht zu besänftigen. Das Ausheulen war für sie wie Erbrechen oder aufs Klo zu gehen. Alles, was ich für meine Frau tun konnte, war wöchentlich einmal und in der Regenzeit zweimal das Insektenmittel in die Badewanne und in den Abfluss des Waschbeckens zu gießen.

Meine Frau hatte dann einmal für einige Tage das Haus verlassen und war ins Gemeindehaus gegangen, und kam ganz heiser wieder zurück. Weil sie danach aber immer öfter dorthin ging, suchte unsere Tochter den Pfarrer auf, schilderte ihm die Lage und bat ihn um Unterstützung, ihre Mutter wieder zu einem normalen Leben zurückzuführen. Der war nur der Meinung:

»Von der Bosheit und dem Leiden der Welt Kenntnis zu nehmen und darüber traurig zu sein, ist ein Zeichen von Herzensgüte. Das ist doch menschlich.«

Der erste, der das Thema Scheidung ansprach, war ich, und meine Frau hatte nichts dagegen, ganz so, als wären wir gar nicht verheiratet. Wir waren uns einig und stritten uns kein einziges Mal deswegen. Sie packte ihre Siebensachen zusammen und zog ins Gemeindehaus. Drei Jahre nach unserer Scheidung heiratete sie den Küster.

Noch vor dem Erntedankfest löste ich das Grab meiner Mutter auf. Seitdem Vater im Krieg als Soldat an der Front gefallen war, hatte sie allein gelebt. Wir hatten damals nur die Nachricht erhalten, dass er an vorderster Front während einer geglückten riskanten Rückeroberungskampagne ehrenhaft sein Leben für das Vaterland gelassen hätte. Aber seine sterblichen Überreste kamen nie zurück, weswegen Mutter nie eine Totenfeier für Vater abgehalten hatte. Sie gab nur einmal von sich: »Ich warte solange, bis er wieder heimkommt ...« Mutter war an Leberkrebs gestorben. Ihr Arzt hatte erklärt, obwohl es medizinwissenschaftlich nicht erwiesen sei, wären Erkrankungen der Leber laut Statistik genetisch veranlagt. Mutters Grab lag ganz oben auf einem Hügel und war zehn m^2 groß. Da man die Gräber auf dem öffentlichen Friedhof nicht auf sich registrieren lassen konnte, schloss man bei einer Beisetzung einen Mietvertrag für die Ruhezeit mit der Friedhofsverwaltung ab. Die Kaution betrug 10 Millionen und die Monatsmiete 30.000 Won. Ich überwies den Beitrag immer jährlich.

Bis zum nächsten Hansik-Fest mit seinen Ahnengedenkfeiern waren es noch sechs Monate hin. Einerseits würde ich dann nicht selbst kommen können, andererseits war meiner bereits verheirateten Tochter nicht zuzumuten, sich um die Grabformalitäten ihrer eigenen Großmutter zu kümmern. Der Friedhof hatte ein eigenes Krematorium, daher rief ich die

Verwaltung an mit der Bitte, die menschlichen Überreste exhumieren und einäschern zu lassen, worauf man mir den Verfahrensablauf erläuterte. Die Verwaltung hatte dann warmen gekochten Reis, Seetangsuppe, einen Becher Schnaps, Obst und Trockenfisch auf dem flachen Altar vor dem Hügelgrab bereitgestellt. Ich brachte das Trinkopfer dar und verbeugte mich zweimal. Mit ihren Schaufeln trugen die Totengräber den Erdhügel ab und hoben das Grab dann aus. Der bröckelnde Sarg war von tief in den Boden reichenden Baumwurzeln umwickelt. Die Totengräber rissen mit Gummihandschuhen das mürbe Leichenhemd auseinander. Die Erde war nicht feucht, das Skelett deswegen sauber entfleischt. Aber den Gebeinen schienen noch Emotionen inne zu wohnen. Auf dem Schädel, der zornig schaute, waren Haarbüschel zu Staubknäueln zerfallen, und die zahnlosen Kiefer klafften weit auseinander. Zu Lebzeiten hatte Mutter runde Schultern gehabt, aber nun waren es eckige, harte Knochen. Beide Oberschenkelknochen lagen vom Becken abgetrennt parallel nebeneinander, die der Finger und Zehen voneinander losgelöst und etwas zerstreut.

Die Männer sammelten alle Knochen in einer Holzkiste. Sie verbrannten die aussortierten Sargteile und das Leichengewand, schütteten dann das Benzin in die leere Grube und setzen auch sie in Brand. Es dauerte zwei Stunden, bis die Knochen im Krematorium zu Asche verbrannt und zermahlen waren. Das Friedhofsgelände lag in einer Talmulde, und ein gepflasterter Weg führte zu einer Plattform auf einem der umgebenden Gipfel. Ich nahm die Urne und ging hinauf, um schließlich von dort die Knochenasche in alle Winde zu zerstreuen. Sie bildete immer einen weißen schwebenden Ring, bevor sie vom Wind fortgetragen wurde. Der von der Verwaltung angestellte Mönch, der mir gefolgt war, schlug seine kleine Moktak im Wind und rezitierte dabei die Tausend-Hände-Sutra. Auf dem Weg hinunter ging ich beim Verwaltungsbüro vorbei, um die Grabkosten abzurechnen. Von der Kaution in der Höhe von 10 Millionen Won gingen 2 Millionen für die Kremation und den Lohn für die Grabhelfer ab, also bekam ich 8 Millionen zurück. Dafür schrieb ich eine Quittung, die der Angestellte an den bei der Bestattung angelegten und nun mit *Aufgelöst* abgestempelten Mietvertrag klammerte.

Am selben Abend fand ich einen Brief von meinem Sohn im Briefkasten. Es ging im Wesentlichen darum, dass ich mit meiner Rente und mit den Erlösen aus Aktien und Wohnung nach L.A. kommen und dort in ein Sanatorium ziehen könnte. Und weiter, dass es für meinen Sohn kein Problem wäre, Familienangehörige herüber zu holen, da er die amerikanische Staatsangehörigkeit hätte. Das Sanatorium wäre staatlich bezuschusst und besser ausgestattet und günstiger als die koreanischen. Darüber hinaus würde ich für fünfzig Dollar pro Tag einen koreanischsprachigen Pfleger bekommen. Aber der Sohn legte mir auch nahe, dass ich möglichst schnell eine Entscheidung treffen sollte, da die Erledigung aller Formalitäten einige Zeit in Anspruch nehmen könnte. Wenn ich schon vor meiner Ausreise die Wohnung verkaufen könnte, würde ich 750 Millionen Won mit nach Amerika nehmen, und wenn ich in L. A. in ein solches staatlich gefördertes Heim zöge, würde mein Sohn schließlich so zu seinem Anteil kommen. Daher war es für mich nur naheliegend, nach Amerika zu gehen. Andernfalls hätte meine verheiratete Tochter in meiner mir verbleibenden Zeit die ganze Last zu tragen, wenn ich in Seoul in eine Klinik eingeliefert würde, selbst mit einem privat engagierten Krankenpfleger.

Mein Doktor entgegnete, als ich ihm im Krankenhaus von meinen Plänen erzählte:

»Die Krebsbehandlung ist in Korea auf demselben technischen Niveau wie in Amerika, das macht keinen Unterschied. Es ist dort nur günstiger und die Zustände sind besser. Außerdem hat unsere Klinik-Gemeinschaft noch kein eigenes Hospiz, daher könnten wir Sie gar nicht bis zum Schluss behandeln. In Amerika ist das Hospizwesen weit entwickelt, darum haben dort die Familienangehörigen sehr viel weniger zu leiden. Wenn Sie gehen wollen, tun Sie es bald!«

Einen Monat zuvor, als ich die Krebsdiagnose bekommen und dann meine verdutzte Haushälterin darum gebeten hatte, meine Wintersachen auszusortieren, hatte ich ja noch zu ihr gemeint, dass ich in ein warmes Land auswandern würde. Das waren nun keine leeren Worte mehr.

Eines Abends in der Dämmerung am Teich schlossen sich die Wasserlilien gerade. Die Petalen einer Blüte waren noch nicht ganz zu, durch eine Spalte konnte ich die Staubblätter im Innern sehen. Der Kelch war ganz mit Dunkelheit ausgefüllt. Sie kam anscheinend von außen hinein, oder sie entstand in den Blüten und floss hinaus. Die Blütenkelche wackelten und die Abendsonne funkelte auf dem Wasser, wenn kleine Fische von einem Schatten zum anderen sprangen. Beim Abtauchen hinterließen sie haarfeine Wellenkreise. Eine Gruppe von Schülerinnen, die ihren Museumsbesuch beendet hatte, fotografierte sich bei einem Picknick am Teich gegenseitig. Eins der Mädchen lachte, die anderen taten es ihr gleich. Das Lachen breitete sich schnell und wellenartig aus, und sobald es verklang, kam ein neues. Das Gelächter schien sich selbst über dem Teich fortzupflanzen und die Blütenstängel zum Schwingen zu bringen. Als alle Schülerinnen wieder gegangen waren, hatten sich die Blüten komplett geschlossen. Die Wasserlilien trieben auf dem Wasser wie schlafende Sockel von Öllampen und verströmten Dunkelheit in ihre Umgebung. Vom Tennisplatz aus bellte ein Hund, mit dem jemand spazieren ging. Ich konnte ihn nicht sehen, aber hören. Der Hund musste von großer Statur sein, denn das Bellen klang tief und hohl. Ein *Wuff!* zog das nächste nach sich. *Wuff-wuff-wuff-wuff!* Das Gebell schwebte in der Luft, wurde leiser und erstarb dann. Es war nicht greifbar. Das Ende dieses Klangfadens, das ich nicht fassen konnte, war so dünn und leise, dass es sich lang gezogen in einer unhörbaren Frequenz über die dunkel werdenden Häuser hinweg gen Himmel verflüchtigte.

Wenn man vom Hinterausgang des Museumsparks die Hauptstraße überquerte, kam man in eine Gasse, in der sich viele kleine und altehrwürdige Schnellrestaurants aneinanderreihten: für Ddeokbokki, Reiskuchen mit scharfer Soße, und für Odeng-Eintöpfe mit gepresstem Fisch, Sundae-Blutwurstspezialitäten, Mandu-Maultaschen, Gimbap-Reisrollen, Mungobohnenpfannkuchen, für Frittiertes und Nudelgerichte aller Art und anderes mehr. Und dann gab es Läden mit Propangasflaschen vor der Tür, die gedämpfte Mandu oder Suppen verkauften. Die Luft war mit Gerüchen von Sojasoße, Grillfisch, Käse oder Schweinebratenfett geschwängert. Ich betrat einen Fischimbiss.

»Essen Sie allein?«

»Einmal gedünstete Makrele, bitte.«

»Dafür machen wir keine Einzelportionen.«

»Dann bitte gegrillte Makrele.«

Das dampfende Mittelstück, das ich bekam, war vom Bauch her aufgeschnitten und aufgeklappt, man konnte die Gräten sehen. In der Mitte stand der dunkle Streifen des

Rückenfleisches hervor, das eines vom Doktor empfohlenen Fisches mit blauem Rücken. Ich löste es mit den Stäbchen und ließ es mir schmecken, seine Konsistenz war weich und aromatisch. Blaumakrelen leben in der kalten Strömung des Ostmeeres und sind reich an Nukleinsäuren zur Vorbeugung von Zivilisationskrankheiten, stand es an der Wand angeschlagen. Es wäre mir eigentlich nicht in den Sinn gekommen, diesen aufgeschnittenen Braten nun mit einem Fisch zu vergleichen, der im Ostmeer gelebt haben sollte. Ich hatte vielmehr an das Meer mit dem Dunst ganz oben in dem Gemälde letztens gedacht. Warum sollte man nicht auch dort Blaumakrelen fangen können? Um sieben war ich wieder zuhause. Das war ein weiterer kurzer Spaziergang, wie vom Doktor empfohlen.

Die Wohnung wurde doch nicht verkauft. Auf dem Immobilienmarkt waren zwar die Umsätze gestiegen, aber der Handel stagnierte, eine reine Spekulationsblase. Daher übertrug ich meiner Tochter eine Vollmacht, sodass sie sich später irgendwann, wenn sie die Wohnung verkauft hatte, den Erlös nach Absprache mit ihrem Bruder teilen konnte. Ich wollte nun 400 Millionen Won mit nach Amerika nehmen. Da ich dort noch kein Konto hatte, konnte ich keine Dollar überweisen, weswegen ich das Geld bei der Buchhaltung meiner alten Firma hinterlegte. Mit der Quittung, die ich ausgehändigt bekam, würde ich mir in der Filiale in L.A. die Summe in Dollar auszahlen lassen. In der Poliklinik bekam ich eine Kopie meiner Krankenakte auf CD. Sie enthielt alle bisherigen Untersuchungsergebnisse, die Tomographie-Filme sowie die Medikation, Indikation und Prognose. Mit diesen Dokumenten würden sich dann die Ärzte in Amerika ein Bild machen können.

Mein Gepäck bestand aus einem Koffer mit etwas Kleidung und einigen Büchern, das war alles. Am Abreisetag brachte mich meine Tochter mit ihrem Wagen zum Flughafen in Incheon. Während wir über die Yeongiong-Brücke fuhren, sagte sie:

»Mama wird auch zum Flughafen kommen.«

»Deine Mutter? Warum das denn?«

»Sie möchte für dich beten …«

»Beten?«

Zu dieser frühen Stunde gab es noch nicht sehr viele Gäste in der Abflughalle. Bei der Rolltreppe gegenüber vom Schalter der Fluggesellschaft stand meine Frau zusammen mit Leuten, die wie die ihrer Gemeinde aussahen. Ich ging aber nicht zu ihr hinüber, sondern setzte mich auf ein Sofa vor dem Schalter und beobachtete sie lieber. Unsere Tochter ging zu ihr hin. Meine Frau schaute in meine Richtung, sie hatte sich mit den anderen neben der Rolltreppe im Kreis zueinander aufgestellt. Ein Mann im schwarzen Anzug begann laut vorzubeten. Er war groß und kräftig, vielleicht ihr neuer Mann? Ab und zu konnte ich verstehen, was er sagte.

»Erbarme Dich dieses verirrten Schafes, o Herr. Herr, vergib dem armen Changsu Kim all seine Sünden und leite ihn auf seinem zukünftigen Weg.«

Einstimmig schlossen alle mit *Amen* und stimmten ein Kirchenlied an. Obwohl der Gesang leise war, drang er quer durch die Halle bis an meine Ohren. Das Lied schien mich geradezu aus dieser Welt drängen zu wollen.

Auf dem Weg ins Ewige Leben
Lege ich Leib und Seele in Deine Hände
Wird mein Fleisch auch zerfließen
Bin ich gesegnet

Mir kam der Geruch des Schädlingsmittels in den Sinn, das ich in den Abfluss unserer Badewanne geschüttet hatte. Nach dem Lied fing der Mann wieder an zu beten. Dann falteten alle ihre Hände, senkten die Köpfe und sagten zwischendurch allein oder gemeinsam Amen. Noch bevor meine Frau ihr Gebet beendet hatte, nahm ich meinen Reisepass heraus und ging zum Gangway. Als sich die Automatiktür hinter mir schloss, konnte meine Tochter nur noch »Papa …«, und dann nichts mehr sagen und ihre Tränen abwischen.

Die Maschine hob pünktlich ab. Unter mir erstreckten sich endlos die Gebirge und Flüsse bis zum Horizont. Als sich das Flugzeug der Stelle näherte, wo die Berge am Ostmeer endeten, sah man den von dort aufsteigenden Dunst wie einen Nebel. Der Himmel war trübe und das Meer grau, und Sonnenstrahlen, die die Wolkenlücken durchbohrten, warfen ein Fleckenmuster auf die fernen, mit Schnee bedeckten Gipfel. Vor meinen eigenen Augen hatte sich die Landschaft von *Gangsanmujindo* ausgebreitet, und nahe der Stelle, wo sich am oberen Rand die Spuren der Berge verloren und das Meer begann, zeigte sich mir eine Erscheinung mit dem Rot der vom Wind getriebenen Lucky Strike-Schachtel. Über dem Ostmeer zog ich die Jalousie herunter. Eine Durchsage gab bekannt, dass aufgrund starken Gegenwindes die Maschine voraussichtlich eine Stunde später in L.A. eintreffen würde.